U0933857

阅读是一座
随身携带的避难所

（英）威廉·萨默塞特·毛姆◎著　赵翠琼◎译

应急管理出版社
·北 京·

图书在版编目（CIP）数据

阅读是一座随身携带的避难所 /（英）威廉·萨默塞特·毛姆著；赵翠琼译. --北京：应急管理出版社，2021（2024.1 重印）

ISBN 978-7-5020-8924-5

Ⅰ.①阅… Ⅱ.①威… ②赵… Ⅲ.①随笔—作品集—英国—现代 Ⅳ.①I561.65

中国版本图书馆 CIP 数据核字（2021）第 195866 号

阅读是一座随身携带的避难所

著　　者　（英）威廉·萨默塞特·毛姆
译　　者　赵翠琼
责任编辑　高红勤
封面设计　胡椒书衣

出版发行　应急管理出版社（北京市朝阳区芍药居 35 号　100029）
电　　话　010-84657898（总编室）　010-84657880（读者服务部）
网　　址　www.cciph.com.cn
印　　刷　三河市九洲财鑫印刷有限公司
经　　销　全国新华书店

开　　本　710mm×1000mm 1/16　**印张**　15　**字数**　210 千字
版　　次　2021 年 11 月第 1 版　2024 年 1 月第 4 次印刷
社内编号　20210892　**定价**　58.00 元

目　录

传奇作品与伟大作家

关于阅读这件事

R 不是每个人都会阅读

人们在说话的时候通常都不会那么小心翼翼。此前，我在《总结》那本书中谈了谈“怎样阅读”这一问题，因为有部分年轻人一直很疑惑，不过我那时候并未仔细思考。于是，很多读者给我写了信，询问我到底应该如何阅读。尽管我竭尽所能地答疑解惑，然而通过书信显然无法将这一问题阐释透彻，所以我萌生了这样一个想法，既然渴望得到帮助的人如此之多，那么我不妨将那些有用的、有意思的经验写出来，再言简意赅地给出些建议，想来应该会受到大家的欢迎。

我想说的第一点是，我们应该将阅读视为一种享受。的确，我们有时候需要读一些自己不太喜欢的书，因为要应付考试，或者查阅资料，然而这样的阅读并不让人享受。如果只是为了获取知识才阅读，那么人们对阅读的期许不过满足自身需求而已，最多会在内心祈祷那些书通俗易懂些。人们被迫选择了那样的书籍，而与喜不喜欢毫无关系。不过，我接下来将要谈论的阅读并不是这一类，我要谈论的是那种无关乎学位与生计的阅读，不是驾船技术指南，也不是机器修理手册，而是能丰富人们生活的书籍。当然，如果你想要从阅读中获益，首先需要做到的是热爱阅读。

所谓“你”，说的是那些在闲暇时候喜欢读书，而且认为有一些书籍非常值得阅读的成年读者，而非那些一直埋头苦读的“书虫”。“书虫”们一般什么书都会读，总会在好奇心的驱使下走上人迹罕至的道路，沿途寻求不被人关注的“珍贵书籍”，并因此而倍感愉悦。然而，我只打算谈谈部分名家名作，即那些经久不衰的、为世人所公认的佳作。我们常常以为那些佳作在所有人的书单中，但实际上，并不是每个人都会真的阅读它们，说来实在可惜。一部分名作受到了知名评论家们的认可，也被文学、史学家们津津乐道，不过当下的普通读者们却鲜有兴趣和时间拜读。对于文学家们而言，这部分名作是不容忽视的，但是随着时光的流逝及人们阅读兴趣的改变，它们的闪光之处逐渐黯淡，因此今人读之难免需要多花些心思，多几分毅力。例如乔治·爱略特[1]笔下的《亚当·比德》，我从一开始不觉得这是一本能带给人某种享受的书，但是出于某种责任感，我坚持读完了这本书，心里的石头才得以落下。

我不打算过多评论这一类书籍。人人都是最优秀的评论家——于自己而言。无论文学家们如何评论某本书，无论他们如何群起称颂，如果你对那本书毫无感觉，那么它就和你没有任何关系。评论家们未必总是正确的，一本书的价值只有你自己能做出判断。对于我所推荐

[1] 英国十九世纪的知名女性作家，代表作即《亚当·比德》。——编者注

的书目，这个道理依然适用。每个人都有自己的审美，很难达成一致，最多是求同存异。所以，我没有理由说，我喜欢的书就是你喜欢的书。不可否认的是，我所推荐的书的确丰富了我的内心世界，若是没有阅读过它们，而今的我恐怕就是另一个我了。但是，假如你，或者其他人听了我的话，选择了我所推荐的书却很难读进去的话，那就停下来。无法为你带来享受的书，就是对你没用的书。人们没有义务一定要阅读诗歌、小说，以及纯文学（纯文学的法文写作“belles-lettres”，我不太清楚其英文名称，或许没有特定的词汇）。读这类书应该从自身兴趣出发。没有人可以断定，自己感兴趣的其他人也会感兴趣。

千万不要觉得享受是一件不道德的事情。享受本身并非坏事，别无所指，只是所带来的结果千差万别，因此理智者会认为不该追求某一些形式的享受。享受未必与庸俗或纵欲直接相关，古代圣贤早就说过，不失理智的享受与欢愉是一种可以持续很久的完美体验。毫无疑问，一旦阅读成为一种习惯，便对人大有裨益。鲜有娱乐活动可以满足中老年人的需求；如果想一个人玩，那么恐怕只能想到单人扑克、象棋残局，以及猜谜语之类的游戏，其他的选择少之又少。阅读是一种很方便的活动，大概除了穿针引线、绣花织布——但是，恐怕你没办法平心静气地去做——之外，没有其他活动能够像阅读这般，想什么时候开始就什么时候开始，想什么时候结束就什么时候结束，不但可以持续很久，还可以兼顾其他事情。值得庆幸的是，今人的生活中不乏公共图书馆与价格低廉的书籍，所以阅读俨然是最便捷的娱乐活动了。阅读习惯一旦养成，你就能创造出一个独属于自己的避风港，基本上可以与生活的苦痛说再见了。为了不夸大其效用，我用了“基本上可以”这一说法，毕竟它很难缓解饥饿之感或失恋之痛。不过，一个热水袋外加几本好看的探案小说，的确能让重感冒患者忘记病痛。当然，假如一直被逼无奈地读着自己不喜欢的书，那谁又会愿意把阅读变成一种习惯呢？

在谈论著作的时候，我将以年代为序，这样要方便一些。当然，假如你打算阅读一番，改变一下顺序也是可以的。在我看来，你应该按照自我喜好来进行阅读，甚至不用读完一本之后再翻开其他的书。我总是在同一时期里阅读四五部作品。究其原因，人的心绪日日不同，哪怕在一日当中，也不可能时时刻刻都埋头于书本。这种情况是需要适应的。我所采用的阅读方式自然是我自己能接受的。清早起床，在开始一天的工作之前，我会先翻看一阵哲学书或科学书，原因是这种书可以让我的大脑保持清醒，精神更加集中，对接下来的工作有利无害。忙完之后，我想要放松一下，于是会选择阅读历史、散文、传记、评论等图书，以驱散大脑的紧张感。入夜之后，我喜欢阅读小说。除此之外，我总是随身带着一部诗集，有心情的时候就读一读。我还会在床头放上一本无论从哪里都可以随时开始，或随时停下阅读的书，只是这种书实在太少了。

R阅读未必要一字不落

我之前受《红书》之邀为大家列了一个书单，并附上了一段简评，当中有这样一句话："对于有头脑的读者而言，跳跃式阅读是一种颇具效用的阅读方法，学会之后便可享受到最大的阅读快感。"毫无疑问，有头脑的读者绝不会把看完一本小说当成一个任务。他们以读小说来打发时间，心系小说人物的际遇，关注其所处的环境、所做出的行动，以及未来的命运；他们满怀同情之心，和人物一起哭一起笑；他们设身处地、感同身受，仿佛已经进入了那些人物的生活。对于书中人物的生活态度——生活是人类始终在思考的伟大主题之一，无论是口头上的，还是行动上的——他们都能找到共鸣，时而震惊，时而高兴，时而愤怒。纵然如是，他们依然明白自己感兴趣的到底是什么，而且一直在寻找，如同对狐狸穷追不舍的猎狗一般。有时候，由于作者的失误，读者们会陷入迷乱，只能漫无目的地浏览起来，直到再次看见吸引自己的内容。这便是我所说的跳跃式阅读。

每个人都会跳跃式阅读。然而，想要在这种情况下保证阅读质量其实是很难的。我认为，这种能力就算不是天生的，也是通过后天日积月累的阅读训练造就的。鲍斯威尔曾提到，约翰逊博士不但能够一目十行，而且速度奇快："他天赋异禀，能够很快读完一整本书，并且准确地捕捉到书中的核心价值。"鲍斯威尔所说的书籍应该是具有教育意义，或者研究价值的那一类，毕竟我们没必要死磕一本令人难以下咽的小说。不过很可惜，基于某些我接下来会谈及的因素，我认为眼下基本上没有哪部小说可以让人饶有兴趣地、一字不落地读完。跳跃式阅读或许有其不足之处，不过人们在无奈之下也只能这么做了。可是，一旦开始这么做，我们就很难停下来，以至于可能会遗漏很多有价值的内容。

后来，《红书》刊登了我拟定的书单，没过多久，一位美国出版商找到我，并提了几个建议。他打算出版那十部著作的节选本，并希望我能为这十本书各写一篇序言。在他看来，只需保留作者所写的核心内容，也就是其所述的中心思想，以及与人物性格有关的部分，其他内容都可以删掉，以便读者获取这些关键信息；假如不删除那些多余且冗长的部分，那么读者便有可能会失去阅读这些书的兴趣；如果只保留有价值的部分，那么读者就可以轻松地进行阅读，体验并享受这一智慧之旅，且乐在其中。一开始，我感到了震惊，不过回头想想，虽然一部分读者懂得如何进行跳跃式阅读并从中获益，大部分读者却不具备这样的能力，倘若由一位经验老到且辨识能力出众之人对文本进行删减，那对这部分读者来说一定是好处多于坏处的。另外，我对创作序言这件事也颇感兴趣，所以就答应下来。一部分文学评论家、研究者和教授或许会感到惊讶，并认为读者就应该阅读名著的原文，而我却非要做删减，破坏原著的完整性，着实不可理喻。他们无法想象诸如《傲慢与偏见》这样的极具可读性的小说，以及《包法利夫人》之类的结构紧凑的作品该作何删减。不过，作为一位有想法的评论家，乔治·桑兹伯利则指出：“例如狄更斯的作品，有些小说是可以做些删减的，当然，这样的情况比较少。”删减这件事原本无可厚非，几乎所有剧本在被搬上舞台前都会做大量删减。这么做一般来说很有成效。我在许多年前与萧伯纳一起吃过午餐，我听他说，由其剧本所改编的戏剧，在德国的受欢迎程度要比英国高得多。他认为原因在于德国人更聪慧，而英国人却很愚钝。实际上，他的观点并不正确。在英国的演出中，在他的强烈要求下，其剧本里的每一个字都被照搬上了舞台，而在德国的舞台上，就我所观摩的话剧演出而言，导演果断地删掉了一切与主题无关的言辞，而这反倒凸显了剧本优秀的一面。当然，我并不认为应该把这件事告诉他。我想表达的是，对小说做类似的调整也未尝不可。

柯勒律治之前是这样评价《堂·吉诃德》的：只值得阅读一次，往后随手翻几下就好。言下之意便是，书中有很多地方或乏味或荒谬，而对于读者来说，大可不必在这些地方浪费时间。这部名著十分重要，研究文学之人自当阅读至少一遍（就我个人而言，西班牙文原版读过三次，英文翻译版读过两次），不过不可否认的是，对于将阅读视为娱乐活动的普罗大众来说，在略过那些乏味的篇章后，并不会若有所失。相反地，他们会更加钦佩作者的笔力——栩栩如生地描述了那位游侠及其老实仆人的神奇经历和对话。一位西班牙出版社把那些故事提炼出来单独成册，从而激发了人们的阅读兴趣。塞缪尔·理查逊所著的《克莱丽莎》是一部虽然不那么了不起，却不容忽视的小说，其体量巨大，所以只有耐心极好的人才能不畏艰难地读完。机缘巧合之下，我得到了一个删节版，若非如此，恐怕我也没有勇气去拜读。那个节选版编辑得恰到好处，我在阅读时并未感到错过了什么。

大部分人都会觉得，这个世纪最卓越的小说当属马塞尔·普鲁斯特笔下的《追忆似水年华》。我非常崇拜普鲁斯特，也拜读过他的所有作品，而且总是兴致盎然；我还曾夸张地说过，就算读他的作品读到反胃，也不想为了消遣而选择别人所写的东西。我读过三次《追忆似水年华》，如今看来，这本书的确也有无关痛痒之处。在我看来，当时的思想潮流对他的影响很大，所以他的表示会偏于繁冗，而这种风格在今天已无人欣赏，再加上字里行间偶尔透露出的迂腐想法，便注定这本书会在未来逐渐失去读者。基于这个原因，我甚至觉得，未来的读者或许会更加轻易地把普鲁斯特视为一位优秀的幽默作家，并认为他善于刻画与众不同、个性鲜明、活灵活现的人物形象，足以和托尔斯泰、巴尔扎克、狄更斯等文豪比肩。也许有一天，《追忆似水年华》也会以节选版的形式再次进入读者的视野，那些随着时间流逝而变得毫无意义的部分会被删除，剩下的一定是引人入胜的精彩篇章。到那个时候，这本书依然是一部恢弘的著作，不过其节选本或许更卓越。安德鲁·莫洛亚所著的《追忆普鲁斯特》是一本十分优秀的作品，其内容甚是丰富，并让我们知道了普鲁斯特原本计划把《追忆似水年华》分作三卷出版，且每一卷都有约四百页。可是，在印刷后两卷时，一战突如其来，导致出版延迟。因为身体不太好，普鲁斯特免于服役，但在这段漫长的时光中，他为最后一卷扩充了大量内容。

“扩充的内容很多，”莫洛亚指出，“都是心理学与哲学方面的论述，在这些篇章里，那位有识之士（在我看来，他说的不是小说里的‘我’，而是作者普鲁斯特）评述了故事人物的各种行为。”他还表示：“这部分内容甚至可以结集为一本蒙田式的散文集，涵盖了对音乐之作用、艺术之创新、风格之审美，以及另类个性、医学等方面的论述。”凡此种种无不是远见卓识，至于其到底能不能提升小说的价值，我觉得得看读者对这一题材，也就是小说的基本功能作何理解了。

在上述方面，人人都有自己的观点。赫·乔·威尔斯所创作的《当代小说》是一篇颇有意思的文章，他写道：“我认为，社会变迁引发了很多问题，而除了小说，人们大概再也找不到其他媒介来讨论其中的大部分问题了。”在以后日子里，小说仍然“具有平衡社会、促进交流、自我反省、展现道德伦常、融合生活方式、萌生习俗风尚等作用，并会对社会规范、社会思想，以及法律制度进行监督批判”。“（在小说里）无论是政治问题还是宗教问题，抑或是社会问题，都是我们讨论的对象。”威尔斯坚决反对将阅读小说当作娱乐活动的观点。他毫不避讳地指出，他从未觉得小说是艺术的一种表现形式。令人疑惑的是，他也不同意把小说视为宣传模式的看法：“我认为，‘宣传’这个词具有特殊的意义，而且其定义已经演变得十分广泛了。它被用来泛指某种传播模式，例如口头传播、文字传播、广告传播等，通过反复呈现来达到说服的目的：你对某个事物的真假、优劣、对错、美丑等方面的判断毫无问题，理应被大众认同，且可以作为自身行为的基础。”但从威尔斯的主要作品来看，他确实是在传播某种理论或准则，即做宣传。

上述的重点在于小说到底是不是艺术的一种表现形式。小说的出现究竟是教育大众还是娱乐大众呢？若是以教育为主，那便不属于艺术范畴，毕竟艺术是为了取悦于人而出现的。诗人也好，画家也罢，包括哲学家在内，都认同这一观点。不过，在基督教的指引下，人们总是心存疑惑，认为娱乐会令灵魂堕落，因此很多人在面对艺术的真谛时会感到错愕。无疑，更加合理的方式是将娱乐视为一件好事情。当然，不要忘了，的确有一些娱乐活动会结出恶果，所以最好远离它们。普罗大众往往将娱乐与纵欲联系起来，这样的想法其实情有可原，毕竟相较于心理上的欢愉，生理上的欢愉总是更加强烈与显著。但是这种理论显然是大错特错的，原因在于娱乐不仅有助于放松身体，也有助于放松精神，尽管前者通常比后者更容易为人所察，但维持的时间却没有那么长。在牛津词典中，“艺术”一词的定义包含了这样一句话：“体现审美的技能，例如文学、演讲、戏剧、舞蹈、音乐、诗歌，等等。”这句话没有错，但应该再补充一句：“尤其是按照当今时代的习惯，体现完美的工艺，并凭借对象本身的全面性来彰显自身的技能。”在我看来，所有小说家都是以此为目标的，不过据我所知，恐怕没有哪个小说家能如愿以偿。在我眼中，小说理应是艺术的一种表现形式，尽管它不甚完美。我曾在很多地方做演讲时，对这一话题多有所提及，所以接下来我就不做赘述了，只择其要而论之。

我的观点是，将小说视为布道或学习的途径是一种很不好的习惯。那些认为可以通过阅读小说来学习知识的人显然已经偏离了正轨。获取知识要靠勤奋刻苦，学习的过程注定是坎坷且无趣的。假如可以把含有知识成分的“良药”加入小说这个好吃的“果酱”中，以便读者能轻松咽下，那自然是再好不过的。可是，说起来容易做起来难，在保证好吃的前提下，“良药”还管不管用，恐怕没有人能说清楚。小说家在书写与知识有关的内容时难免会带有个人色彩，所以是缺乏可信性的；同时，要是我们获得的是歪曲的信息，那还不如不获得。我们凭什么要求小说家除了做好本职工作之外，还得做好其他工作。他的任务是做优秀的小说家，仅此而已。他或许应该是杂家，但实在没必要要求他成为某一领域内的专家，这么做甚至是一种伤害。如果他们想了解羊肉的风味，那吃上一口便好，何必吃掉整只羊。如果他拥有丰富的想象力与创造力，那么就可以在吃了几口之后对爱尔兰炖羊肉做出精彩的描述，继而述及牧羊产业、羊毛生产，以及澳洲的政局等，当然，读者们最好还是谨慎一些，对此种观点看看就好。

小说家在创作时往往会受限于个人倾向，无论是题材的选择，还是人物的刻画，抑或是对人物的评价等方面，皆是如此。他笔下的字字句句都蕴含着个人的性情、直觉、情感、经验等。他力求客观，却始终无法挣脱个人倾向的束缚；他力求公正，却依旧会在不经意间流露出偏见。他手中的骰子就像灌了铅似的。小说开篇，人物纷纷登场，而此时，小说家正在想尽办法让你关注并同情那些人物。亨利·詹姆斯不止一次谈到，小说家需要具备演员的素质。这么说或许不甚准确，却格外形象，因为小说家需要通过精心编排各种素材来吸引读者。为了达到目的，他有时候会放弃真实感与可信度，以引人注目为第一要义。如同我们所知道的那样，学术著作和科学论著是不可能以如此面貌问世的。然而，小说家所做的事毕竟是娱乐大众，而非教育大众。

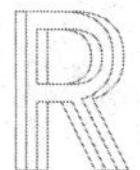优秀小说自有其优秀之处

或许有些冒昧，但我还是想讨论下，我心目中的优秀小说都具备什么样的特质。这类小说的主题通常是大众所感兴趣的，也就是说，它不但可以引起一部分特定的人群——可能是评论家、教士、高知分子，也可能是公交车售票员、酒吧服务员，等等——的关注，还触及了人们的普遍心理，能感染普罗大众。另外，这些主题所激发的关注可以持续很长一段时间：那些以风靡一时的话题来创作小说的作者是目光短浅的，当这类话题从人们的生活中淡去后，其作品也就失去了价值，如同上周的报刊一样过了期。所设定的故事需要合乎情理、条理清晰；事件的发生、发展和结果皆不可或缺；结局应该是基于事件的发生而自然生成的。情节不能偏离故事发展的可能性，除了要有助于呈现主题之外，还需要做到顺其自然。人物的个性要鲜明，其行为应该是从个性衍生出来的，不会被读者质疑“他怎么可能做出这样的事”，而会令读者心悦诚服地说“他这么做，情有可原”。在我看来，最好能让人物变得有趣些。很多知名评论家都很欣赏福楼拜所著的

《情感教育》一书，然而书中的主人公不但缺少个性与生命力，还缺少基本特征，所以不管他做了什么或经历了什么，读者都毫不动心；尽管那本书里也有很多出彩的地方，但就整体而言，的确是很难读进去的。我想我应该在这里稍作解释：为何我要如此强调人物的个性。我们没有办法要求小说家一定要塑造出前所未见的人物，那绝非易事；小说家写的其实是人之本性，而人性会随着环境的不同而各异，然而尽管如此，其范畴也不可能无穷无尽。早在数千年前，人类就开始涉足小说、故事、戏剧、史诗等文学创作，因此小说家能够塑造出全新人物的可能性几乎为零。在小说创作史上，我所知道的能够称得上独树一帜的人物只有“堂·吉诃德”这一个。哪怕就是这样一个人物，我也毫不意外地听闻，一位学富五车的评论家已经找出了其存在于遥远时代的原型。所以，小说家要是能够从个性入手来塑造人物，让人物与众不同，且不同到令人误以为是前无古人，那就相当成功了。

和行为一样，语言也是由个性而定的。论谈吐，名媛应有名媛的样子，妓女应有妓女的特点，不管是赛马场里的揽客者，还是替人消灾的律师，言谈都该符合自身身份（不可否认，梅瑞狄斯也好，亨利·詹姆斯也罢，其作品都有这方面的问题；他们笔下的各种人物都是在用作者本人的语调说话）。对白要有逻辑性，而且不该涉及作者个人的观点；语言是推动情节发展、塑造典型人物的利器。陈述的时候需要简单直接、不失准确、生动形象，故事背景和人物动机要清晰且可信，不要说得太多太杂。行文力求简明扼要，让文化层次不太高的读者也能轻松阅读；风格与内容要相吻合，就好比精美的鞋需要穿在不大不小的脚上才好看。最后，优秀的小说理应是足够吸引人的。尽管我没有把这一特质放到前面来讨论，但这并不影响其基本要素的地位，如果做不到这一点，那上述一切都是徒劳。在具有娱乐价值的同时，一部小说越能引发读者的思考就越是优秀。“娱乐”这个词的定义是很宽泛的，不单单只关乎消遣与乐趣。人们普遍误以为，在“娱乐”的定义中，除了“消遣”就再无其他关键词了。实际上，《呼啸山庄》《卡拉马佐夫兄弟》《特里斯舛·项狄传》《康第姐》等著作也不乏娱乐性，尽管程度各异，不过都是贴近现实。小说家自然有权书写那些与人类命运密不可分的重大主题：上帝之存在、灵魂之永生、生命之意义、人生之价值等，不过，在书写时可别忘了约翰逊博士的忠告：“在与上帝、灵魂、生命有关的主题上，已经不可能再出现全新的真理，也不可能再出现真实的新知。”就算这些主题是小说故事的一部分，有利于塑造典型人物，并与人物行为休戚相关——若非如此，人物便不可能做出某些行为，作者也只能祈祷这些主题对读者具有足够的吸引力。

对于长篇小说来说，就算具备了前文所述的各种特质（要做到非常难），也会在形式上出现各种各样的小毛病，不可能是完美的，就好比带有瑕疵的白玉一般。简单来说，没有哪部长篇小说能做到尽善尽美。对于短篇小说，更有可能做到精益求精，依照长短的不同，读完大概需要十分钟到一个小时不等。短篇小说通常都只有一个主题，而且相对明晰：要么描写一个在精神层面或物理层面相互关联的事件；要么描写一件单一事件。有的甚至能够达到多一分则肥，少一分则瘦的境界。在我眼中，短篇小说完全可以达到这种近乎完美的程度，而且诸如此类的作品想来并不难找。然而，长篇小说的字数毕竟是不受限制的，像《战争与和平》这样的洋洋巨著，通常会涉及一连串联系紧密的事件，塑造的人物也会很多，而像《嘉尔曼》一类的作品则要简短一些。如果以追求真实为前提，作者就得讲述其他一些与故事相关的事件，而那些事件可能会很枯燥。事件的发展一般来说都会有时间跨度，要想让作品看起来协调一些，作者需要想办法用其他内容来填补时间上的空白。我们将这部分内容叫做“桥”。大部分小说家似乎生来就会“搭桥”，不过其间的乏味在所难免。无异于常人，小说家也会被时代思潮影响，而且他们的感知能力比普通人更强，所以他们总会下意识地创作出某些随波逐流却稍纵即逝的作品，例如，我们在十九世纪之前的小说里很难看到景物描写，即便有也只是一笔带过而已。

然而，在夏多布里昂[1]等浪漫主义作家声名鹊起之后，刻意的景物描写便演变为一种时尚。即便是书中人物去店铺买只牙刷，作者也会对其途经的建筑、店铺中的货物等进行描写，更别说清晨与傍晚、夜幕与星辰、晴朗的天空与洁白的积雪了。很多看上去美妙无比的描写其实都与主题无关。过了很长一段时间后，作者们才发现，那些充满诗情画意、栩栩如生的景物描写如果不能推动情节发展，或者不能让读者对人物有更深层次的理解的话，便毫无存在的意义。这个问题在长篇小说中并不太常见，但另一个问题却是必然会出现的内部问题。创作一部体量巨大的小说需要花费很长的时间，最短也要几周，通常得持续数月，最久可达数年。自然而然地，作者的创造力会逐渐减弱。

[1] 法国著名浪漫主义作家，代表作为《阿达拉》与《勒内》。——编者注

在这种情况下，他不得不竭力地继续创作，而最终呈现出来的文字倘若依旧扣人心弦，那便堪称奇迹。

曾几何时，读者们认为篇幅越长的小说越优秀，原因在于他们觉得自己买书花了不少钱，所以不能吃亏。鉴于此，作者们便绞尽脑汁地为故事添油加醋。他们总结出了一个办法，即在一个故事里穿插别的故事，有时候穿插的故事甚至可以被看作一部中篇小说，同时又和原来的故事主题毫不相干，即便有些许联系也是生拉硬扯的结果。塞万提斯在写《堂・吉诃德》时便肆无忌惮地采用了这样的方式，论这方面的“本事”，可以说无人能出其右。那些牵强附会的内容，被后人看作是这部鸿篇巨制里的败笔，以至于现如今鲜有读者愿意认真阅读。正因如此，当下的评论家们对塞万提斯嗤之以鼻。当然，如我们所知，塞万提斯在写《堂・吉诃德》后半部的时候减少了这样的输出，所以相较于前半部，后半部更加优秀，充满了奇思妙想。令人惋惜的是，继塞万提斯之后的作者（他们一定没有看过任何评论）依然沿用着这样的创作方法，创作了许多粗制滥造的东西，只为迎合大众的口味。随着十九世纪的到来，一种具有创新性的出版形式令小说家们心动不已。以月度为周期出版的杂志利用大量篇幅发表了很多具有娱乐性的小说，并因此而备受读者欢迎。尽管一部分人对此表示不屑，不过杂志的出现的确为小说家们提供了一番新天地：连载的稿费可不低。同时，杂志出版商也看到了新的商机：名家名作的连载可以带来丰厚的利润。作者在与出版商签约之后，需要定期提供特定数量或体量的小说。如此这般，作者们开始刻意放慢故事节奏，以至于小说越来越冗长。就像他们自己——那些写连载小说的作家们，包括声名远播的狄更斯、萨克雷、特罗洛普在内——所说的那样，定期交稿让他们感到了巨大的压力。这也就是为什么他们会写把故事写得那么长，在里面插入毫无意义的片段，让作品变得如此拖沓！总之，因为那个时候的小说家不得不面对很多阻碍，甚至圈套，所以哪怕是最杰出的小说家也难免会出现这样那样的问题；我们应该对此表示理解。事实上，那些优秀的小说所存在的问题比我们预想的要少很多，这已经足够令人震惊了。

R 人们就是喜欢听故事

为了让自己变得更优秀，我看了很多关于评论小说的论著。大致看来，那些作者都无异于赫·乔·威尔斯，并不认为小说是用来娱乐的。他们都觉得，小说里的故事并不重要。换句话说，他们的观点是，在阅读小说的时候，故事会成为绊脚石；读者会因此而分心，并错过小说里真正重要——他们所认为的——内容。他们好糊涂，实际上，故事是小说家用来吸引读者的关键线索。他们还指出，为了写而写的故事令小说俗不可耐。在我看来，这个说法甚是奇怪，要知道，人们就是喜欢听故事，这就如同大家都爱钱一样，是植根于内心的一种欲望。历史告诉我们，人类在很早之前就开始围坐在火堆旁，或者聚集在街头巷尾谈论各种事。这是一种从未停止过的强烈欲望，也是探案小说备受欢迎的原因。我们可以将小说家视为讲故事的人，尽管听上去有些不恭敬，甚至带有贬义，不过他们的确是在讲述故事。不过，我觉得大家都不会如此轻看小说家。如你所见，小说家是在用故事、人物，以及他对人物的态度批判生活。他的批判可能很落伍，也可能很肤浅，不过它确实出现在了字里行间；到最后，就连他自己不能未觉察到，这样一种简单的形式让他成了一位道德家。和数学不同，道德不属于科学范畴，其标准总在变化，因为它与人类行为有关，而众所周知，人类行为不仅复杂，而且善变，甚至虚假。

眼下的世界并不太平，小说家应该多看看。至于未来，恐怕也难以长治久安。自始至终，自由都会受到限制。伴随我们的常是恐惧、失败与忧愁。前人恪守的社会规范，事到如今漏洞百出。然而，读者并不喜欢在小说中看到这类重大问题，对此，小说家们心知肚明。举例来说，人类已经发明出了避孕药，所以从前的贞操观便过时了，即便那曾是一种道德标准。小说家迅速地捕捉到了由此而出现的男女关系的变化，于是，为了吸引读者，他们开始不断地为男女主角加床戏。我觉得这是个粗劣的伎俩。对于性爱描写，切斯特菲尔德爵士曾经分析道：快感转瞬即逝，场面荒诞不经，却要付出不菲的代价。他若是生活在当今时代，那么在看了当下的一些小说后，大概会这样讲："如出一辙的举动，繁杂冗长的描述，带来了毫无意趣的呈现。"

如今的小说有一个特点：以塑造人物为主，而不是以讲述故事为主。不可否认，人物的塑造的确是一件非常重要的事，毕竟读者需要先了解人物才能达成共情，而后才会关注人物所参与的事件。不过，以人物为主，情节为辅的创作手法只是小说创作方法中的一种，而另一种则以讲述故事为主，只对人物进行简单的描写。这种手法也有其存在的合理性。实际上，诸如《吉尔·布拉斯》《基督山伯爵》等很多名著皆是如此。山鲁佐德[1]如果只讲人物个性，不讲神奇故事的话，那么早就掉脑袋了。

[1] 《一千零一夜》中的人物，是一个讲故事的人，因为会讲很多故事而被凶残的国王赦免。——编者注

R 畅销到底意味着什么

一部分评论家——令人惋惜的是，还有一些自诩为知识分子的读者——只因为某本书卖得很好就对它进行攻击的做法，其实很不理智。他们觉得一本很多人想读并购买的作品不可能比那些无人问津的书优秀，这种想法实在太荒谬了。靠一间卖瓶子的工厂和一块祖上留下的墓地赚了大钱的洛根·皮尔赛·史密斯竟然批判道：“那些作家不是在为我写书，只是在为钱写书。”这番话实在太蠢了，只能让人看出他一点也不懂文学史。约翰逊博士之所以能写出英国文坛公认的伟大作品，其实是因为想赚点钱将母亲好好安葬。史密斯还口出狂言：“若不是想着赚钱，只有傻子才会写书。”狄更斯与巴尔扎克都未曾想过通过写作赚钱。评论家的工作只是判断某部作品优不优秀而已，而作者的创作初衷，以及图书销量和他毫无关系。不过，那些思想渊博的评论家通常也会对一部作品的各种潜在创作动机进行分析，并探究是什么样的特殊因素造就了这样一部深受读者——文化程度和阅读喜好各不相同——的欢迎。对此，他只需对比一下《大卫·科波菲尔》《飘》

《战争与和平》《汤姆叔叔的小屋》等杰作便能找到答案。

当然，这并不意味着畅销书定然优秀。它或许一点也不好，只是因为抓住了某个时人关注的话题而风靡一时，但哪怕它有许多漏洞，可一般的读者照样喜欢。不过，要是人们对那个话题失去了兴趣，那么这部作品便会被抛弃。有的书因为涉及情色而卖得很好，毕竟对此感兴趣的读者大有人在，如果作者与出版商的这一做法受到了政府方面的关注或阻止的话，那么这些书会卖得更好。有的书因为迎合了部分人的冒险心理或浪漫情怀而销量不错，而这类书要是也被禁的话，就显得太不近人情了。最近这几年，美国的图书在广告的大力助攻下销量大增，无论是小说还是非小说，而且很多无甚价值的书也在其中。然而，在我看来，没有哪个出版商不明白这样的道理：无论花多少广告费，都不可能让所有人为某本书买单，除非那本书拥有征服所有人的特质。广告的作用不外乎是让那些原本就对某类书感兴趣的读者知道某本书的存在罢了。由于那些书拥有某些吸引人的特质，因此出版商才愿意广而告之。即便那些书的构思与语言糟糕透顶，甚至庸俗、矫情、滥觞、缺乏合理性，不过它们定然具备吸引眼球的内容。换句话说，它们在某些方面，或者一定程度上是不错的。评论家常常指责读者不应接受那些粗制滥造之作，可这么说又有什么用呢！喜欢那些书的人不会在意作品的不足之处，只会看到书中吸引自己的地方。评论家最好对这类被批判因素进行阐释，唯有如此，读者才能从中受益。

哲学书中的人生

R 唯有它从不让人失望

是库诺·费舒尔将我带进哲学世界的。那年冬天，在海德堡，我参加了他的哲学讲座。他在海德堡很出名，而那次系列讲座主要讨论的是叔本华的哲学观点。来听讲座的人非常多，只有排在前面的人才能占到好点的座位，所以得去早点。费舒尔个子不高却很精干，穿得很整洁；头发已白，但很整齐；脑袋很圆，面颊泛红；眼睛不大，透着神采与聪敏；鼻子扁平，就像被人揍了一拳似的，颇有些好笑，这让他看上去一点也不像是一位哲学家，倒像是位退役的拳击运动员。他十分风趣，并创作过一部与机智有关的书籍——我那时候正在看，但如今早就忘光了。他爱讲笑话，逗得听众们前仰后合。他说起话来很大声，而且滔滔不绝、引经据典、激情澎湃。当时的我正值年少无知，听不太明白他在说什么，不过对叔本华那特立独行的个性倒是印象深刻，对其哲学体系的开放性与生动性也多少有了些认识。多年之后的今天，我依旧不敢妄言，只能说费舒尔的讲座更像是一次艺术活动，而不是严肃的哲学课堂。

从此之后，我开始如饥似渴地阅读哲学书。哲学书给我带来了乐趣。毋庸置疑，对于把阅读视为需求与享受的人而言，在众多值得阅读的重要门类中，最丰富和最吸引人的当属哲学书了。古希腊文化令人着迷，可是就丰富性与可读性而言，这类书很难令我们保持热情，原因在于要不了多久你就可以读完那存世稀少的古希腊文献及相关论著。意大利的文艺复兴同样令人兴奋，然而相较之下，相关书籍着实不多，而且文字上缺乏思想性，艺术上缺乏创造性，更多的不过是典雅、娇柔、均衡（读者对这类特性早已习以为常），所以读者很容易倦怠，与此同时，读者也很容易厌倦文艺复兴时期的人，他们会很多才艺，却似乎拥有同一副面孔，就像是用相同的模子浇铸而成的。你大可尽情阅读与文艺复兴有关的论著，至于是否能读完那就另当别论了，因为要不了多久你就会觉得没意思。很多人对法国大革命也很感兴趣，相关图书的优点是蕴含现实意义。这一事件并未过去太久，所以读者只需稍作思考便能融入其中。甚至可以这样说，当时的人们与我们同处一个时代，因为活在当下的我们依然被那些思想与活动影响着，而且就今日的思想潮流来看，今人无疑还在继续着那场革命。与此相关的书籍有很多，文献资料数不胜数，而且时至今日仍层出不穷。这也就是说，读者能够读到很多有意思的新资料。不过，这并不意味着读者的需求能得到满足。这一时期的艺术与文学发展得并不好，所以能研究的只有与大革命有关的人物，但令人惊讶的是，对于这些人，我们读到的越多，就越会觉得他们俗不可耐、鄙俗不堪。法国大革命是人类历史上最伟大的一幕，而其参与者却表现出了与其身份大不相同的一面，多么可悲啊！结果，你心中生出了些许厌恶，而后放下了那些书。

唯有哲学书籍从不让人失望。它无穷无尽，值得你上下求索；它丰富至极，如同人之灵魂；它隐秘而伟大，蕴含了与人类有关的一切知识。它关乎宇宙、上帝、永生；关乎人类的理智、人生的目标；关乎人类的能力，以及能力的边界。当你满心疑惑地在这个神秘世界中四处探寻却找不到答案时，它会劝告你接受无知且知足常乐。它告诉我们，退一步海阔天空；它给予我们继续前行的勇气；它开启了我们的心智，还为我们插上了天马行空的翅膀。在我看来，对于哲学爱好者而言，哲学书籍所带来的思考要比哲学家的多得多。

在听了费舒尔的讲座后，深受启发的我翻开了叔本华的书，而后陆续又阅读了绝大部分著名哲学家的主要作品。在那些著作中，有很多内容都是我想不明白的，当然，就算我觉得想明白了，也不一定是真的明白了。不过，我在阅读这些书时，几乎从来没有觉得枯燥乏味。唯一的例外是黑格尔的书，我确实感到了厌倦，但这是我个人的问题，毕竟黑格尔影响了整个十九世纪的哲学思想，而这足以说明其理论有多么重要。我只是觉得他的书太繁冗了，所有论证过程都千回百转，让我头痛不已。对于柏拉图之后的哲学家所写的著作，我倒是兴趣甚浓，读完一本又一本，如同外出游玩并流连忘返的人一样。我像读小说一般地读着哲学书，并没有思考当中的哲学问题，所以过程其乐无穷，令人激动（我之前直言不讳地讲过，我看小说纯粹是为了娱乐，而不是学习，望理解）。对于喜欢研究人性的我来说，能从不同哲学家的自我剖析中洞察到不同哲学体系背后的个体是一件值得开心的事。我尊敬那些崇高的人，同时也觉得那些古怪的人很好笑。在普鲁提诺的带领下，我从一片虚空来到另一片虚空，感受到了一种不可言说的喜悦之情。我很清楚笛卡尔从合理走向了谬误，但尽管如此，我还是被他那轻松的文字风格所吸引，读他的书如同畅游于湖中，水清见底、水波涟漪、动人心魄。斯宾诺莎带给我的体验是前所未有的，那种崇高、那种庄严占据了我心灵的每一个角落，让我觉得自己是在仰望一座座连绵起伏的雄峰。

我承认我对英国哲学有偏见，毕竟德国哲学对我影响很大，因此我会觉得在英国的一众哲学家中，只有休谟是不可或缺的，而这又因为他曾被康德口诛笔伐。不过，我认为英国哲学家都算得上是优秀的散文作者。另外，他们可能不是卓越的思想者（我不敢妄言），但一定极具探索精神。在我看来，任谁也不会在阅读《利维坦》的时候，对霍布斯那明快的英式写作无动于衷，或者在阅读《这些对话》的时候，对贝克莱主教亲切的语调处之泰然。尽管康德认为休谟的哲学理论毫无价值，可在我的心目中，休谟的文笔十分出众，既优雅又明晰。对于那些看重文体的作者与有识之士来说，洛克等英国哲学家的英文作品堪称典范。我在创作长篇小说之前，每次都会翻开《老实人》[1]读上一遍，以此明确写作标准，并会据此进行自我检验，看看书稿是否如《老实人》那般流畅、优美，以及充满智慧。当下的英国哲学家们如果能够在动笔之前仔细研读并借鉴休谟的《人类理解论》，那么必将受益良多。他们的作品并不总是优秀的，这大概是因为其思想的严谨程度已经超越了以前的哲学家，所以只能独

[1] 伏尔泰所创作的哲理小说。——编者注

创出一系列术语来，而这么做其实很不安全，原因在于那些善于思考的人会对他们所提出的相关问题进行思索，并埋怨他们讲得太模糊，以至于众说纷纭，莫衷一是。听别人说，在当今的哲学研究者中，怀德海教授[1]是最聪慧的，但可惜的是，他似乎没有想明白写作的应好规则：在定义事物性质的时候，所选词汇的含义应该与其一般含义相符合。

[1] 英国现代哲学家。——编者注

R没有万能之书

我在考入医科大学之后发现了新天地：看了很多医学书。这些书让我知道了，人和机器没什么两样，同样受限于控制法则，生命走到尽头的那一天也就是机器停摆的那一日。在医院里，我见惯了生死，除了害怕，我选择相信书本，选择相信宗教与上帝是人类进化过程中的意识产物，只为满足生存的需求。无论是从前还是现在，它们都表现为某种于人类生存有益的价值观，不过这只能从历史方面去解释，并非客观存在。我常常说自己是不可知论者，然而却打心眼里认为，很有可能，理性的人无法接受上帝的存在。

可是，假如永恒的上帝并不存在，不灭的灵魂也不存在，而我不过是机械动力下的一具躯壳，以生存竞争为前行的动力，那么令我百思不得其解的是，人们口口声声所说的善良，究竟意义何在？于是，我翻开了伦理学著作，认真地看完一本又一本长篇大论，最后发现：人生的目标不过追求快乐罢了，就算做出牺牲，那也是因为有人把舍己为人的慷慨幻想成了自己所追求的快乐的源泉。没有人知道未来会发生什么，所以选择享受当下也是情理之中的事。在我看来，对与错不过是两个不同的单词而已，行为规范也不过是人们为了追求自身利益而约定俗成的一种制度罢了。自由者自然会遵守这些规范，除非他认为规范对他造成了很大的障碍。那个时候，格言风靡一时，所以为了勉励自己，我也把信念写了下来："到哪里都可以，只要不与警察为敌。"到了二十四岁，我的脑海里已经构建出了一套完整的哲学体系，其基本原理有两条，一是物的相对性，二是人的圆周率。后来有一天，我忽然发现，原来早就有人提出过第一条了。我记得原本对于第二条的理解似乎是相当深刻的，然而如今不管我如何回忆也想不起来它的含义了，恐怕以后也想不起来。

一个偶然的机会，我在阿那托尔·法朗士[1]所著的《文学生涯》中看过一个十分有意思的故事。虽然已经过去了好多年，可我依然对那个故事记忆犹新：在遥远的东方，一位年轻君主登上了王位。为了治理好国家，他广招贤能，并要求那些有才之人到世界各地去搜集智慧的警言，然后结集成书给他阅读，以便让他成为一位天下明君。贤能们受命前往，一去就是三年，回来的时候带着一群骆驼，而骆驼们则驮着五千本书。贤能们告诉这位君主，世界各地的名言警句都在这里了。可是，身为君主，日理万机，压根就没有时间仔细阅读，所以他要求贤能们先回去认真挑选一下。十五年后，贤能们归来，这次只带来了五百本书。他们对君主说，世界各地的智慧都在这五百本书中了。然而，君主还是觉得多，再次要求做进一步筛选。十年过去了，

[1] 法国现代小说家，诺贝尔文学奖获得者。——编者注

贤能们带着五十本书再次拜见君主，而此时的君主已垂垂老矣，毫无心力去阅读那五十本书了。无奈之下，他又对贤能们提出了新的要求：将所有的人生智慧浓缩到一本书当中，好让自己能够在最后的时光里学习最想学的知识。贤能们接受了这一要求，并在五年后回来朝见，而此时的他们也已步入暮年。君主终于得到了朝思暮想的智慧之书，然而时不待人，他已来到了生命的尽头，哪怕只是一本书，他也没有时间和精力去阅读了。

我渴望看到的正是这样一本可以为我解决人生所有困惑的书。如此一来，我便能够毫无顾忌地开创专属于我的生活方式了。我看过古典哲学家的著作，也看过现代哲学家的作品，我努力地寻找着自己想要的东西，却看到了各种各样的言论。我很认同哲学家们的批判思想，但不太认同他们的建议，尽管我也不清楚问题出在哪儿。在我看来，那些哲学家博闻广识、逻辑严谨、分类精细，不过观点各异，而这取决于他们气质上的千差万别，而非思考是不是理性。若非如此，我实在不明白他们为何要针锋相对如此之久，为何所持的观点有着天壤之别。我记得我曾在什么地方看到过费希特[1]所说的一句话：个体的哲学观是由其人格所决定的。读完之后，我当下便陷入了沉思：我所追寻的东西或许永远都不可能找到；既然在哲学领域内找不到适合所有人的一般真理，那么就把范围缩小一些，去找一位与我思想相通、人格相似的哲学家吧！对于我的疑惑，他给出的答案一定符合我心意，因为那答案一定与我的气质相符。

[1] 德国古典哲学的代表人物之一。——编者注

我曾在一段时间里被美国实用主义思想深深吸引。至于那些在英国各所著名大学里任教的教授们所写的书，我从未觉得有什么用处。我觉得他们是不错的绅士，却绝非优秀的哲学家。我甚至想过，他们会不会是因为受限于社会关系，例如不想彼此伤害之类，而不敢大声说出合理的结论。相反，实用主义哲学家总是一副生机盎然的模样。他们充满了活力，尤其是那几位主要代表，文笔也堪称一流。对于那些困扰了我很久的难题，我在他们的作品中找到了答案，而且他们总是由浅入深地表达观点。虽然我想与他们一样相信：真理是人们用来实现实际目标的工具，但是我做不到。在我看来，感性资料是所有知识的基础，也是客观存在，不管你觉得有没有用，它就在那里，不会消失。

另外，他们还表示，假如你相信这世上真的有上帝，并因此而得到慰藉，那么对你而言，上帝就真的存在。这种说辞也令我不安。就这样，我对实用主义逐渐失去了兴趣。在我眼中，柏格森[1]的著作虽然充满意趣，却缺乏说服力；本尼台托·克罗齐[2]的作品同样不合我心意。伯兰特·罗素[3]的著作通俗且优雅，令人陶醉。我很仰慕他，喜欢阅读他的作品，也很乐意将他视为我的导师。他既豁达又博学，对人性的弱点毫不苛刻。不过，我后来又觉得，他不是一个方向明确的导师，因为他的想法总是在改变。如果将他比喻为一个建筑师的话，

[1] 法国现代哲学家，主张生命哲学。——编者注

[2] 意大利现代哲学家，倡导新黑格尔主义。——编者注

[3] 英国现代哲学家，是逻辑实证主义者。——编者注

你会发现，当你打算修建一座屋子的时候，他一开始会告诉你应该用砖头，然后又会通过各种论证来说服你用石头；当你接受了他的建议后，他又会说唯一能达到要求的是钢筋混凝土，而且理由照样很充足。最终的结果是，连一个遮盖的棚子都盖不起来。我想看到的哲学体系必须要前后一致，逻辑合理，例如布拉德莱的理论——各个部分结合紧密，皆不可变动，要不然整体就会崩塌。然而，罗素的体系并非如此。

后来我终于找到了答案：我想找的书是不存在的，无论是现在还是未来，除非我自己动笔写。于是，我下定决心拿起了笔。我认真阅读了哲学系研究生的必读书目，打算以此为写作基础。我认为，在此基础之上，辅以我四十年来的生活经验（那时候我四十岁），以及未来几年的悉心研读，我应该能够如愿以偿地创作出一部我想要的书。我很清楚，除了满足我的个人需求之外，它或许不会再有别的什么价值，最多只是书写出了一个思考者的灵魂（或许不太准确，但暂时这么来讲吧），以告诉大家，相较于那些职业哲学家，他的生活经验要多一些。我深知自己并不擅长哲学思考，因此打算从各个方面搜集资料。所搜集的理论必须要与我的心智相符合，同时也得满足（比心智更关键的）我与生俱来的一部分偏见——它们深藏在本能之中。在此基础之上，我计划创立一个能为了指引人生道路且必定行之有效的哲学体系。

然而，当我读的哲学资料越多，就越觉得自己无知，特别是那些哲学杂志，可以说给了我沉重的打击。杂志里有一些很重要的篇目，而且篇幅一般都很长，内容也很复杂，我总是读得浑浑噩噩，找不到方向。论述的方式也好，推导的过程也罢；严谨的论证也好，陈述潜在的反面意见也罢；对全新术语的解释也好，对经典理论的引用也罢，一切都在告诉我，哲学——至少是现代哲学——是专业人士的研究课题，普通人是参透不了的。在动笔之前，我必须花上二十年来提升自己，这样来看，当这本书写完的时候，我恐怕会像法朗士笔下的东方君主那样，成了一个力不从心的老人，而我辛辛苦苦写出来的东西也已失去了价值——至少于我自己而言。

最后，我选择了放弃。

伦理学给我的启发

对哲学感兴趣的普通人一般都是有目的的，例如想搞清楚人生的价值、生活的方式、自身之于宇宙的意义等。哲学院应该针对这些问题给出答案，至少要去尝试，否则就是渎职。就目前来说，普通人所面临的亟待解决的问题几乎都与恶有关。

不知道为什么，在谈论恶的时候，哲学家总爱拿“牙疼”这件事举例。他们严肃地说，你无法感觉到我的牙有多疼。在他们悠然自得的生活中，或许只有牙疼才会给他们带来苦痛，所以我们大概可以这样认为，当美国牙科医学发展到一定阶段，这个问题将不值一提。我经常琢磨，哲学家在毕业，以及开始授人以渔之前，应该先到大城市的贫民窟里去做一年义工，或者做一年体力活来体验赚钱的不易。那些因脑膜炎死去的孩子会改变他们对于一部分问题的看法。

你如果觉得这一问题没那么要紧，那么在阅读《现象与现实》[1]

[1] 布拉德莱的代表作。——编者注

一书的“论恶”一章的时候，一定会觉得那部分内容写得很幽默，而且出乎意料地极具绅士风度，并从中得出这样的看法：过分看重“恶”是毫无意义的，尽管它的确存在，但也不用过分看重。无论如何，人们夸大了“恶”，不过毫无疑问，恶中有善。布拉德莱始终认为，作为一个整体存在的时候是不会感受到痛苦的；“绝对者”的范畴绝不仅限于包括其内部的各种不和谐与差异。他还指出，这就好比一架机器，其内部的各个组成部分所施加的压力与阻力都服务于某个超越自身的目标，而“绝对者”的情况大体上也是这样的，但层次更高；假如具有这样的可能性，那就意味着它是真实的。恶与谬误都是为一个比起其自身范畴更加广泛的计划服务的，而且只能在这一计划里才能看到。它们的部分作用体现在某个层次更高的善当中，因此就此意义而言，它们本质上也是一种善。总的来说，恶不过是人类的错觉罢了。

我特别想搞清楚，其他哲学家是如何解释这一问题的，但相关理论很难看到。或许是因为这一问题很不好解释，所以他们更愿意去讨论那些更可以多说几句的论题。另外，在那少量的相关理论里，我也没有看到能够说服我的内容。究其原因，或许是我们从恶中学到了很多东西，并因此而不断进步，却受制于现实而无法正视这样的一般法则。无论是勇气还是同情心都是弥足珍贵的，但若非对苦难与危险有所体悟，却又无法拥有这样的品质。我搞不懂的是，当一个士兵不顾自身安危营救了一位盲人后，士兵得到了维多利亚十字勋章，可盲人又得到了什么安慰？施舍是善良的体现，善良是美好的品质，可这样的品质是不是真的可以减轻一贫如洗、靠他人接济而活的跛子所遭遇的恶？恶四处可见，譬如痛苦、疾病、穷困、犯罪、造孽、绝望，以及至亲的故去等，数不胜数。那么，哲学家们对此作何解释呢？他们认为，在逻辑上，若没有恶，人们便会懂得善；他们说，世界的本质就是善恶相对，二者在哲学上相辅相成。再来看看神学家如何说。他们说，上帝以恶考验世人；他们说，上帝在世间播下恶的种子，是为了惩罚有罪的人类。然而，我看到的却是，无辜的孩童因患上脑膜炎而死掉了。对于这件事，我不得不接受了一种符合我理智与情感的说法：灵魂的转世轮回。如我们所知，这种学说并不认为出生是人们生命的开始，也不认为死亡是生命的完结，而认为生死是无限循环的生命历程中的一个转折点，新一世的宿命是由上辈子的行为所决定的；善者入天堂，恶人下地狱；轮回自有终止之时，哪怕是神灵也是如此；只有走出了轮回之路，才会得到真正的幸福，也就是说，涅槃之后才能达到永恒不变的清净境界。如果人们相信自己此生所遇到的恶意味着前世所犯下的罪，那么便可以容忍恶的存在，并积极向善，希望下辈子能避恶遇善。

相较于他人所遭遇的恶，人们对自己所遭遇之恶的感受会更加强烈（如哲学家所言，你无法感觉到我的牙有多疼），但能激起愤怒的往往是他人所遭遇的恶，而对于自身的遭遇，人们大多只会觉得很生气。只有那些主张“绝对”理论的哲学家们才会对别人的遭遇冷漠以待。假如因果报应真的存在，那么人们就会一边叹息一边坚强地面对各种恶。完全站在恶的对立面未必是件好事，毕竟这会抹杀生命疾苦的戏剧性，而我们几乎无法反驳这种悲观主义理论。很可惜，在我看来，无异于灵魂转世学说，这一理论也无法说服我。

说不清的宗教哲学

接触过各大宗教基础教义的人一定会很惊讶，因为那些教义中的许多内容都是后世之人所添加的，是原始教义的延伸。说教也好，榜样也罢，都已变得比宗教本身更重要了。大部分人在面对阿谀奉承时多少都会觉得尴尬，可令人疑惑的是，卑躬屈膝的教徒们认为上帝很乐意听到颂扬之词。我年纪尚轻的时候，曾有一位年纪稍长的朋友长邀请我与他一道去乡村居住一段时间。作为一名教徒，他每日清晨都会为家人们诵念祈祷文，不过我发现，他用铅笔将《祈祷书》中的溢美之词都划掉了，因为他觉得，阿谀奉承上帝并不是一件好事。他颇具绅士风度，因此认为上帝也是位绅士。我当时认为他是个奇怪的人，如今看来，他是个有想法的人。

人类是感情丰富、脆弱不堪、愚钝至极、可怜可悲的动物，所以让人类接受上帝看起来并不太合理。我们不难做到宽容待人，只需站在他人立场上多想想，就能明白他人为何会犯下错误，并为其辩解。在受到伤害的时候，我们很容易跟随本性而出离愤怒，甚至做出报复行为；对于发生在自己身上的事情，人们不太容易做到超然物外，不过只需静下心来认真想一想，就能由外向内地看清自身处境。如此一来，原谅他人之于自身的伤害就不再是一桩难事了，甚至比原谅他人之间的伤害更加容易。另外，要原谅使其受到伤害的其他人是最难的，那要求我们具备出众的自省能力。

没有哪位艺术家不想得到人们的信任，不过对于那些持反对意见的人，他们通常都表现得很宽容。然而，上帝却不会如此善解人意，他强烈要求人们信奉自己，因为他需要用这样的信仰来证明自身的存在。他承诺善待信者，并降罪于不信者。就我个人而言，我不打算信奉这样的上帝——不接受不信者，并为大家这样理解上帝而感到愤怒。我不会信任这样一个不及我宽容、没有幽默感，不近人情的上帝。普罗塔克[1]在很早之前就已说得很明白了。“我可以接受人们说，”他写下了这样一番话，“从开始到现在，压根就没有普罗塔克这个人，但不可以接受人们说，普罗塔克既善变又易怒，因闲言碎语而施与报复，为鸡毛蒜皮的事大发雷霆。”

我们在上帝身上看到了很多人类无法解释的缺点，然而尽管如此，我们并不能就此认为上帝不存在。只能说，作为人类信仰的各大宗教，不过是人们在深山老林中辟出的不同道路，而所有这些道路实际上都无法抵达那个神秘的中心。人们在竭力证明上帝是存在的，而我将在此对相关解释做些简要介绍，请大家耐性地看一看。第一种解释是，人类总在追求完美的事物，而完美包括了“存在”这一因素，所以完

[1] 古希腊的知名传记家。——编者注

美的事物一定存在。第二种是，万事万物的出现都是有原因的，而作为一种存在，宇宙的出现也是有原因的，那便是造物主的创造。第三种解释的理论基础是自然方式，被康德称为最久远、最清晰、最符合人性的理性的依据。休谟在其对话录中，通过人物之口表达了这一观点："大自然是有秩序与设计的，根本原因发挥着神奇的作用，所有部分与器官都有清晰的功能，或者说明确的目的；这足以证明，存在着某个充满智慧的存在，就好像伟大的作者一般。"不过，在康德看来，这样的推理并不能很好地支持第三种解释，对于前二者而言也毫无用处。后来，他给出了第四种解释，简而言之便是，假如上帝不存在，人类身上的责任感就会摇摇欲坠，变成虚伪的东西，而如果失去了责任感，人类就会失去自由与真我，因此人类必须在道德层面上选择信仰上帝。人们通常认为，康德之所以提出这样的观点与其温和善良的性格有关，而不是认真思索的结果。不过我认为，相较于上述几个观点，这一观点的说服力更强，尽管它如今已过时，只在人们证明"英雄所见略同"时才会被提起。这一观点指出，人类从远古时期便开始信仰"上帝"，因此没理由认为，这种伴随着人类一路走来，被伟大的先知、东方的圣贤、希腊哲学家，以及经院派哲学家们所认同的信仰是没有依据的。在很多人心目中，它存在于人之本性，不过情况或许是（我不敢断言，所以必须加上"或许"一次），只有在某种潜在的本能得到了满足之后，它才会真正出现。经验告诉我们，流行时间的长短并不能证明信仰的真理性。由此可见，以上四种解释都不够充分。当然，虽然证明不了上帝是存在的，但我们也无法认定上帝是不存在的。恐惧感与孤独感从未离开过人类，所以人类始终渴望与万事万物和谐共生。宗教的根源便在于此，而非对自然、祖先、巫术的崇拜，也不是道德。你不能说，所追求的事物定然存在；也不能说，得不到证明的事物定然不可信。为何不可信？因为缺少依据吗？这不是什么理由。在我看来，你若是发自内心地想要在苦难人生中寻求慰藉，寻找可以支撑自己、激励自己走下去的爱，那么便不用理睬它是否已被验证，甚至会认为它无需被验证，随心就好。

神秘主义无需验证，它只在乎自身的信念。它不需要依靠教义而存在，原因在于它只从教义中提取所需。它是个人化的，用以满足个人需求。它告诉我们，人类所赖以生存的世界是神性宇宙的组成部分之一，并通过这样的方式获得了意义；它还告诉我们，存在着一个支持人类、安慰人类的上帝。我常会听到神秘主义者说起自身的神秘体悟，而且内容大同小异，因此难以判定其真伪。事实上，我也曾经历过类似的事，而且除了用神秘主义者对灵魂出窍的描述，似乎找不到更合理的解释了。那个时候，我正在开罗附近的一座被人遗忘的清真寺中安静坐着，突然感到一种令人陶醉的气息，如同伊纳提乌斯·罗耀拉[1]在曼雷萨河畔所遇到的情况。我感到，某种源自宇宙的神奇力量忽然压了下来，使我融入了宇宙。我甚至觉得，上帝来到了我眼前。这样的感受无疑具有普遍性，而且神秘主义者对其尤为在意，因为他们觉得这种感受的影响是显而易见的，并体现在结果中。我的观点却是，这种感受的起因多种多样，并不一定只与宗教有关。无论是圣徒还是艺术家，都曾有过这样的体验。另外，就像我们所知道的那样，

[1] 西班牙教士，生活于十六世纪，创建了耶稣会。——编者注

恋爱中人也能体会到这样的感受，因此神秘主义者尤爱以恋爱中人的腔调来抒发这种无与伦比的心情。我不太清楚，相较于另一种情形，这种感受的神秘性是否更胜一筹。另一种情形——时至今日，心理学家们依旧未能给出合理的解答——指的是，我们偶尔会强烈地感受到，当时所看到的一切似曾相识。灵魂出窍论的的确确令神秘主义者们欣喜若狂，不过除此之外，于他人似乎毫无意义。神秘主义者也好，怀疑论者也罢，都认同这一观点：无论人类如何通过智慧的方式进行探索，都无法参透那个永恒存在的奥秘。

我想着那个奥秘，一面敬畏着宇宙，一面埋怨着圣徒与哲学家的模糊说辞，于是开始研究穆罕默德、基督与释迦牟尼、希腊神灵、耶和华、太阳神[1]，最终与奥义书[2]中的婆罗门相遇了。那种精神（假设婆罗门是一种精神）自然而生且超然于物外，是所有生命的共同源起，万事万物皆存在于其中。无论如何，其恢弘超过我的想象，满足了我的内心。只不过，笔耕多年的我自然而然地对它们产生了质疑。实际上，哪怕是刚写完的字句，我也常觉得自己说得不够清楚。对于宗教来说，唯一能凌驾于万事万物之上的存在，是某种客观存在的真理；唯一能够发挥效用的上帝，是善解人意、至高无上、慈悲为怀的上帝，其存在无可辩驳，如同二加二的答案一样。然而，我依旧难以参透那个奥秘。我终究是不可知论者，而不可知论从实用性的角度作出了总结：别想着上帝是否存在，好好做人便是。

[1] 古腓尼基人所信仰的神灵。——编者注

[2] 古印度宗教著作。——编者注

R 真、美、善的价值

追求自由的人类从不愿虚度时光，在痛苦地看到自己失去了某种值得献身的、自由的、崇高的力量之时，就为自己找了些新的特殊价值；那些价值超越了与自身利益有关的自我价值，为生活增添了意义。古代圣贤在那些价值中选出了三种最为重要的。在他们看来，如果人们能够只追求这三种价值，便可以在某个方面找到生活的意义。尽管它们或多或少还带着生物学意义，不过乍看起来毫无功利性，所以人们常会误以为，在实现了这些价值后就能够获得真正的自由。它们无疑是至高无上的，令人类精神文明的重要性得到了加强，且不论效果好坏，人们至少认为值得为之奋斗。它们宛如人生荒漠中的三片绿洲，使人们在失去方向时还能找到一丝希望，相信绿洲的存在不会辜负自己，会给自己带来安稳的生活，会替自己答疑解惑。那三种价值乃是：真、善、美。

我认为，“真”被纳入其中多少与修辞有些关系。人们将勇敢、荣誉感、独立精神等品质也视为“真”的属性。这些品质虽然彰显了人们对“真”的追求，可其实与“真”毫无关联。一旦看到有利于表现自我的机会，便定有人会冲上前去拽住不放。不过，这些人在乎的并不是“真”，而是自己。若把“真”视为价值，那么原因一定在于它是真的，而非勇敢的。可是，因为“真”需要人们做出判断，所以人们常常觉得其价值体现在其与众不同的判断过程中，而非自身属性上。这就好比相较于两片废墟之间的桥梁，两座城市之间的桥梁要重要得多。除此之外，若“真”是一种终极价值，那么令人不解的是，似乎所有人都不清楚这到底是一种什么样的终极价值。对于其意义，哲学家们众说纷纭，争论四起。普通人倒是不参与争论，只顾着追求普通人心目中的“真”。对事实进行概述的姿态看起来颇为谦逊：只求守护好某些独一无二的存在即可，但倘若给这种做法也贴上价值的标签，那么价值就成了寻常之物了。我们常常在那些以道德为主题的书籍中看到很多实例，作者们旨在借此说明，在不违反法律的情况下，也可以守护好“真”。实际上，那些作者们完全没必要给自己挖坑。古代圣贤早就说过，讲真话不一定是聪明的举动。在虚荣、享乐、利益面前，人们哪里还记得“真”；“真”没法填饱肚子，只有“骗”才能换取生活。我有时候会觉得，人类的理想主义只是以“真”为借口来满足自负心理而已。

“美”的情形没那么糟。一直以来，我坚持认为除了“美”，再没有别的什么可以让生活变得有意义。究其缘由，自人类诞生以来，艺术家世代辈出，这证明美是人类所实现的唯一一个目标。在我看来，在人类活动的所有产物中，艺术品是至高无上的存在，并最终证明人类历经磨难、绝望、困顿与挣扎。米开朗基罗画在西斯廷大教堂穹顶上的人像、莎士比亚笔下的戏剧台词、济慈写下的赞歌，无不证明无数不幸者、苦难者与死亡者的人生都是有意义的。后来，我告诉自己不应夸大其词，应该说艺术丰富了生活，艺术品彰显了生活美好的一面；尽管如此，我最看重的依旧是美。然而，今天的我不再这么想了。

我现在觉得，“美”总是戛然而止。我在欣赏“美”的时候，常常发现自己除了静静看着，夸耀几句之外，就没什么事可以做了。被激发的情愫自然是高贵且优雅的，却无法持久，也不可无限复制；哪怕是这个世界上最美的东西，最后也会令我疲劳。我发现，对我来说，实验艺术品所激发的满足反倒可以持续很长时间，原因在于这些作品还没完成，留下的想象空间自然也就大一些，而那些卓越的艺术品，因为完善，所以限制了我的想象，或者说活跃的内心世界因为被动的关照而产生了疲惫感。在我看来，美如同高山之巅，登上去后唯一可做的便是下山。所谓完美，恐怕会令人厌倦。这可不是无足轻重的玩笑话：可以追求完美，但不必那么较真。

人们口中的“美”，往往是那些与自身审美倾向相吻合的事物，有的是精神上的，有的是物质上的，更多的则是物质上的。可是，这就好比你在询问水的特性时得到了“它是湿的”之类的答案。我阅读了很多权威人士写的书，以寻找详细一些的解释。此外，我还和很多艺术家做了朋友。然而，我的感受是，艺术著作也好，艺术家也罢，都没能为我提供优秀的答案。事实令人震惊且不可否认：衡量美的标准绝不是固定的。在博物馆中，我们可以看到很多曾几何时被最杰出的鉴赏家认定为极具美感的物品，然而在我们眼中，这些物品早已失去了价值。我这辈子也亲历过类似的事，一些前段时间还被人们深以为美的画作与诗歌不久之后便黯然失色，就像原本在朝阳里闪耀的露珠，没过多久便失去了光芒。即使像我们这一代心高气傲的人也不敢大言不惭地说自己的判断永远都是对的。我们眼中的“美”定然不是后世之人眼中的“美”，而被我们忽视的那些东西，或许会受到后世之人的关注。与“美”有关的结论只有一个：“美”与一代人的特殊需求密切相关。我们不可能在自认为“美”的事物中总结出绝对的美。“美”的确让人们的生活有了意义，但与此同时，它富于变化，因此不具可分析性。祖先嗅到的玫瑰花香，我们注定无法嗅到；祖先心目中的美，我们注定无从感受。

我尝试着从美学著作中寻找答案：人的审美可能是由人性中的何种物质促生的，以及这种意趣究竟是什么样的存在。人们常常把“审美本能”这个词挂在嘴边，仿佛是想强调，无异于食欲与性欲，审美也是人类的一种基本欲望，而且它还带有一种特性：哲学范畴内的统一性。换句话说，审美源自某种可以表现出来的本能，涉及富余的精力，以及与绝对性有关的神秘感。然而，我始终没想明白。按照我的想法，审美并非本能之一，而是人类内心在某种强烈本能的刺激下所产生的一种状态，同时与人类是进化的产物的特质，以及生命的普遍情况不无关联。

除此之外，事实上，它和性本能关系密切（这一观点已被多数人认同），这意味着具有出众审美能力的人通常性欲旺盛、容易走极端，甚至呈现出病态特征。这大概是因为，在人的内心世界里，诸如音调、节奏、色彩等特别容易被人关注的东西，或者说让人觉得美的元素与某种生理因素有关；也可能是因为，一些事物会勾起我们的回忆，无论是人还是地方，抑或是其他对象，从而让我们感受到了美，因为那些回忆是我们偏爱的，或者历久弥新，倍加感怀的。除了熟悉感会促生美感之外，陌生感也具有同样的作用。因此我们得知，无论是相似性所引发的联想，还是相对性所引发的联想都是审美的一部分，而且都十分重要。如果不运用联想这种方法，我们恐怕难以说清“丑”的美学意义。我不清楚有没有人对时间之于美感的影响进行过研究。一部分事物之所以会令我们感到“美”，除了存在熟悉感之外，前人的颂扬也在一定程度上起到了辅助作用。在我看来，这便可以解释，为何一些作品当初寂寂无闻，如今却美名远播。例如，今人在诵读济慈所创作的赞歌时一定会觉得很美，而这种感受一定比时人的更强烈；在过去的漫长岁月里，那一首首栩栩如生的诗歌给了很多人勇气与慰藉，同时也因人们的这种情感而变得更加动人。我认为，审美不是简明的，而是繁杂的，由很多不同的，甚至常相矛盾的因素所共同促生的。美学家认为，人们不应在一幅画或一首交响乐的刺激下放任欲念，或陷入回忆，或想入非非、亢奋不已。这番话一点意义都没有。人们实在难以自持，毕竟上述各个方面无不是审美情感的一部分，事实上，从平衡角度或结构方面来看，这种满足感是非功利性的。

在面对一件伟大的艺术品时，人们会作何反应？例如，你来到卢浮宫，看着提香[1]所画的《埋葬》，听着《歌唱大师》[2]中的五重唱，此时的感受是什么样的？我只能说说我的个人感受：情绪愈发激动起

[1] 意大利文艺复兴时期的知名画家。——编者注

[2] 德国十九世纪作曲家瓦格纳的戏剧。——编者注

来，而后转化出一种理性与感性交错的兴奋感，以及一种被赐予了力量、挣脱了人生各种束缚的幸福感，继而内心生出了温柔地同情之心，并感受到了安宁，以及精神上的超然。毋庸置疑，我的确会在欣赏绘画、雕塑、音乐作品的时候变得激动，而且有时候会很激烈，想要形容这种情形，大概只能用神秘主义者与上帝相遇时的言辞了。所以我始终觉得，不是只有宗教信徒才能走入更高境界，除了祈祷、斋戒等方式外，其他办法也未尝不可。不过，我转而扪心自问，这种激动的情绪有什么作用呢？它自然是令人愉快的。愉快本来没什么不好，可这种愉快又凭什么比其他愉快更好，甚至好得似乎不应该称其为“愉快”，否则就是低估了它的地位？杰里米·边沁[1]难道真的傻到会认为所有愉快都只有程度上的差别，在程度相同的情况下，诗歌与小孩子的游戏所达到的效果就没什么差别？在这一问题上，神秘主义者给出的答案很清楚：如果不能提升人类的品质，并促使人类挖掘出更多能力来行善，那么再强烈的愉快都是徒劳。它的实际作用决定了它的价值。

我结识的朋友中有一些极具审美能力之人，不全是艺术创作者，在我看来，艺术创作者与懂艺术的人并不一样。创作者旨在通过创作来表达自身的某种强烈欲望，看重个性的展示，所以其作品中偶然所见的美感皆是刻意为之。他们以自己熟悉的方式，譬如写作、绘画、雕塑等进行创作，只为拯救自己被束缚的灵魂。我要谈论的是那些懂得鉴赏及评判艺术品，并以此为生的人。不过，我并不怎么欣赏他们，因为这些人总是自视清高。他们不但处理不好生活琐事，还常常轻视

[1] 英国十九世纪初的著名哲学家、伦理学家、法学家。——编者注

脚踏实地认真工作的人们。他们觉得自己看的书很多，见的画也多，所以比其他人更优秀。他们将艺术视为逃避现实的手段，看不起生活琐事，并对人类的各项基本活动嗤之以鼻。实际上，他们和瘾君子们没什么两样，甚至更差劲；瘾君子们好歹不会自命不凡，不会居高临下地对待他人。无异于神秘主义的价值，艺术的价值也取决于其最终效果。倘若只具有娱乐性，那么无论人们从中获得了多少精神上的帮助，其意义也是微不足道的，换句话说，其意义不会超过一杯葡萄酒，或者一份牡蛎。若能给人以慰藉，那么就是有意义的。在这世上，"恶"随处可见，如果人们能找到一个纯洁的地方稍作休整也未尝不是一件好事情，当然，这么做的目的绝不是躲避"恶"，而应该是蓄积除"恶"的力量。艺术应该让人们懂得何为谦逊，何为坚强，何为智慧，何为仁慈，只有这样，对人生而言才是有价值的。

我们很难将"美"定义为一种人生价值。美感是人们判断"美"与"丑"的标准，但只有特定阶层的人懂得美感，而这种只存在于小部分人身上的感受力并非所有人都需要具备的。可是，美学家并不这么认为。不可否认的是，我年轻时因为无知而认为艺术（包括自然美在内；从那时候起直到现在，我一直觉得自然美来自人的内心世界，和油画、交响乐无异）是人类的终极目标，也是生而为人的动力，并洋洋自得地说，不够优秀的人是无法对艺术进行欣赏的。当然，如今我早已抛弃了这样的想法。我不认为只有少部分人能感受到美，那些只能被专业人士理解的艺术形式，如同其小范围的受众一样没有价值。唯有能被所有人感知的艺术才是真正卓越且有价值的艺术。受众面狭窄的艺术只能当作一种游戏。我不知道人们为何会将艺术分为古代艺术与现代艺术，艺术不就是艺术吗？它具有生动形象的特点。我们怎么可能借助历史、文化、考古等方面的联想来激活艺术对象呢？我们所看到的是希腊的古代雕塑，还是法国的现代雕塑，其实并不重要。唯一要强调的是，我们在那个时候、那个地方感受到了雕塑所传递出的美，而且这种感受使我们有了要做些什么的冲动。只要它不是单纯的自恋或炫耀，那么就对人们的性格培养有好处，可以引导人们选择正确的举动。批判艺术品的标准是其所产生的效果，若效果欠佳，那么该艺术品便谈不上有价值。我虽然不怎么认同这个观点，但除了接受别无选择。很奇怪，艺术效果对于艺术家来说只往往是偶然所得，而我只能将其视为事物的根本特性，原因在于我给不了其他解释。当一个人没有意识到自己在说什么的时候，他说的话才会达到最佳效果。这让我联想到，蜜蜂只知埋头产蜜， 却不知蜜都被人类挪作他用了。

“真”与“美”其实都不存在固有的价值，那么“善”是不是也这样呢？我们先来谈论一下“爱”，再来看看“善”的情形。据一部分哲学家称，“爱”包含了世间的一切价值，所以“爱”的价值是最高级别的。如果将柏拉图学说与基督教结合起来看，那么我们会发现“爱”当中带有某种神秘色彩。“爱”一词令人浮想联翩，因而令人觉得它是有感情的，比普通的“善”更激动人心。相较而言，“善”似乎要沉稳些。当然，“爱”大致可分为两种：一种是单纯的爱，即性爱；另一种是慈悲的爱。在我看来，就算是柏拉图，也从来没有真正准确地区分二者。他认为，那种产生自性爱的兴奋感、力量感，以及充满生机的情绪是第三种爱，也就是他口中的“神圣的爱”。但是我的看法是，不妨将其归为慈悲的爱，尽管这么做会把世俗之爱的固有不足强加于它身上，毕竟世俗之爱不可能永恒存在，迟早会烟消云散。人生最大的不幸并非死亡，而是无法去爱。你不再能得到所爱之人的爱，这是不应被人原谅的罪恶，并非生活中可悲的小插曲。拉罗斯福哥[1]看到，恋人间始终是一方施爱，一方被爱，于是便将这种不和谐的关系写进了格言，而在这样的关系下，人们永远得不到真正美满的爱情。无论大家如何厌恶，或者愤怒地反驳，但毫无疑问，爱情有赖于性腺所分泌的腺液。大部分性腺都不可能在同一对象的刺激下持续不断地分泌；另外，它们还会随着年龄的增加而逐渐退化。人类始终不愿承认这一点，颇有些虚伪。他们眼睁睁地看着爱情退化为忠诚的怜爱，却选择了自欺欺人，甚至洋洋得意。他们将爱情与怜爱画上了等号！怜爱是人们的生活习惯、生活方式、利益关系，以及相互陪伴的产物。说它给人以激情，不如说它给人以平和。人类是演化的产物，演化是人类生存的前提，由此可见，作为人类的一种强烈本能，性本能也需要遵循自然法则。去年今日，物是人非，所爱之人或许会不复从前。已经改变的你若能依旧深爱已经改变的爱人，那定然是值得庆幸的事。通常来讲，当你有了改变之后，就必然要付出更多心力去维持曾经的爱——对那个爱过但已改变之人的爱。当我们遇到爱情的时候，它的力量是无比强大的，因而我们才会认为它永远不会减弱和消失；在爱情淡去之后，我们会感到内疚，甚至觉得被欺骗了，或者埋怨自己不坚定，不专一，然而事实上，这种改变是人之本性的自然产物。在自

[1] 法国十七世纪作家。——编者注

身经验的引导下，人类在面对爱情时总带着复杂的心绪。他们其实不太相信爱情，有时候认为它美好，有时候又觉得它可恶。在绝大部分时间里，人类那向往自由的灵魂会觉得为了爱情所做出的自我服从是不光彩的事。或许爱情能给人们带来终极的圆满，可要得到爱情又谈何容易。因为爱情，人们很难拥有畅快的心境。与爱情有关的故事往往以悲剧告终。很多人畏惧爱情的力量，一边埋怨着，一边竭力挣脱它的束缚。他们给自己戴上了镣铐，却对此恨意满满，显然他们明知那是一道束缚。虽然爱情之路未必全是迷途，但对于一个明知不值得，却执意为之的人来说，大概没有什么比这更可悲的事情了。

不过，慈悲的爱并不会如爱情一般有不可逆的问题，也不会如爱情那般容易被改变。当然，慈悲的爱并没有完全排斥性爱，好比跳舞之人，在追求韵律感所带来的快乐的同时，未必不想与舞伴缠绵偷欢；当然，舞蹈若能使人感到愉悦，便是一种良性的刺激。在慈悲的爱中，已经升华的性本能依然可以使人们变得活力四射。慈悲的爱体现了“善”美好的一面，在严肃中加入了些许温和，让人更容易遵循那些容易被忽视的德行，例如克制、忍耐、宽容、坦诚，等等，而这类德行往往是被动且沉闷的。由此可见，我们可以说“善”是世间唯一有目的的价值，其回报便是德行。很抱歉，我居然给出了一个如此庸俗的答案。我原本应该以自身对其效果的洞察，用独树一帜的悖论，或者幽默的、看上去有些放肆的态度来做总结。然而，除了上述这类被印在字帖上，或者被牧师反复提及的说辞，我实在不知道还能说些什么。千回百转之后，我还是只能做出众所周知的解释。

我这个人没什么敬畏之心。在这个世界上，带有敬畏之心的人比比皆是，数不胜数。可是，很多被公认的、值得敬畏的人或事物其实徒有虚名，而对于另一部分人或事物，大家所表现出的敬畏不过是传统的遗存，而非真的被其吸引。对于但丁、提香、莎士比亚、斯宾诺莎等历史上的才俊贤能，最好的态度是将他们视为同辈并走近他们，而非匍匐在他们脚下。这样的敬畏才是真正的、最高级的敬畏，因为走近他们意味着我们认为他们并没有被时代抛弃。当然，对于平日里所遇到的真正意义上的“善”，我依旧会不由自主地生出敬意。每当此时，我都不会觉得那些不常见到的行善之人是不理智的，而在别的时候，我通常会那么想。我的童年时光不太明媚，我经常在睡着后做梦，也常常希望上学读书也是在做梦，这样的话，只要醒过来就还和母亲待在家中。我母亲是在五十年前离开人世的，但时至今日，我仍然常常感到心痛。我已经很久没有做过这种梦了，不过那种感受却从未消失过，我甚至觉得自己从未醒来。在这虚幻的梦境里，发生的事各种各样，我的行为也各种各样，我远远地看着自己在努力演出，并清醒地告诉自己，这一切都不是真实的。回头看看自己走过的路，看看曾经经历的成功与失败，所犯下的错误，所遭遇的欺瞒，所获得的满足，所有的悲欢离合，都是那么陌生，就像是在做梦一样。所有的过往都如同幻影一般无法触及。这或许是因为我的内心世界还没有得到真正的平静，还潜藏着人类祖祖辈辈对上帝及永生的奢求，虽然我自认为已经可以理性地看待上帝与永生。我有时候会做出退让，安慰自己说，这辈子见过、听过、遇到过的“善”也算很多了。“善”或许无法提供生而为人的缘由，也无法解释人生的意义，却能为我们带来慰藉。世界是无情的，从出生到死亡，我们就被四处弥漫的“恶”包围了，相较而言，“善”虽不是挑战或回报，但至少证明了人类的独立存在。“善”以幽默对抗着命运的悲怆与荒诞。不同于“美”，圆满的“善”绝不会让人产生疲劳感。相较于“爱”，“善”更加伟大，绝不会被时光打败，会始终令人快乐。如果说“善”体现在正确的行为中，那么有没有人能解释一下，在这个行为原本不附带任何意义的世界里，何种行为才是正确的行为？这类行为的目的绝不是追逐幸福，而那些最终得到幸福的人不过是幸运儿罢了。如我们所知，柏拉图曾经提出，有智慧的人应该承担一些世俗的责任，而不应该避世而居，静心冥想。显然，他认为责任是高于享受的。在我看来，人人都曾做过这样的决定：明知道那么做可能得不到幸福——不管是现在还是以后，却依旧坚持，只因为自己觉得没错。那么，到底什么样的行为才是真正正确的呢？我个人赞同路易斯·德·莱昂修士[1]的回答，并认为那是最优秀的解释。他给出的答案很简单，而且对于怯懦的人类来说，也不算可怖：“幸福的人生基于依循自身性情，做好该做的事。”

[1] 西班牙十六世纪宗教诗人。——编者注

传奇作品与伟大作家

《汤姆·琼斯》：别在意菲尔丁的疏忽

如果你想阅读菲尔丁的这本著作，我的建议是：要么别在意细节，要么放弃。正如奥斯汀·道布逊[1]所言，菲尔丁“压根就不打算写一本完美的书，只想反映平凡的生活，或者说是粗犷的、原汁原味的、毫不刻意的生活”。他对自己的要求是尽量做到真实，不夸大也不粉饰生活中的错与坏。毋庸置疑的是，在英国，他是第一个在小说里塑造真实人物的作家。罕娜·摩尔之前在其回忆录中提到过，约翰逊博士只对她发过一次脾气，因为听到她谈论《汤姆·琼斯》里的可笑片段。“我很惊讶，你竟然在谈论那本坏书的片段，”约翰逊博士说，“也很遗憾，你居然看了那本书！品行端正的女人怎么能读那本书呢！那可是这个世界上最无耻的书了！”然而我认为，品行端正的女子在结婚之前看看这部作品并非毫无益处。她将从中学到几乎所有的生活必备知识，以及很多与男人有关的事情，对她来说，这些都是有好处的，

[1] 传记作家，为菲尔丁写过传记。——编者注

能让她在结婚之后淡然面对那些令人尴尬的事。众所周知，约翰逊博士向来固执己见，觉得菲尔丁的创作乏善可陈，还曾侮辱菲尔丁是个蠢货。当鲍斯威尔提出反对意见时，他还辩解道："我说他蠢，意思是他缺少思想。"鲍斯威尔又说："可是他写出了生活真实的模样，你难道不这么认为吗？""的确，"约翰逊博士回应道，"但是他笔下的生活很无耻。理查生之前说过很多次，他是从别人嘴里认识菲尔丁的，要不是这样，他还以为菲尔丁是个马夫呢！"

今天看来，菲尔丁笔下的无耻生活已经算不得不正常了。《汤姆·琼斯》这本书里的某些场景在如今的小说里比比皆是。一些沉稳的评论家曾经充当过汤姆·琼斯的辩护人，认为他所经历的那件备受世人唾弃的事情归根到底是社会道德沦陷所致的。那件事是什么呢？贝拉斯顿夫人倾心于他，并察觉到他并不是不想迎合她的追求；他当时是个穷光蛋，而贝拉斯顿夫人却很有钱，并大方地为他的生活提供了资助。一个成年男子靠女人养活，这确实不是什么光彩的事，再加上这件事并不只与金钱有关，要知道那位多金的夫人对他是有要求的，他需要在其他方面做出牺牲。当然，站在道德角度来看，我们既然认为女人靠男人养活是天经地义，那么就不应该对男人靠女人养活这种事感到震惊。今人如果这么想这么做的话，便意味着社会舆论的愚昧无知。要知道，即便是在当今时代，我们也觉得应该使用"妓男"这个词来指代那些以身体换取钱财的男人。所以，就算你想大骂汤姆·琼斯卑鄙下作，那也无法改变事实：并非只有他是这样的。

汤姆·琼斯的一生充满了情感纠葛，其中一件事情颇有意思。他对迷人的索菲亚动了真心并无法自拔，然而与此同时，他却依然不断游走于其他美女之间，沉迷于她们的身体，并毫无愧疚之意，而那些女人的存在丝毫不影响他对索菲亚的感情。菲尔丁很现实，没有让汤姆·琼斯像那些血气方刚的普通男子那样克制自己的欲望，他深知，不可能要求人们变得更高尚，就好比不可能让人一天二十四小时都保持清醒。

菲尔丁的这本书拥有严谨的结构、紧凑的情节、精巧的构思，不过，无异于以前的"流浪小说家"，菲尔丁不怎么在意情节的合理性。他通过不可预测的事件及出人意料的巧合将人物联系起来，而后激情满满地将读者带入其中，让读者忽略所谓的合理性，把质疑咽回去。书中的人物都尽量保持了本色，要说有何不足之处的话，那便是刻画得不太细腻，好在其真实与形象弥补了这个不足。在我看来，那位"万全"先生看上去善良过了头，显得不太真实。当然，这并非菲尔丁的个人问题，实际上，所有想在人物塑造上做得滴水不漏的作家都会面对这样的问题。经验告诉我，对于这类人物，作者不可能规避其愚钝的一面。

《汤姆·琼斯》的写作手法很吸引人。相较于简·奥斯汀（其著作《傲慢与偏见》创作于半个世纪前），菲尔丁的文风更为松弛。这或许是因为菲尔丁在模仿斯蒂尔[1]与艾迪生的手法，而简·奥斯汀则借鉴了约翰逊博士的，或者同时代其他作家的风格，而那些人又都视约翰逊博士为榜样。如我们所知，简·奥斯汀之前拜读过约翰逊博士的全部作品。我忘了是谁讲的，优秀的风格会让读者觉得是在与绅士对话，而菲尔丁显然深谙其道。他不疾不徐地书写着汤姆·琼斯的故事，仿佛是在

[1] 英国作家，生活于十七世纪末至十八世纪初。——编者注

与朋友们聚餐时，一面饮酒一面漫谈。他的文字十分直白，不过未必比现代作家更粗犷或庸俗。毫无疑问，既漂亮又贤惠的索菲亚早已听惯了“野鸡”“杂种”“妓女”之类的污言秽语（我不知菲尔丁为何会这样写“b-ch”这个词），其实她的父亲，也就是惠斯特姥爷也常常用这样的词来称呼她。

以聊天的方式创作小说，意味着作者把读者视为好友，并向好友倾诉着他与人物之间有什么样的感情，以及人物正身处何种环境。当然，这种写作手法也存在问题，作者往往会居高临下地“指点江山”，从而妨碍了读者与人物的接触。他有时候还会写些哲思，令人反感；若是偏离了主题，那么他可能要花很长的篇幅才会“迷途知返”。读者不喜欢听作者唠叨无关的事，只想好好听故事，可他偏要故弄玄虚。值得庆幸的是，菲尔丁的题外话通常都颇为有趣，或者符合逻辑，但不写这些自然更好。菲尔丁的题外话一般都很短，而且他总是谦卑有礼地向读者道歉。

然而，他笔下的议论依然偏多。实际上，《汤姆·琼斯》是分数册出版的，而且每本单册都会以一篇议论性的序言开篇。一部分评论家对此很是推崇，认为他的议论为小说增添了光彩。我对此的看法是，那些评论家可能不是在读小说吧！擅长议论文的作者一般会围绕一个主题来展开论述，如果主题足够新鲜也足够有趣，那么读者或许能够从中获取到某些未知之事。不过，具有新鲜感的主题并不常见，于是作者会便打算用自身观点及态度来打动读者。换句话说，他寄希望于读者会对他这个人产生兴趣，而这种事情绝不会发生在小说读者身上。读者不在乎小说家的种种，只在乎书中的人物与故事。

为了写这篇文章，我再次阅读了《汤姆·琼斯》中的所有议论文。那些文章自然有其出众之处，可是我还是觉得不厌其烦。在小说家的牵引下，读者被人物吸引，而后便对人物的行为产生了兴趣；作者要是不去满足读者的需求，那读者就没有坚持读下去的动力。需要再次强调的是——甚至可以多强调几次，小说不是用来教训人的，而是用来启发人的。

回顾上述文字，我生怕读者会觉得：《汤姆·琼斯》是一部不够用心、低级趣味的作品，讲的不是渣男就是淫妇。这么想是完全错误的。菲尔丁很接地气，其笔下的人物并未流于表面，经验告诉他，人性里压根就不存在无私一说。完完全全的无私自然是崇高的，只是从未出现过，追求无私说到底是幼稚的行为。当然，菲尔丁笔下的索菲娅·惠斯特还是很美丽的，一个惹人怜爱的少女必然能够俘虏读者的心。她单纯而不愚昧，安分而不做作，个性鲜明、刚毅勇敢、天生丽质、心地良善。在刻画这个人物的时候，菲尔丁脑海里浮现的是可爱（我觉得这或许也是一种折磨）妻子的模样，着实感人至深，可歌可泣。

评论家乔治·森茨伯利的真知灼见很适合用在结尾处："《汤姆·琼斯》是一部书写生活的史诗般的作品，当然，它并非那种至高无上、屈指可数、激情澎湃的史诗，而是那种与平凡人的日常生活有关的史诗。它不完美，却真情实意。在虚拟世界中真实再现平凡人的七情六欲，大概只有莎士比亚和菲尔丁能够做到吧！"

《傲慢与偏见》：简·奥斯汀是真正的幽默家

（一）

简·奥斯汀的人生无需多言。她的家族很古老，而且无异于英国的其他贵族，也是靠羊毛生意发家的；羊毛业曾是英国的支柱性产业。后来，家族通过买田置地成为大户人家，或者说乡绅。

1775 年，简在汉普郡的斯蒂汶顿村呱呱坠地。她的父亲名叫乔治·奥斯汀，是一位牧师，也是他们所在教区的教长。在简出生之前，家里已有六个孩子。在十六岁的时候，父亲卸任，于是全家人移居巴斯，而那个时候，她的几位兄长都已成年。1805 年，她送走了父亲，随后与母亲及几位姐妹搬到了南安普顿。没过多久，兄长爱德华继承了家族在肯特郡与汉普郡的土地，并提出给母亲购置一座庄园。母亲看中的庄园位于汉普郡乔顿，1805 年，简随母亲来到乔顿。除了拜访亲戚，探访好友之外，她一般都待在庄园里。后来，她患上严重的疾病，只

好来到温彻斯特找更好的医生问诊。1817 年，她逝于温彻斯特，而后被安葬在温彻斯特大教堂。

听说简样貌出众：“身材窈窕，袅袅婷婷，步伐轻盈又不失端庄，总是生机勃勃的模样；肤色微黯，面颊圆润，口鼻玲珑却很协调；眸子泛着微微褐色，神采奕奕；头发天生就带卷，而且是棕色的。”我曾经观摩过她的肖像画——世上仅此一幅，只能说画中的年轻女子很是丰满，双眼很大很圆，胸部很突出，模样也很普通，我想可能是画家水平有限。简天生自带幽默感，这种天赋很难遇到。她曾提到，自己说话的风格与写信时无异，据我所知，她的信读起来很是生动幽默，而且充满精妙的话语。如此说来，她的谈吐定然不会差。

现在我们能看到的，大部分都是简与姐姐卡桑德拉之间的通信。她很爱姐姐，生前总是与姐姐睡在一个屋里。幼年时，她总是跟着姐姐去女子学校上学，不过因为太小，所以什么都听不懂，尽管如此，她依然不愿留在家里，而且一和姐姐分开就会感到难过。她们的母亲之前还说过：“就算是上断头台，简也会跟在卡桑德拉后面。”和简比起来，卡桑德拉更好看、更娴静，并带着些许忧郁气质，而且“还有一个优点：懂得控制情绪。但是简更幸运，因为她脾气很好，似乎不需要控制。”

简·奥斯汀的很多崇拜者在阅读了她的书信后会深感失落，认为那些文字没有体现出任何美德与品质，写的全都是生活中鸡毛蒜皮的事情。我很吃惊他们会这么想。实际上，简的书信既不矫情也不做作。更何况，她或许从未想到，在她去世之后，她与姐姐的通信会被大众围观。我们在其书信中看到了很多在她看来姐姐乐意谈论的话题，例如社交圈里的时尚服饰、印花薄纱的价钱、新认识的朋友、故友重逢，以及坊间传闻等。

最近这些年来，很多知名作家的书信集都陆续问世了，而我在阅读之后总是心生疑惑：他们在写信的时候有没有想过，这些文字未来会大量出版。我个人觉得，那些文字完全可以原封不动地刊登在文学杂志的专栏当中。我在这里暂且不提近年离世的知名作家，以免让他们的崇拜者们感到尴尬，不过狄更斯是可以聊聊的，毕竟他已过世很久，评论一下应该不会令人不悦。狄更斯一出门旅行就会给好友写信，而且篇幅一般都很长，充斥着大段大段的风景描写。据那位为他著书立传的作者说，狄更斯的书信在不做任何改动的情况下便可直接印刷出版。我觉得，或许时人的耐心都不错，换作今日，当我们收到的朋友来信中全是这样那样的描写，例如山川的风貌，纪念碑的模样等，我们恐怕会感到失望，毕竟我们更想看到他遇到了什么奇人奇事，有没有参加过什么宴会，麻烦他代购的书籍、领带、手帕之类的物品是否已买到，诸如此类的吧！

（二）

简·奥斯汀的书信无一不是幽默风趣的，令人忍俊不禁。在此，我摘录了一些能够凸显其个性的字句分享给大家，但因为受到篇幅的限制，所以无法引用太多。

“孑然一身的女人对穷苦生活有一种令人恐慌的偏见，而那是她反对婚姻的强大理由。”

“请考虑一下，霍尔特夫人去世了！这女人多可怜啊，她在这世上做过那么多事，而这是唯一不被抨击的一桩。”

“谢勃恩的霍尔夫人昨日生产，诞下死婴。因为受惊，导致早了几周。我料想，原因可能是她不经意地瞅了一眼她丈夫。”

“我们参加了 W.K. 夫人的葬礼。我不清楚谁喜欢或不喜欢她，因此一点也不关心那帮活着的家伙。不过，我此刻倒是颇为同情她丈夫，想着他应该和夏普小姐结婚。”

“恰普林夫人的发型十分好看，值得钦佩，不过除此之外就别无新意了。与其他个头矮的姑娘差不多，莱莉小姐的嘴和鼻子都很大，时髦的衣裳连胸口都遮不住。斯坦波尔将军颇具绅士风度，只可惜腿不长，燕尾服倒挺长。”

简·奥斯汀对跳舞很感兴趣，经常会写到舞会上的有趣场面：

“其实只需要跳十二圈就好，但我最终跳了九圈，因为剩下几圈找不到舞伴。”

“听人说，一位柴郡的军官，年轻帅气的那种，想托人搭线认识我。不过我们最终擦肩而过了，因为他的想法尚未强烈到能够促使他展开行动。”

“没几个真正漂亮的，就算那几个也名不副实。伊勒蒙格小姐面色欠佳，大家的马屁都拍在布伦特夫人一个人身上了。她和 9 月时没什么不同，还是面颊宽阔、钻石发带、白色鞋子，以及带着打扮过时、肥头大耳的丈夫。”

“查尔斯·勃勒特的舞会定在周四，他的左邻右舍肯定很焦虑，别忘了，那些人很关心他的家财多寡，巴不得他快点破产。他有位脾气暴躁，而且花钱大手大脚的太太，而这正和邻居们的心意。”

“理查德·哈维夫人马上就要嫁人了，不过只有一半邻居听说了此事，所以麻烦你保守秘密啊！”

“霍尔博士穿得那么朴素，想必是他的母亲，或者妻子，又或者他自己离开了我们。”

简·奥斯汀曾经和母亲在南安普顿住过一段时间，在此期间，她登门拜访了一家人。对此，她在致信卡桑德拉时说：

“我只看到了兰斯夫人，以及一架硕大的钢琴。不晓得她有没有拿得出手的儿子或女儿……他们的日子看起来过得很奢侈，她似乎很享受有钱的感觉。我们应该让她知道我们没钱，这样就能让她快点想通：与我们交往不值当。”

简家中的一个女性亲属与一个人称曼特博士的男人私通，男人的原配被气回了娘家，而这件事引来了很多人的议论，而简在信里说："曼特博士是个牧师，所以这段离经叛道的私情不管怎么看都很严肃。”

她不仅伶牙俐齿，而且拥有与众不同的幽默感。她不仅爱笑，还爱逗人开心。当一个幽默的人想到一桩有趣的事，若要求他闭口不谈，那简直比登天还难。一个爱讲笑话的人要避免给人留下尖酸刻薄的印象，这种事说起来容易做起来难。不过，生性纯良之人一般都缺乏一些幽默感。简·奥斯汀具有出众的观察能力，她看清了人的可笑、愚昧、自负、造作与伪善，却从不会感到困顿，反而乐在其中，的确值得赞叹。她受过良好的教育，因此从不会在公开场合狠心地中伤他人，只在与姐姐的私人通信中自娱自乐一番，而那么做不会伤害到别人。事实上，我并不认为她的文字具有攻击性，哪怕是那些情绪强烈的讽刺之词。

真正意义上的幽默正如她笔下所书写的那般，基于细致入微的观察，以及真诚坦荡的内心。

有人曾经提出，简·奥斯汀经历过很多重大历史事件，例如法国大革命、黑暗时代、拿破仑的兴亡等，可这些事件在其书中却从未出现过。于是，很多人开始指责她，认为她太过超脱。但是不要忘了，在那个时候，女人是不能参政议政的，否则就会被认为是有违妇道。当时，政治是男人的专属品，很多女人连报纸都不会看。我们没有理由认为，她是因为未受影响而选择避而不谈的。她是个热爱家庭的人，有两位服役于海军的哥哥，而且他们常常被派驻到危险的地方；从他们所收到的家书中不难看出，简一直很想念并担心他们。她不在作品里提及那些事，恰恰证明她具有远见卓识。她十分谦逊，从来没有奢望过自己能被后世之人记住。她若一心想要扬名立万，那才是不理智的。她之所以不把那些事件写到小说里，是因为就文学创作的角度来说，那些都是转瞬即逝的客观事件而已。想想那些与二战有关的小说吧，前些年可谓层出不穷，而今恐怕没多少人愿意翻看；那些书如同日报一般很快就被抛弃了。

奥斯汀·李是《简·奥斯汀传》的作者，不妨来看看她在书中写下的一段话——略作思考便能得知，简·奥斯汀在田园之间度过了其漫长且平静的一生："通常情况下，仆人的工作并不多，很多事情都由主人夫妇亲力亲为。我毫不怀疑，女主人常常亲自酿酒，用药草制药，以及烹饪一些高级的美味佳肴……夫人很乐意亲自动手织布，有时还会在早餐及茶歇结束后洗洗碗碟。"衣服、帽子、围巾都是简喜欢的东西，而刺绣则是她的拿手好戏。她对年轻帅气的男子情有独钟，偶尔会撩拨一下。她尤爱跳舞、看戏、打牌等悠闲娱乐活动。她的手很灵巧，因此很擅长这类娱乐，例如，在玩游戏棒的时候，她总是撒得最棒的一个，而且能够稳稳地拿走每一根。她还很会玩杯球游戏，据说她在乔顿的时候曾经轻松地接到了一百个球，而且没有中断过。毫无疑问，她深受孩子们的喜爱，而且常常陪孩子们玩耍，或者给孩子们讲一些永远不会结束的故事。

尽管简·奥斯汀不是人们心目中的女才子（她对此一点也不在意），不过她的确很有教养。杰波明对她的小说进行过认真地研究，并把她阅读过的书籍都记录了下来，制成了一份长得惊人的书单。这份书单里有芬纳·伯纳、玛丽亚·艾奇沃斯，以及瑞克里弗夫人的小说；有法国小说、德国小说的英译本（包括歌德的著作《少年维特之烦恼》）。实际上，但凡是巴斯、南安普顿等地的流动图书馆有的书籍，都在这份书目中。另外，她还拜读了莎士比亚的大作，以及同时代的司各特、拜伦等的著作，柯帕是她最仰慕的诗人。这很容易解释，因为柯帕文风清冷且充满智慧，对她来说极具吸引力。约翰逊博士与鲍斯威尔的作品自不待言，除此之外，她还阅读过很多宗教典籍与历史论著。

（三）

接下来，我们要谈论的重点自然是简·奥斯汀本人的作品。她的创作生涯可以追溯到很小的时候。不过，她在去世之前委托朋友前往温彻斯特，找到她的一个侄女——那个女孩酷爱创作——转达了一个建议："希望你能听进去，十六岁之前别把精力放在创作上，在我看来，那段时间（十二至十六岁）应该博览群书，别着急落笔。”在那个时候，女人醉心于写作会被认为不合礼数，所以孟克·路易斯才会说：“我讨厌、同情，甚至看不起每一个女作者。女人的手不是用来拿笔的，而是用来拿针线的，她们的能力只够用来做针线活。”

时人大多瞧不起小说，所以简·奥斯汀在得知司各特爵士除了诗歌之外还喜欢写小说的时候倍感惊讶，而她却一直“提心吊胆，生怕自己写小说的事情被外人发现，无论是仆人还是宾客。她把文字写在小纸片上以掩人耳目，毕竟小纸片既方便收藏，又可以用吸墨纸掩住。从仆人居住的房间走到她的房间要穿过一道门，而那道门在推开的时候总会发出声响，然而她并没有叫人来修，因为那声音对她来说有利无弊。当那道门嘎吱作响的时候，待在房间里奋笔疾书的她便明白有人来了，赶紧把小纸片收起来。”其兄长詹姆斯写了一本回忆录，其中谈道：“她如果还活着，是不会同意为作品署名的，无论那样做会让她变得多有名。”她在出版第一部小说，也就是《理智与情感》的时候，只在扉页上留下了“一位女士”的字样。

实际上，她写的第一本小说并非《理智与情感》，而是一本名叫《初印象》的作品。为了让这本书得以出版，她的兄长乔治·奥斯汀还专门致信一位出版商，打算自费出版，或者以别的方式出版“这部体量与伯纳小姐所著的《伊沃林娜》相当的小说，一共分为三卷”，不过出版商并没有答应。《初印象》这本书的创作始于1769年的那个冬天，搁笔于1797年8月。人们普遍认为，这本书实际上就是十六年后问世的《傲慢与偏见》。后来，她又创作了《理智与情感》与《诺桑觉寺》（最初的名字是《苏珊》）两部小说。可惜她不太走运，直到五年之后才把《诺桑觉寺》的手稿卖出去，而购买者理查德·克若斯贝只花费了十英镑，且没有直接出版，而是又以十英镑的价格转给了其他人。因为简没有在作品上署名，因此理查德自始至终都不知道，自己贱卖的手稿是出自日后凭借《傲慢与偏见》而声名鹊起的简·奥斯汀之手。

在写完《诺桑觉寺》之后，从1798年到1809年，简似乎不再笔耕不辍了，只创作了《华青家史》的部分内容。看到一位优秀的作家懈怠了这么久，人们自然会多加揣测。一些人说，她为了追求爱情而放下了笔，当然这毫无根据。1798年，她不过是个年方二十三的姑娘，风华正茂，恐怕不会只谈过一次恋爱。她那么独特，或许会多次陷入爱河，只是都不圆满而已，不过，这些事不会对她造成精神上的打击。至于她的创作为何会长期停滞，最具说服力的答案是，因为作品得不到出版商的青睐，所以她心灰意冷了。她只能在亲戚朋友们面前读上几段，尽管他们都听得很认真，不过理智的她或许觉得，只有相熟的人才会喜欢这些小说，因为他们很轻松地便能在周围人中找出小说人物的原型。

（四）

1809年，她随母亲和姐姐移居乔顿，过起了平静的生活。后来，她开始对原来写的稿子进行修订。《理智与情感》在1811年来到了读者面前。那个时候，人们已经普遍接受了女性作家。对于这本书的出版过程，可以参阅艾丽莎·费所著的《印度来信》一书的序言；在皇家文学协会所举办的一次以简·奥斯汀为主题的讲座上，斯贝琼教授引用过那篇序言。早在 1782 年的时候便有人建议艾丽莎·费公开出版那些书信，然而因为那时候女性作家的作品不受社会的认同，所以艾丽莎没有答应。到了 1816 年，她的感受大不相同了："从那个时候开始，人们的情感需求慢慢地转变了，而且变化颇大。如今，我们不但可以看到很多替女性扬眉吐气的女性作家，还能看到很多谦虚朴实的女性据理力争，勇敢地闯荡江湖，为读者带去快乐或知识。"

《傲慢与偏见》是在 1813 年出版的，稿费是一百一十英镑。

除了上面所说的三部小说之外，她还写了《曼斯菲尔德庄园》《爱玛》与《劝导》这三部作品。这些作品巩固了她的文学地位。她的每一部作品在出版之前都历经坎坷，需要耗时许久才能找到出版商，然而一旦尘埃落定，她的才华便会涌现到人们面前，并得到人们的认可，即便是那些权威也会不吝赞美。司各特爵士很推崇简·奥斯汀，他曾经说过："这位小姐年纪轻轻，却能够完美地演绎人们的生活、内心，以及各种繁杂之事。这种能力弥足珍贵，我从来没有在其他人身上看到过。尽管我也可以做到平实，但如果要求我写得如此细腻，将普通的人与事写得如此生动，那是不可能的。"我很奇怪，司各特居然没有提及简身上最闪耀的地方，即幽默感。她的确是个情感丰富、擅长观察的人，不过，她的观察之所以具有深刻性与客观性，情感之所以具有煽动性与多样性，无不是那深入骨髓的幽默感。她的人生阅历其实不算丰富，因此她笔下的故事看上去都差不多，人物也缺少变化，事实上，她只是换了个角度在观察人物而已。当然，她很理智，很清楚自己的优势与劣势；既然无法突破外部社会的小圈子，那么索性安下心来，就写这圈子里的生活，写身边的故事。如我们所知，在她的故事里，从来没有出现过男人们单独聊天的场面，究其原因，那些对话都是她没法听见的。

从简的书信与小说中不难看出，她的观点与时人无异。她认为，当时的社会没什么不好；阶级是很重要的存在；贫富差距是很正常的事；绅士的后代有资格继承大量遗产及做牧师；年轻人可以请权贵亲戚帮忙，征求得到效忠国王的机会，或者被提拔；女人到了一定岁数就该结婚，那是女性的义务；除了追求爱情之外，还应该考察结婚对象的经济情况。凡此种种，在她看来都是再正常不过的事情了，她没有表现出丝毫的不满。与她家来往的不是牧师就是乡绅，所以我们在其作品中看不到任何对其他阶级的生活的描写。

（五）

我们很难评判她的作品孰优孰劣，毕竟它们都很不错，而且都有忠实的读者，以及狂热的崇拜者。麦考莱说《曼斯菲尔德庄园》最好；有的知名评论家认为《爱玛》最优秀；迪斯累利看过十七遍《傲慢与偏见》；现在的很多读者则觉得《劝导》最为成熟。不过我觉得，大部分读者还是认为《傲慢与偏见》是其中最卓越、最有想法的一部。一部作品是否堪称经典并非取决于评论家的褒贬、教授们的解析，或者大学中人的钻研，而是取决于不同时期的读者是否有所收获，无论是乐趣还是知识。

总的说来，我最满意的还是《傲慢与偏见》。我不喜欢《爱玛》中那位势利的女主角，她总是居高临下地对待地位相对较低的人；我也不觉得佛朗可·邱吉尔与简·凡凡可斯之间的情感纠葛有多吸引人。《爱玛》是简笔下唯一一部让我觉得繁冗的作品。我很厌恶《曼斯菲尔德庄园》里的主要人物，也就是范妮与艾迪芒特，因为他们是道学家；不过我很同情玛丽·克劳福德与亨利，因为他们活力四射、大大咧咧。《劝导》具有独特的魅力，而且这种魅力很是少见，如果不是柯伯在兰姆雷吉斯做了那样的事，我或许会认为这部作品才是最完美的。简不太擅长虚构一些另类事件。我觉得下面这段描述可能有些画蛇添足：路易莎来到几级陡峭的台阶前，跑了上去，而后又“跳了下去”，扑向她的倾慕者，然而温迪华斯上尉没能将她接住，她摔了下去，撞到了头，瞬间昏迷。实际上，只要温迪华斯上尉伸出了手，如同往日里帮助她从篱边的台阶上“往下跳”一样，那么她就不应该摔在地上并撞到头，毕竟那个台阶的高度不超过六英尺。温迪华斯上尉身材高大，身体强壮，所以她应该撞到他身上才对，或许会受到些惊吓，但不至于受伤。无论如何，路易莎陷入了昏迷，因而引发了一阵慌乱。我不太相信这里的描写，所谓每个人都手足无措，就连战功赫赫的温迪华斯上尉也惊恐得不知道该怎么办，而后，那些人表现出了令人迷惑的行为。我不敢相信，对周围人生老病死泰然处之的奥斯汀居然写下了这样一段经不起推敲，且引人发笑的文字。

加洛特教授是一位博学多才、风趣幽默的评论家，他之前提到过，简·奥斯汀不太会写故事，当然，他也给出了解释，这里的“故事”指的是一系列带有浪漫主义色彩的、与众不同的事件。就这方面的能力而言，简·奥斯汀的确有所欠缺，而且也没想过要努力提升。她拥有非同一般的观察力与幽默感，所以不擅长虚构也是正常的；她不在乎事件是不是独特，只在乎那是不是真正的生活。通过强大的洞察力与幽默感，以及精致的语言，她有能力把普通生活变得不普通。很多人都认为，故事指的是贯穿始终、思路清晰的陈述，包括起因、经过与结果。就拿《傲慢与偏见》来说，起因是两位青年才俊的到来，发展是他们与伊丽莎白及其姐姐之间的恋爱过程，结果是两对有情人终成眷属。世故的人一般都不喜欢此类毫无新意的美满结局。毫无疑问，大部分人的婚姻，甚至可以说绝大部分人的婚姻都不可能美满如斯，更何况，婚姻虽说是一段人生的结束，但更是一段人生的开始。很多作家喜欢以结婚开场来引出故事并展开叙述，当然，他们有权利这么做。不过我认为，人们喜欢看到小说主角最终携手走入婚姻的殿堂，而这种喜欢并非毫无道理。人们之所以会表现出这种倾向，原因在于他们心中有种深刻的、出于本能的想法，那就是无论男女都需要通过婚姻去实现其生物学上的义务与责任；他们天生就会关注，男女主角间的爱情是如何发生的，经历了怎样的变化，是不是存在误解，作出了什么承诺，怎么走到一起并生儿育女等。在他们看来，这个过程很有趣。放眼自然界，任何一对配偶无不是漫长生命历程中的一个环节，其唯一的功能就是制造下一个环节。这也是小说家总爱以圆满婚姻作为作品结尾的原因。在《傲慢与偏见》中，地产为新郎带来了不菲的收入，而新娘得到了一座带有花园和精美家居的豪华府邸。对于这个结果，一般的读者不会不满意。

《傲慢与偏见》的故事情节设置得很巧妙，至少我这么想。情节的过渡也毫不刻意，几乎没有看不到的地方。或许有人会感到疑惑，有教养、懂礼数的伊丽莎白与吉英为何会摊上那些俗不可耐亲戚，譬如她们的母亲及三个妹妹。这一点看上去的确略显突兀，不过对于整个故事来说，它又是不可或缺的。我琢磨着，伊丽莎白与吉英如果是班纳特先生与前妻所生，而班纳特夫人并非她们的亲生母亲，但是给她们生了三个妹妹，如此这般便可顺理成章。

对于自己笔下的女主角，简·奥斯汀最为偏爱伊丽莎白。她之前提到："不可否认，伊丽莎白是我所有作品中最能带给人快乐感受的女子。"有人认为简就是这个人物的原型——的确，伊丽莎白的快乐、勇敢、机智与见多识广都是简所具备的，我们甚至可以做出这样的假设：吉英·班纳特身上的温和、善良与美貌也都来自简的姐姐卡桑德拉。普通读者通常认为达西是个不知廉耻的家伙，他不应该在舞会上断然拒绝与陌生女人跳舞，哪怕是他不愿与之结交。然而，这个错误其实并不严重。在求婚的时候，他在伊丽莎白面前表现得不可一世，令人厌恶，可这是人物的个性特征之一，在其自身地位与财产的支持下，他就该那么傲慢才对，如果不是，那就没有这个故事了。另外，他求婚时的态度对于简来说无疑是个展现强烈戏剧性与精彩情节的好机会。我觉得，在写这部小说的时候，简的创作经验还有欠缺，否则她一定会将达西的态度写得更准确一些，好让伊丽莎白有充足理由反感他，而非让达西直接说出那种不合逻辑的话。她对柯林斯先生与卡特琳夫人的刻画看起来有夸张的成分，或许她想增加一些喜剧元素吧！加入喜剧元素更有利于表现生活的多姿多彩，也更能让人体悟到生活冷漠的一面。将喜剧中的夸张手法合理地运用到小说中是完全没问题的，有节制的取乐如同被撒在草莓上的白砂糖一样，能让生活多一些欢喜。至于卡特琳夫人，不要忘了，在那个时代，当地位高下有别的人聚到一起时，地位高者往往会自带优越感，而地位低者往往心存怨恨。一方面，卡特琳夫人觉得年轻的伊丽莎白不够高贵，因而总是摆出一副傲慢的模样，可是另一方面，伊丽莎白在姨母菲利普夫人面前同样傲慢，因为在她看来，菲利普夫人的律师丈夫更没地位。在我年纪尚轻之时——简的时代已经过去一百年了，贵妇人的身影依旧时常可见。她们的傲慢姿态虽说已少了几分荒唐，不过比起卡特琳夫人来却毫不逊色。说到柯林斯先生，俨然是马屁精与傲慢者的合体，而这样的人，当今时代难道还少吗？

在人们眼中，简·奥斯汀还称不上伟大的文体家。她的文字风格很独特，经常不按照语法进行描写，不过想来她的耳朵一定很灵敏。在句式结构上，约翰逊博士的风格对她有一定影响。她不喜欢用常见的英文词汇，而偏爱由拉丁文衍生出的英文单词；她不喜欢进行具象的描述，而更爱做抽象的表达。这样一来，字里行间便生出了令人陶醉的典雅之感，并且风趣中多了几分力量，刻薄中多了几分正式。在她笔下，人物都在自然地说话，要知道对话描写并非只是把人物想说的话逐字逐句地堆叠起来，而需要进行组织和加工，只有这样才能让读者觉得生动有趣。她作品里的很多对白而今读起来颇为造作，仿若书面用语一般，然而在十八世纪末那会儿，年轻女子说起话来就是这样的。举例来说，吉英在说起恋人的几个妹妹时表示：“我和他之间的关系，她们自然不乐意接受，但我也不会对此感到诧异，毕竟他原本可以找一个在很多方面都超越我的人。”

说到这里，让我们来看看这部作品做得最好的地方，即极具可读性，其可读性甚至超过了某些更知名、更卓越的小说。司各特说得没错，奥斯汀是在演绎人们的生活、内心，以及各种繁杂之事。尽管我们在小说里看不到惊天动地的大事件，不过每读一页都会忍不住再看一页，很想知道故事是怎样发展的；故事没有朝着大事件的方向发展，但我们仍然停不下来。只有才华横溢的小说家才能做到这一点。我常常问自己，这种能力究竟从何而来？为何无论读多少遍，都若初见时那样被它深深吸引？或许是因为简·奥斯汀不但喜欢自己笔下的人物及其命运，而且相信与人物有关的一切。

《大卫·科波菲尔》：狄更斯的戏剧人生

查尔斯·狄更斯身材不高，不过仪表堂堂。伦敦国立人物肖像博物馆收藏了一幅狄更斯的肖像画，画家是麦克里斯，而当时的狄更斯只有二十七岁。在那幅画作上，狄更斯在一个颇为奢华的椅子上，旁边有个书桌，一只细手放在一份书稿上，很是优雅；服饰很考究，领结是绸缎做的，比一般的宽大些；头发带卷，似乎是棕褐色；长长的鬓角直垂到脸颊两侧，遮住了耳朵，模样潇洒极了；脸有些长，面色微白，目中有神，看上去像是在认真思考什么。这青年才俊的模样深得崇拜者的欢迎。他喜欢按照贵族子弟，或者说时髦青年的标准来打扮自己，年轻的时候总穿着五颜六色的天鹅绒上衣，系着色彩鲜艳的领结，戴着一顶雪白的礼帽。可惜，他从未得偿所愿——人们认为他穿得很奇怪，而且很是疑惑，因为这副打扮看上去不是他这种人应有的。

狄更斯的祖父名叫威廉·狄更斯，曾经是查斯特尔市议员约翰·克罗尔的家仆，后来和一名女仆结了婚，最后被提拔为管家。老威廉膝下有两子：一个人称小威廉，一个名为约翰。我们需要了解的是约翰，因为他的儿子是英国历史上最杰出的小说家，与此同时，他还是那位小说家笔下最杰出的人物——密考伯先生——的原型。约翰初到人间之时，老威廉就撒手人寰了。母亲依旧在克罗尔家中干活，算来已有三十五年之久，好在当时已成为女管家。后来，她还从克罗尔那里得到了养老金，另外，在她做管家的时候，克罗尔还让两个孩子上学读书，并支付了学费。后来，在克罗尔的推荐下，弟弟约翰得以进入军需处工作，不久之后结识了一位女同事，而且没过多久就迎娶了女同事的妹妹，也就是伊丽莎白·巴鲁。他给人的印象，是一个老爱拨弄怀表的、喜欢赶时髦的年轻公务员。他似乎对酒情有独钟，因为他涉嫌一桩贩酒案，并因此吃了一阵子牢饭。结婚之后，他很快就背负了许多债务，只能四下借钱度日。

1812 年，居住在普特希镇的约翰迎来了第二个孩子，并取名为查尔斯·狄更斯。两年之后，因为约翰需要去伦敦工作，所以狄更斯一家离开了普特希。三年后，他们又移居查特姆。到了查特姆之后，年幼的狄更斯走入了校园。约翰买过一些书，尽管寥寥可数，却包括了《汤姆·琼斯》《威克菲牧师传》《吉尔·布拉斯》《堂·吉诃德》《蓝登传》和《小癞子》等优秀作品。狄更斯反复阅读着那些书，深受其影响，关于这一点，从他日后所创作的小说中便能窥见。

十五岁时，狄更斯离开了校园，进入一家律师事务所实习，不过几周之后，约翰就让他去了另一家。就这样，他成了一名小职员，一周可获得十五先令的报酬。闲暇之余，他开始学习速记，几个月之后，他成了民法博士会长老法庭的速记员。二十岁的时候，他成为议会速记员，以及一家报纸的通讯员——对下议院的动向进行报道。他总是出现在旁听席位上，是公认的“速度惊人的优秀速记员”。这一年，他坠入了爱河，对方名叫玛丽亚·比德奈尔，是一名银行经理的掌上明珠，不过她举止轻佻，爱拈花惹草。或许是这个姑娘主动勾引狄更斯的。两人的关系甚至发展到了不可言说的程度，但女方始终不屑一顾。她只想听溢美之词，只想有人陪着玩乐，从未想过与那个无名小卒结婚。因此，这段恋情只维持了短短两年，双方还郑重地退回了彼此赠送的礼物。狄更斯很不好过，毕竟他付出了真心，所以后来才会在《大卫·科波菲尔》中以她为原型塑造了大卫的“童妻”朵拉。在《大卫·科波菲尔》刚刚写完的时候，他曾被女友追问是不是真的“很爱她”，而他给出的答案是：“在这个世界上，恐怕没有哪个女人，或者多少男人能够明白那是一种多么深邃的爱！”在分开多年之后，这对曾经的恋人见了一次面；狄更斯和妻子一起与玛丽亚·比德奈尔吃了顿饭，然而物是人非，狄更斯此时已声名远播，而玛丽亚却做了个家庭主妇，比以前胖了不少，笨拙了不少，成了一个普通人。后来，狄更斯又把她写进了《小杜丽》这本书，她又成了芙洛拉·费因钦。

二十二岁的狄更斯已经可以拿到五英镑五先令的周薪了。他搬了家，住在距离报社很近的河滨路旁的一条肮脏小巷里。然而没过多久，他就受不了了，而后租住在弗涅伏尔旅馆的一间没有家具的客房里。不过他很不走运，还没来得及置办家具，其父约翰就因为欠债而进了牢房。他无奈地向监狱缴纳了费用，好让父亲在里面过得好一些。鉴于约翰不可能很快出狱，他只好让家人搬到一间价格低廉的屋子里，而他则带着需要抚养的弟弟弗雷德里希住进了弗涅伏尔旅馆四楼后面的房间。“他很大方，也很坦诚，遇到什么事都能扛过去，所以他的家人，以及日后妻子的家人都养成了一个习惯：没钱的找狄更斯借，没本事的找狄更斯介绍工作。”[1]

在替议院工作了一年左右之后，他创作了一系列与伦敦生活有关的随笔。《月刊》是第一个刊发其作品的杂志，而后是《晨报》。尽管稿费不多，不过关注度却在增加。那时候的英国人特别爱看猎奇小说。刊登此类小说的杂志一般售价一先令，而且还有插画。那些受欢迎的作家与画家常常得到出版商的邀约。这也是现在主流报纸趣文专栏的雏形。某日，狄更斯受到了查普曼·豪尔公司某个合伙人的邀请：为一位知名画家所绘的漫画——以一家体育爱好者俱乐部为题材——撰文。合伙人告诉狄更斯，他每个月可以拿到十四英镑的酬劳，杂志发行后还会再追加一些。狄更斯最初的想法是，自己对体育一窍不通，恐怕无法完成任务，不过因为“报酬诱人，他最终还是答应了”。尽管无法断言《匹克威克外传》由此而来，不过我觉得至少可以这样说，在机缘巧合之下，这一著名作品得以面世。狄更斯所写的前五篇文章并未激起太多水花，不过在山姆·维勒这个人物登场之后，杂志销量与日俱增。出版商后来又发行了故事合集，卖得很好。狄更斯就此为人熟知，而那会儿他不过是个二十二岁的小伙子。虽然评论家们持观望态度，但他确实出名了，受到读者的认可和喜爱。《评论季刊》当时预测说：“不用站在聪明人的角度，任何人都能看出他的未来——

[1] 请参阅恩娜·波普－亨奈希所著的《查·狄更斯》。——作者注

他如火箭般一飞冲天，而后必将一落千丈。”此话不假，他的创作历程告诉我们，他常常遇到这样的情形：读者对其作品爱不释手，评论家对其作品嗤之以鼻。由此可见，当年的评论家们并不比当今的有见地。

狄更斯是在1836年与凯特·霍格斯喜结连理的。几天之后，《匹克威克外传》的第一篇连载文章出现在杂志上。霍格斯的父亲名叫乔治·霍格斯，与狄更斯是报社同事，膝下有八个女儿和六个儿子。几个女儿都是矮个子，身材丰满，但是长着金灿灿的头发，蓝幽幽的眼睛，以及红扑扑的脸蛋。凯特是当中最大的一个，已经到了嫁人的年纪，或许与此有关，狄更斯选择了她，而不是她的妹妹。他们花了少许时间度蜜月，而后便住进了弗涅伏尔旅馆。受他们之邀，凯特的妹妹玛丽·霍格斯前来与他们一同生活。玛丽年方十六，性格开朗，很是可爱，并深深地吸引了狄更斯的目光。凯特在怀孕后离开了旅馆，只留下狄更斯与玛丽朝夕相伴。那个时候，他已经签署了长篇小说《奥列佛·达斯特》的约稿及出版合同，不过与此同时，他还得坚持定期寄送《匹克威克外传》的连载文章。在这种情况下，他索性将时间按半月划分，上半月创作新小说，下半月创作连载文章。绝大部分小说家都不可能做到一心二用，或者说他们压根就没有时间去思考两部作品。然而，狄更斯却可以轻松应对，一石二鸟。要论这样的独特本领，鲜有小说家能与之匹敌。

凯特在诞下第一个孩子后，打算再多要几个，与此同时，他们从旅馆搬到了道梯大街。玛丽出落得越发动人了。5月的一个傍晚，狄更斯带着妻子及其妹妹同去看戏，演出精彩纷呈，以至于三人在回家路上都激动无比。出人意料的是，玛丽忽然倒下了。尽管医生来得很快，可玛丽还是在几个钟头一命呜呼。狄更斯取下她的一枚戒指，转而戴在自己手上，而这枚戒指自此陪伴了他一生。玛丽的逝去给他带来了极大的打击。在其日记中，可以看到这样的话语："如果她还活着，如果这个可爱、开朗、迷人的挚友，我之前未曾遇到过、之后再也遇不到的朋友还活着，我宁愿放弃所有来获得这种快乐。可是，她已经离我而去。仁慈的上帝啊，请让我和她一起离开吧！"他甚至希望自己死后能与玛丽相伴长眠。

凯特原本有孕在身，由于受到玛丽离世的打击，腹中胎儿没有保住。在凯特身体恢复健康之后，为了走出痛苦的阴影，狄更斯带着她出国游玩了一阵子。6 月末，他的状态终于好了一些，甚至开始与别的女人开玩笑。

功成名就的作家未必过着有趣的生活。例如狄更斯，其生活可谓循规蹈矩。作为职业作家，他日日都得写上好几个钟头，而且还必须想出一个合理的流程。他需要与文学界和艺术界的权威们交好；与贵妇名媛们逗乐；参加各种宴会，并大摆宴席以示礼尚往来；去国外旅游；在公开场合与人们见面。狄更斯的生活大致便是如此，虽然这世上没几个作家能像他这么成功与幸运。

他一向热衷戏剧，甚至还郑重其事地考量过自己要不要以演员为职业。他不但背诵各种台词，还特意找到某个演员，学习了发声的方法。他常常搬出镜子，自顾自地练习上台、坐下、鞠躬之类的动作，而这些练习后来也帮了他大忙——能够很好地与上层人士交往。在一些喜欢找茬的人眼中，他总是穿着花里胡哨的衣服，行为举止也不太文雅，可他的确长得很精神，眼睛炯炯有神，而且才华出众，精力旺盛，笑声爽朗，无论怎么看都是个有魅力的家伙。面对很多人的阿谀奉承，他始终保持着清醒，从来没有忘乎所以过。

令人不解的是，他的观察力足够敏锐，对上层阶级的谈吐也足够熟悉，可是他作品中的上层人士却显得很不真实。相较于牧师与医生，律师及其助理要真实得多，也生动得多。究其原因，他以前毕竟在律师事务所打过杂，后来又在民法博士院干过活，以及小时候因为生活艰苦，所以和律师打过交道。由此可见，小说家笔下那些个性鲜明的人物，多半能在生活中找到原型，而且多半是他打小就认识的人。我们经常会有这样的感受：相较于成年以后，当我们还是孩子或少年时，一年下来总能经历好多各种各样的事，而且那些熟悉的人就是我们的小小世界。我们原本能够走进那些人的心里，但不知为何，后来的我们只是站在外面打量着表象。对于普通人来说，这没什么特别的，不过对于小说家而言，这却至为关键。狄更斯的困境便在于此，他不得不时常出入那个永远不会接受他的世界。他不了解那个世界，当中所有的人与事都不是他熟悉的，这样一来，他迷失在了寻找灵感的道路上。值得庆幸的是，一方面，曾经的多彩生活给他留下了难以磨灭的印象，另一方面，他懂得如何在后来走进的陌生世界里选择出合适的人物，然后用独属于他的方式进行处理。

狄更斯很勤奋，经常在上一部作品没写完的情况下开始创作下一部。在创作的同时，他还很关心读者看了杂志之后的感受，毕竟他的很多小说一开始都是连载文章。那么，为何美国读者会关注到《马丁·朱述尔维特》这部作品呢？一开始，这个小说连载于英国的一本杂志，后来他发现那本杂志卖得不太好，连载的小说也不再那么受欢迎了，于是才把小说交给了美国的出版商出版。他并不认为作品畅销是件坏事，而且勤奋的创作也没有令他才思枯竭或体力不支。他不但坚持创作，还创办了三本周刊，并兴致勃勃地做着其他喜欢的事。他能够轻松徒步二十英里；喜欢跳舞、骑马等娱乐项目；参加业余戏剧团体的演出；给小孩子们变魔术；参加各种宴会；到各个地方做演讲；毫不吝啬地大宴宾客。

收入不菲的狄更斯举家搬迁到伦敦，住进了位于富人区的豪华住宅，从大商行买来一整套家私，把客厅与卧室布置得极为奢华。他为地板铺了厚实的地毯，为玻璃窗挂上了锦绣窗帘。他家里还有一位优秀的厨师，以及一男三女四位仆人。他与凯特都有各自的专属马车，经常呼朋唤友，在家里大摆宴席。他出手阔绰，让詹姆斯·卡莱尔夫人目瞪口呆，就连杰弗里爵士在参加完宴会后都惊讶不已，并写信告诉科克彭："对于一个拖家带口的新晋富人而言，这种晚宴未免也太奢侈了。"一切都建立在大量金钱的基础之上。不仅如此，他在其他方面也花了不少钱，例如长期负担父亲及一部分亲戚的日常开销。他的父亲约翰向来游手好闲，而最让声名鹊起的狄更斯恼火的是他总是打着儿子的旗号四处借钱，还瞒着狄更斯卖掉了他的手稿或手记。没过多久，狄更斯就想通了：自己想在伦敦安安稳稳地过日子，就需要让父亲及那帮亲戚离开。于是，他买下了艾塞克斯郡奥芬顿镇附近的一处住所，让那些人都搬了过去，尽管他们叫苦不迭。为了多赚点钱来养那一大家子人，他创办了杂志《汉佛瑞少爷之钟》。为了让杂志能在市场上有一席之地，他开始在上面连载《老古玩店》。这部小说很受欢迎，风靡一时，就连康奈尔、柯勒律治、杰弗里爵士、卡莱尔等知名作家都对这个悲情的故事深以为然。在千里之外的纽约，载有这份杂志的邮轮渐行渐近，而码头上的人们摩肩接踵，翘首以盼，急切地问着：“小奈儿死了吗？”

1842年，狄更斯携妻子凯特访问了美国。出发之前，他委托妻妹乔治娜照顾四个孩子。在文学史上，别无其他英国作家能如狄更斯那般在活着的时候就名扬四海，然而尽管如此，他在美国的那些日子却不怎么顺利。究其原因，在那个时候，美国人依旧提防着欧洲人，对所有针对本国的批评都很介怀。另外，美国的出版行业与新闻行业一点也不尊重“新闻人物”的隐私权。虽然新闻媒体也很乐意采访外国名人，不过却常常像戏耍动物园里的猴子一样愚弄受访者，而如果采访者表现出了些许不满，他们就会说那家伙太自负、太傲慢。在美国人心目中，言论自由必须顾及美国人的感情，以及不损害美国人的利益。

在美国，每个人都拥有发表个人观点的权利，不过前提是不驳斥他人的想法。这一切都是狄更斯不知道的，所以他犯了错。彼时，美国尚未加入国际版权公约组织，因此无论是美国作家还是英国作家都深受其害：一方面，出版商肆无忌惮地出版着英国作品，而英国作家却拿不到一分一毫稿费；另一方面，因为出版美国作品需要支付稿费，所以出版商十分嫌弃美国作品。在欢迎晚宴上，狄更斯做了演讲，并提及了这一现象。毫无疑问，这不是个明智的选择。他的演讲立刻遭到了舆论的声讨，报纸上赫然写着狄更斯“见利忘义，完全没有绅士风度”。虽然他走到哪里都前呼后拥，虽然他到了费城之后花了两个钟头与崇拜者们握手，虽然人们撕碎了他新买的大衣，把碎布当作纪念品，可是在打造舆论形象方面，他失败了。一部分人认为他才貌双全、朝气蓬勃，另一部分人则认为他缺少男人的气概，无论是衣服、戒指、钻石别针，以及言谈举止都庸俗至极，看上去缺乏教养。当然，他也收获了几位朋友，而且大家的关系一直都很不错。

狄更斯与妻子在美国忙碌了四个多月，而后身心俱疲的他们返回了英国。乔治娜把四个孩子照顾得很好。回家之后，筋疲力尽的两人请求乔治娜留下来帮忙打理家庭事务。那时候的乔治娜正值十六岁的花季，而当初玛丽刚到弗涅伏尔旅馆的时候也是十六岁。她长得很像玛丽，可以说她是另一个玛丽。与此同时，凯特开始做生孩子的准备了。娇小的乔治娜不仅惹人怜爱，而且平易近人，还具有很好的模仿能力，而狄更斯常常被她的举动逗乐。如此这般，“在从未忘记过玛丽，并把思念之情视为‘心脏动力’的狄更斯眼中，乔治娜成了玛丽的化身，他觉得时光倒转了，分不清自己是活在过去还是当下。”[1]

他体验过穷苦，因此在成为富人之后便开始追求奢靡的生活。然而没过多久，他就背上了一身债务。他只好出租了豪宅，移居意大利，毕竟在那里无需花费那么多钱。他在意大利生活了一年，其中大多时候都待在热那亚。他遍历意大利半岛，欣赏着美丽的景致。为了满足自身的精神需求，他饱览群书。由于他总是不经意地流露出英国人的偏执与狭隘，因此他在意大利没什么朋友，而英国旅居者大多都如此。不过，他认识了来自瑞士、出身贵族的德·拉·赫伊夫人，而且私交甚密。德·拉·赫伊夫人有一位银行家丈夫，也是瑞士人，但那个时

[1] 请参阅恩娜·波普－亨奈希所著的《查·狄更斯》。——作者注

候，她好像得了妄想症，整日心绪难平。狄更斯研究过催眠术，他信誓旦旦对那位夫人说，催眠术可以去除她的忧虑。他们每天都会见面，有时候一天会见上两次，似乎是在开展催眠治疗。对于这一情况，凯特心生忐忑，即便是家庭旅行，那位夫人都会跟去。后来，德·拉·赫伊夫人真的通过催眠疗法术重拾了健康，而凯特在全家搬回英国后才松了口气。

凯特虽然温柔却有些忧郁，同时她还是个执拗的人，不愿意跟着狄更斯四处游玩或参加宴会，也不愿意以女主人的身份大宴宾客。她姿色平平，看上去有些笨拙。因此，狄更斯的名人朋友们很快就察觉到，狄更斯夫人沉闷无趣，交流起来令人厌烦，甚至有人说她没用。毫无疑问，如果丈夫是一介名流，那么妻子的日子绝对不好过，如果不够有经验，或者没有幽默感，那么就难以扮演这样的角色。凯特的交际能力和幽默感都很差，而这是其与生俱来的性格所决定的。不过，假如她真的爱狄更斯，那么她应该可以容忍这一切。很可惜，凯特好像从来没有动过真心。在订婚的时候，狄更斯就曾经在书信里提到过凯特对他很冷淡，而他也很不满。她答应求婚主要是因为她觉得女大当嫁，还因为她是八姊妹里年纪最大的，所以顺从了父母的安排，嫁给了第一个上门提亲的人。总而言之，凯特是个善良、端庄、柔弱的女人，但拿不出足够的教养与才华来迎合狄更斯的身份与地位。

就在这个时候，乔治娜成功占据了玛丽之前在狄更斯家中的地位。

时光飞逝，狄更斯愈加依赖乔治娜了。他会花很长时间陪她散步，会告诉她自己的创作计划并听取她的建议，并让她做自己的私人秘书。

对于悠闲实惠的海外生活，狄更斯很是满意，于是计划长期旅居他乡。他带着家人及乔治娜去了意大利、瑞士的洛桑、法国的巴黎与布伦港。狄更斯和乔治娜一度想要旅居巴黎，并先行来到巴黎，住进了一套公寓，安顿好一切之后才告知凯特这件事，并让凯特带着孩子们过去。在凯特有孕在身的那段时间里，乔治娜跟着狄更斯赴宴和游玩，并在家中举办和主持宴会，扮演了凯特应该扮演的角色。或许有人会认为，凯特定会心生怨恨，但实际上，她从来没有表现出过不满。

时间来到了 1857 年，狄更斯已经四十五岁了，是英国最著名的作家，以及备受推崇的社会改革家。在人们看来，他的生活宛如一出精彩的戏剧。孩子们都长大了，而就在这个时候，一场意外突如其来。狄更斯对演戏很感兴趣，有时候会参加慈善义演，以业余演员的身份在舞台上客串一些角色。那年，他受邀前往曼彻斯特参加《结冰的深渊》这一剧目的排练。这出戏剧的作者是维基·柯林斯[1]，但在创作过程中，他获得了狄更斯的帮助。另外，女王陛下夫妇及比利时国王也曾欣赏过该剧，并不吝赞美。狄更斯所扮演的北极探险家极具牺牲精神，为了演好这个角色，他留起了胡子。这个角色深得他的欢心，所以他在表演时付出了很多感情，而在场的很多观众都为之动容，掉下了眼泪。在得知这出戏剧将在曼彻斯特重新上演时，他并没有反对，只是提出，由职业演员来饰演其中一个角色，而那个角色之前是由他女儿出演的，但是他觉得女儿还没有能力登上大剧院的舞台。年轻的爱伦·泰尔兰得到消息后前来应聘，而狄更斯在数月前刚好观摩过有

[1] 英国作家，狄更斯的女婿。——编者注

她出演的《亚特兰大》。在开场之前，狄更斯去了一趟化妆间，却看到爱伦在抹眼泪，她说那是因为一会儿演出的时候不得不把大腿露出来。狄更斯沉醉在了爱伦的矜持与娇羞之中。

爱伦那时是十八岁，生得小巧玲珑、清秀可人、双目湛蓝。狄更斯让演员们到自己家里排练，并担起了导演的重任。在此期间，爱伦处处都表现出了对狄更斯的仰慕与恭维，这让狄更斯心生得意，因此还没等结束排练，爱伦就已经俘获狄更斯的心。狄更斯为她定制了一条项链，然而令他意想不到的是，店家把项链交给了凯特。在这种情况下，夫妇二人难免要闹上一番。面对凯特的愤怒，狄更斯最后只能忍气吞声，毕竟凯特才是受害者，没有做错什么。在诸如此类的夫妻关系中，对于丈夫来说最好的策略就是息事宁人。《结冰的深渊》终于上演了，狄更斯表现得十分出色。

一方面，狄更斯一直以来就对凯特不甚满意，另一方面，爱伦又着实令他着迷，因此在狄更斯眼中，凯特的缺点再一次被放大了。他写下了这样一句话：“她很温和，可我尝试过很多办法都没能让她理解我的想法。”他恍然大悟，归根到底，他和凯特不合适。约翰·福斯特曾经听他说起过：“重点是，就不应该那么早结婚，过了这么久，情况还是那么糟！”他对她的感情在改变，而她对他的感情却始终如初。狄更斯自以为是地认为，自己不需要因此而自责。他安慰自己说，他把孩子们照顾得很好，不是一个不称职的父亲。这让我联想到了彼克斯涅夫[1]的生活哲学。狄更斯本不愿意生养这么多孩子，这都是凯

[1] 狄更斯笔下的人物之一。——编者注

特一手促成的。当然，他是喜欢小孩子的，只是不怎么关心长大后的他们。到了一定年纪之后，他的儿子们大部分都送出了国。

在这段时间里，他易喜又易怒，平日里焦躁不安，除了乔治娜之外，其他人常常被他训斥。他做出的最后决定是与妻子分开居住。不过，鉴于自己的身份、地位，所以他也很害怕婚姻破裂的事情被大众知道，并引发各种揣测。他这么想情有可原，毕竟他在这些年里一直对外宣称自己过得很幸福。他可能是最喜欢在圣诞节写文章赞美和谐家庭与美满婚姻的作家了。朋友们建议他：要么与凯特分房不分家，仍然让凯特来主持家庭宴会，以及陪同参加公开活动；要么搬到盖茨山庄（他刚买的一座别墅）居住，把伦敦的住宅留给凯特；要么把凯特送到国外。然而，凯特拒绝了上述所有提议。不过，他们最终还是分居了。凯特搬到了坎顿镇附近生活，而狄更斯则要支付每年六百英镑的生活费。后来，他们的大儿子查理也搬到了凯特那里。

这无疑是个惊人的决定。令人不解的是，凯特为何愿意遂了狄更斯的心意搬出去，为何愿意与孩子们分开。她又不是不知道狄更斯与爱伦的关系，或者说她已经抓住了狄更斯的把柄，其实是有资本提条件的。这大概是因为她太老实、善良，甚至有些愚蠢。又或许像一部分人所认为的那样，狄更斯声称自己精神异常并用一些办法让凯特信以为真，继而“令凯特发现，自己还是离开为好”。然而，人们普遍接受并相信的观点是：凯特是个酒鬼。我不敢断言这一定是真的，不过看起来确实如此。她或许真的嗜酒，要不然为何把一大堆家务和孩子都扔给乔治娜负责？为何孩子们会任由母亲离开，而自己却选择留下？为何乔治娜会写下这样的话：“凯特是个可怜的人，没有办法照顾孩子，而这件事已经不再是秘密了？”事情就是这样。至于查理后来为什么会搬到凯特那里去，大概是因为她需要有人监督，要不然就会毫无节制地喝酒。

作为一个名人，人们自然会对狄更斯的私生活指指点点。朋友们暗地里说，他这样处理家庭问题是不妥当的；敌人们则四处招摇，散播污蔑之词。那些坊间传闻甚至漂洋过海传到了其他国家。不过，与我们所想的不同，乔治娜成了人们口中的那个情人，而不是爱伦。狄更斯怒不可遏，认为这些谣言都是凯特与乔治娜的家人，也就是霍格斯一家制造的。于是，他要求霍格斯他们发表公开声明，让公众明白自己和乔治娜一直清清白白；假如他们拒绝，那么他就会让凯特净身出户。在后来的两周时间里，霍格斯一家思前想后，令他们左右为难的是：如果凯特真的被狄更斯赶出家门，那么她是否可以诉诸法律，并占据强势地位？倘若想避免这样的局面，那么他们就不得不将过错归咎于凯特一方，但他们实在不愿这么做。

在这出闹剧中，乔治娜扮演了一个令人看不透的角色。此时此刻，流言蜚语铺天盖地。狄更斯明白，自己必须站出来解释这一切：为何与凯特分居。于是，他撰写了一封公开信。这封信一开始刊登于《纽约论坛报》，而后被各种转载。他在信中是这样描述乔治娜的：“事实上，她的纯净与美好，世间无人能及。”显然，他的这番说辞是为了证明他们没有做过越矩之事，而这未必是假话。乔治娜可能真的对狄更斯情有独钟，所以才会在狄更斯离世之后对其部分书信进行编辑以结集成册，同时，她把狄更斯赞美凯特的话都删掉了，可见她一直很嫉妒凯特。然而，在那个时候，男性在丧偶之后是不能与亡妻的姐妹成婚的，因为教会将此种关系认定为乱伦。因此，在朝夕相处的十五年里，乔治娜大概从来没有想过与狄更斯结婚，她恪守着他们之间的兄妹关系；再加上，狄更斯后来钟情于爱伦。在乔治娜看来，像狄更斯这样有名的人能够如此信任自己，还那么听自己的话，自己也就别无所求了。出人意料的是，她在随狄更斯搬进盖茨山庄之后，居然对来做客的爱伦十分友好，后来两人还成了朋友。

狄更斯曾经为爱伦租了一栋房子，但用的是查尔斯·特林海姆这个名字。房子位于帕克海姆周边，前不久曾有人去那里参观，见到有棵大树，并被告知大作家“特林海姆先生”以前特别爱在树底下坐着。在狄更斯还没离世之前，爱伦便住了进去，并为他生养了一个儿子。那里距离盖茨山庄很近，所以狄更斯时不时会过来与爱伦待上一段时间。曾有一次，他还带爱伦去了巴黎。

在凯特搬走之后，狄更斯照例为读者诵读自己的作品，他的足迹遍布英伦各地，并第二次前往了美国。在诵读的过程中，他的表演天赋帮了大忙，因而每次都很受欢迎。然而，这种马不停蹄的生活令他疲惫不堪。大家忽然发现，四十几岁的狄更斯老态毕现，而且他到处奔波并不只是为了做演讲。在与凯特分开十二年后，他离开了人世，而在此期间，他又创作了三部长篇小说，并成功创办了《一年四季》这本大受欢迎的杂志。必然地，他的身体一天不如一天。医生建议他好好休养生息，可在他看来，只有读者的喝彩才能让自己兴奋起来。他抛下所有顾虑，坚持四处演说。后来，他在奔赴诵读会的路上生了病，只得取消后面的几场。他返回了盖茨山庄，开始安安静静地撰写《艾德温·德鲁德》这部长篇小说。可是，组织者因为那几场被取消的诵读会而蒙受了经济损失，为了弥补损失，他不得不答应到伦敦演说十二场。1870 年 1 月，圣·詹姆斯教堂人满为患；所有人都在为狄更斯喝彩，无论是在他登台时还是退场时。在完成任务之后，他再次返回盖茨山庄，再次拿起笔创作《艾德温·德鲁德》。时间很快来到 6 月，一日傍晚，正在与狄更斯共进晚餐的乔治娜（她也住在那里）发现他面色有异。“赶紧躺下，你需要休息！”她说着。“好吧，就在地上吧！”狄更斯回应道。没想到，这是他留给这个世界的最后一句话。他顺着乔治娜的手臂滑倒了地上，然后躺下了。乔治娜马上叫人赶去伦敦，通知狄更斯的两个女儿赶紧过来。乔治娜向来很有主见，又很干练。翌日，她让狄更斯的一个女儿，准确地说是凯蒂先去把凯特叫来，接着再去把爱伦叫来。一天之后，即 1870 年 6 月 9 日，狄更斯与世长辞，长眠于西敏寺墓地。

这就是狄更斯的一生。尽管他还致力于社会改革并贡献良多，尽管他同情并帮助过很多穷苦百姓和被压迫者，但我并不打算把这些事都写出来。我只想说说他的个人生活，原因在于，在了解了他的个人生活之后，你才会真正对我所推荐的那部小说——《大卫·科波菲尔》——感兴趣，毕竟它是一本自传体小说。当然，尽管是自传体，但归根结底还是小说。毫无疑问，生活给他提供了丰富的素材，但那只是素材，剩下的大部分内容都有赖于狄更斯强大的想象力。如前文所述，密考伯先生的原型是他的父亲；朵拉的原型是他爱上的第一个女人玛丽亚；玛丽·贝德耐儿的原型是在他心中近乎完美的玛丽·霍格斯；艾格妮丝的原型则是玛丽的亲妹妹乔治娜。继父将十岁的大卫·科波菲尔送去做了童工，这让我们联想到约翰把十几岁的狄更斯送到律师事务所做实习生，而且大卫也认为与那些地位更低的同龄人玩耍不仅是“自降身份”，更是一件“屈辱”的事情。

主人公的自述在小说里很常见。这样的形式和手法有利有弊。第一个优点在于，自述者不会节外生枝，换句话说，他说的一切都是其亲身经历，无论是所见所闻，还是所思所想。狄更斯很善于设置复杂的情节，但如此一来，读者也会时常被其他一些与故事发展无关的东西所吸引，而自述则能很好地规避这种情况的发生。在这部小说中，唯一与主题无关的描述是斯特朗博士的家庭情况——与妻子、岳母、妻子的侄子等人之间的关系。这部分内容与大卫无甚关系，却又占据了相当长的篇幅。第二个优点在于，这种形式有助于体现真实感，从而将读者的同情心与自述者关联到一起。无论读者是否站在自述者这一边，他都会被自述者深深吸引，并最终生出同情心。

这种形式的第一个不足在于，因为自述者往往就是主人公，因此他终究无法在读者面前保持低调，总得说几句诸如我很帅、很有魅力之类的话；而在讲到自己的莽撞举动，或者浑然不知已赢得了女主人公的芳心（其实读者早已心领神会）之时，他又是那么呆头呆脑；除此之外，他还不得不向读者袒露自负的一面。第二个不足更值得强调，相比之下，自述者也就是主人公口中的其他人物更为鲜明，而主人公形象却反倒要弱很多。但凡采用了自述形式来进行创作的小说家都没有办法妥善解决这个问题。我常常问自己，为什么会这样？唯一的答案是，因为自述者与主人公是一体的，因此主人公在讲到自己的时候，需要依靠内心活动来展现自己，而他常常不经意地表现出胆小怕事、思维混乱、瞻前顾后等缺点，而这些都对塑造形象无益。反之，在讲到其他人物的时候，他只能看到他们的外在，然后通过想象来完成对那些人物的描写；进一步来说，这些描写实际上都得益于才华横溢的狄更斯，所以那些人身上的个性特点、戏剧性，甚至奇怪的癖好展露无遗、栩栩如生。相较于其他人物的鲜明形象，自述者对自己形象的塑造反而拙劣了许多。

在狄更斯绞尽脑汁的创作下，故事里的主人公激起了读者的同情。然而，当故事里写道，为了找到西姨婆，大卫选择了逃跑，并赶赴多维尔海港，而这其间的种种毅然决然的表现都被描写得很夸张。这是令人惊讶的，多么愚蠢的小男孩啊，居然任由他人欺骗和抢劫。无论如何，大卫走进了工厂，做了数月苦工，又去了伦敦街，走进马夏西监狱探监。这让我们觉得，既然作者想要赋予他聪敏的特质，那么尽管他还是孩子，但也理应明白些社会规则，理应有些自我保护的能力吧！可是，大卫却像个窝囊废，三番五次地被骗、被抢，好像从未想过奋起反抗。令人难以置信的还有，面对朵拉，他是那么卑微，而且还不懂得如何料理家务。假如大卫拿起笔来书写自己的故事，那么那个故事肯定不是狄更斯所写的这般，而会更接近亨利·伍德夫人[1]的作品。奇怪的是，在塑造大卫这一人物的时候，狄更斯竟然没有将自身的才华与活力放进去。若不是拥有出众的相貌和风雅的气质，大卫肯定不会如此受大众欢迎。这是一个善良、正直、诚挚，却略有些愚蠢的人物，同时也是这部小说里最刻板的人物。

没关系，这部小说中的其他人物都表现出了极强的个性，被塑造

[1] 英国普通小说家。——编者注

得极为生动饱满。他们可能不太接地气，不过确实活灵活现。我们在生活中几乎不可能见到诸如密考伯、辟提果、巴基斯、特拉德尔斯、贝西·特洛伍德、狄克先生、尤利亚·希普及其母亲那样的人。只有狄更斯才能想出那些神奇的人物来。他们逼真而不突兀，生动得令人不得不相信。尽管狄更斯的描写略有些夸张，但丝毫不影响这些人物的可信性。他们给读者留下了深刻得令人难忘的印象。密考伯先生无疑是当中最成功的形象。你肯定不会对他感到失望。在狄更斯笔下，他最终成为一位受人尊敬的澳大利亚官员，不过一部分评论家却觉得，狄更斯应该让这个人物一直保持酗酒度日、稀里糊涂的状态。对于这种过分苛刻的评论，我并不认同。澳大利亚地广人稀，而密考伯先生外表出众、有知识有文化、能言善道，这么优秀的人为何不能入仕从政呢？当然，我也不认为他真的有能力破坏尤利亚·希普的阴谋诡计，毕竟他没有多少心机，也没有多少耐心。

在对故事发展有利的情况下，狄更斯大胆地设置了许多巧合；他不太在乎所谓的必然性。与此不同的是，现代小说家很在意这种必然性，所以常常尽可能地把故事讲得合理且真实。但是在那个年代，读者并不介意那些看上去有悖生活的“不可能事件”。这正是狄更斯所擅长的。他拥有极好的讲述技巧，因此时至今日，仍然有很多人相信那些情节。我们可以在《大卫·科波菲尔》这本小说里看到很多巧合，例如，当斯提福兹回到英国的时候，他所乘坐的邮轮在雅茅兹海滩附近出了事故，而大卫——不是其他人——恰好在这个时候出门访友。实际上，狄更斯拥有足够的创作能力来巧妙地规避这种有悖常理的情节。然而，他就是那么写的，他应该是觉得只有这么写，自己才有机会在接下来展示一个扣人心弦的场景。

相较于狄更斯之前所创作的小说，《大卫·科波菲尔》的戏剧性已有所收敛，不过诸如尤利亚·希普之类的人物依旧很荒诞，甚至可能会被人们视为低级趣味。但无论如何，尤利亚是一个有力量的人物，一个带有恐怖力量的人物。另外，作为一个不太重要的人物，仆人斯提福兹的鬼祟与阴险被刻画得过于夸张。就我个人而言，洛莎·达特尔是当中最令人困惑的人物。我觉得她的存在大大地影响了这部小说的卓越性。狄更斯原本计划赋予她更大的功能性，然而后来失败了，至于失败的原因，据我揣测（其实也没什么依据）是因为他觉得那么做会让读者感到不适。我之前设想过，假如斯提福兹与达特尔并非情侣关系，那么事情会作何发展？如果她只是单纯地仇恨达特尔，而非带着痴狂的爱意，那么后来的事情会如何？然而，若真如此，她便没有理由对小爱弥丽那么残忍了。另外，在我看来，小爱弥丽在故事中的作用微乎其微，如同一个剪影。

“我写了那么多作品，这一部最深得我心。无异于别的慈父，我也会偏心，而我最爱的孩子名叫大卫·科波菲尔。”这是狄更斯留给我们的自述。通常情况下，在评价自己作品的时候，作家很难做到客观公正，然而狄更斯却做到了。他的想法完全没错。无论是马修·阿诺德，还是罗斯金，都曾说过《大卫·科波菲尔》是狄更斯的巅峰之作。我也这么想。毫无疑问，在这一点上，小说家、评论家，还有读者达成了一致。

R《呼啸山庄》：艾米莉的两个自己

《呼啸山庄》这部作品虽然混乱，但独树一帜，优秀至极。它写的是恶，却表现了美。它令人害怕、令人痛苦，又令人激动。一些人不相信一位出生牧师家庭的女子能创作出这样的作品来，原因在于她的生活应该是隐秘且乏味的，接触的人也不多，对世界的认知也不会那么全面。这么说毫无依据。这是一本极具浪漫主义色彩的佳作。那种浪漫的基础不是对现实生活的长久观察，而是天马行空的创造力，得意与失意相互交错，并夹杂着神秘且可怖的激情与疯狂。它是逃避现实的一种体现。基于艾米莉·勃朗特的个性，以及那既压抑又强烈的个人感情，我们没有理由怀疑《呼啸山庄》不是她的作品。当然，这部小说看上去的确更像是她弟弟，也就是那个无耻之徒的手笔。很多人都觉得，她弟弟就算不是作者，至少也参与了创作。

与他弟弟相熟的一些人都这么想。例如弗兰西斯·葛隆迪，他之前说：“帕屈里克·勃朗特（作者弟弟）告诉我，《呼啸山庄》的大部分内容都出自他之手，而且他的姐姐也没有否认这一点……我和他都曾在卢登福特生活过，当时，这个病恹恹的创作奇才没事儿就会跟我讲些奇怪的事情来打发时间，而那些故事后来被写进了那本书。因此，我更相信《呼啸山庄》的情节是他的杰作，而与她姐姐无关。”另外，帕屈里克、狄尔登、雷兰德曾经在一间旅馆里分享各自创作的引以为傲的诗歌，大概二十年之后，狄尔登在为《哈利法克斯监护人报》撰写文章时写道：“我记得那天我诵读了《魔后》这首诗的第一幕，其间帕屈里克从帽子里——他喜欢把作品搁在帽子里——掏出手稿，可他突然有些异样，原来那上面写的不是诗歌，而是正在创作中的一部小说。因为手稿不对，他有些不高兴，然后打算把那些纸塞回帽子里。出于好奇，我们请求他诵读一段来听，让我们见识见识他的小说水平。他想了想，答应了我们的请求。他为我们读了大概一个钟头，读完一页就放回一页。我们很享受，可一切戛然而止，因为稿子还没写完。后来，他为我们讲了讲结局的设定，还提到现实生活一些人的名字，并说那些人就是小说主要人物的原型。那些人中有的现在还活着，所以我不打算在这里把名字都写出来。帕屈里克告诉我们这部小说还没有名字，因为他认为这本书可能永远都出版不了，因为没有哪个出版商有这个胆量。虽然我们只听到了些许片段，不过就故事背景与人物命运而言，在我看来，与此后得以出版的《呼啸山庄》大同小异。因为夏洛蒂·勃朗特的言之凿凿，所以人们这才相信那本书是她妹妹艾米莉写的。”对于这番话，只能说真假参半。夏洛蒂没有奋起反驳，身为基督教徒的她尽管待人宽厚，却对亲弟弟深恶痛绝。这一点毋庸置疑。就像我们所知道的那样，基督教并不禁止坦诚的、仁慈的恨。无论人们认不认同夏洛蒂的说法，至少她有权利按照个人意愿来做出选择。不过，坊间传闻通常都是空穴来风，人们很少在毫无依据的情况下凭空臆造。那么，要如何解释这一切呢？其实解释不了。我们曾听到过一种暗示：这部小说的前四章是帕屈里克的手笔，而在帕屈里克被酒精与毒品控制之后，艾米莉续写了后面的部分。那些人给出的证据是：相较于后面部分，前四章的文字风格更夸张和造作。不过，我并没有这样的感受。我的观点是，这部小说自始至终都透着笨拙、做作和夸张。要知道，这是艾米莉的处女座。任何人在初涉创作时都会偏爱堆砌辞藻，觉得常用词汇无法带来好的效果。这也就是说，一个没有实践经验的人是无法写得那么自然的。

我们可以看到，《呼啸山庄》所讲述的故事出自一位生活在约克郡的女仆之口，然后字里行间的遣词造句完全不符合她的身份。艾米莉大概也有所察觉，狄恩太太的谈吐不符合实际，所以她才会做出这样的解释：狄恩太太说，自己在干活之余看过很多书。尽管如此，狄恩太太的造作腔调仍然令人难以接受。从她嘴里说出来的不是“我想试试……”，而是“我计划尝试……”或“我试图要……”；不是“出去”，而是“离开这个房间”；不是“碰到”了谁，而是“邂逅”了谁。我敢肯定的是，无论作者到底是谁，总之都是一个人写的，这从前后文的风格就能看出来。有人认为相较于后半部分，前半部分的风格过于夸张和矫揉造作，但我觉得那或许是因为艾米莉在刻意表现洛克乌德的年少无知、痴心妄想，以及自高自大，而她的刻画是成功的。

我曾经看到过一种推论：前几章的作者其实是帕屈里克，而且他的最初计划是让洛克乌德成为更重要的人物。我们的确可以从文中看到一个暗示，那就是年轻的凯瑟琳令洛克乌德心驰神往。假如他真的动了心，那事情就不会那么简单了。实际情况是，他不过是个爱惹麻烦的家伙。这部作品的创作手法并不聪敏，但我们不用觉得奇怪。这个故事毕竟跨越了两代人，颇为复杂，而要写好它谈何容易，作者必须小心翼翼、合情合理地操控两条线索和两组人物，不能对任何一组人物掉以轻心。除此之外，她还得俯瞰全局，如同站在高处总览一幅硕大的壁画那般，方能将两代人遇到的事情融合到一个时间段，并为读者所接受。

在我看来，艾米莉最初的创作想法并不严密，她还没有参透怎样一边讲述离奇事件，一边打造整体格局。她还不懂得如何融会贯通，直到她发现，可以让某个人物对某个对象讲述所发生的所有事。这种创作手法并非难事，也不是艾米莉的独创，不过，如前文所述，这种手法有利有弊，其中一个问题就是，如果要求人物的述说涉及方方面面的内容，例如所见到的景色之类，那么他的表达就很难让人相信他是在与人聊天，毕竟正常人是不会说那些的。如果这本书的作者是一位经验丰富的小说家，那么在创作的时候，他应该能想到更优秀的处理方式，因此我并不认为艾米莉的创作建立在其他人的创作之上。想想她的性格——内向、害羞，身上有些病态，毫无疑问，她用了自己的方式来创作。

有什么别的方式呢？第一种方式要求作者具备丰富的常识，具体可参阅《米德尔马契》与《包法利夫人》。假如艾米莉换做这样的方式来讲述那个离奇故事的话，那么我们将看到她更加张扬的一面：固执己见、永不服输；若真如此，她也必须讲清楚，从出走到回归，希兹克利夫是怎么让自己变得有钱又有文化的。然而，她不可能写出来，因为那种生活是她接触不到的。于是，她不得不选择采用我们现在所看到的方式来展现“既定事实”。无论读者会不会相信，总之她只能这样写。第二种方式是以第一人称来进行创作，把“我”设定为狄恩太太的讲述对象。或许，艾米莉不是不会，而是不敢这么构思，毕竟她是个敏感害羞的姑娘，不愿意直面读者。所以，她先是搬出了洛克乌德，然后又搬出了狄恩太太，自己却躲在后面操控着这两人。她躲了起来，但仍然能把故事讲得扣人心弦，是怎么做到的？答案是她毫不吝啬地展露了自己的内心世界。她的内心世界充满了寂寞，在最隐秘的地方深藏着很多秘密，出于某种创作的冲动，她小心翼翼地拿出了那些秘密，以释放自己心中的压力。有一种说法是，她的创作灵感一开始来自于父亲所讲的爱尔兰神话，以及霍夫曼所写的荒诞小说。她特别喜欢霍夫曼的作品，在比利时求学的时候对他的书总是爱不释手，回到英国后也常常坐在壁炉边的地毯上，一边抱着宠物狗的脖子，一边看霍夫曼的小说。

夏洛蒂·勃朗特之前郑重声明，虽然有人认为《呼啸山庄》里的一些人物在现实生活中能找到原型，但那些所谓的原型对于艾米莉来说都是陌生人。我对此毫不怀疑，我认为艾米莉在那位德国小说家[1]的怪诞故事中发现了一些与她本人偏执个性相符合的元素；我还认为，希兹克利夫与凯瑟琳衍生自她的灵魂深处。诸如灵顿及其妹妹、恩萧之妻、希兹克利夫之妻之类的次要人物（都是些怯懦的人，因而被她

[1] 即前文所提到的霍夫曼。——编者注

藐视）或许有原型，想必是她熟悉的人。令人惋惜的是，读者普遍认为作家不可能凭空虚构出一些人物来，哪怕作家真的是在依靠强大的想象力塑造人物，他们也会矢口否认。我的看法是，凯瑟琳·恩萧其实就是艾米莉自己，她们都那么固执，那么有活力，而希兹克利夫是另一个艾米莉。男女主人公都是作者的化身，这难道不奇怪吗？当然不奇怪。生而为人，不可能做到完全的统一，在我们的身体里生活着很多“人”，而且他们之间存在着某种矛盾关系。小说家有这样一种神奇的能力：将碎片化的人物塑造为完整且鲜活的人物。对于小说家而言，最大的悲哀莫过于无法让笔下的人物真正活过来，换句话说，人物只能活在故事里，而不能走进他的生活。《呼啸山庄》是艾米莉所写的第一部小说，对于一个毫无经验的作者来讲，在创作这类题材的作品时，自己出任主角是再正常不过的事情了，哪怕是把个人意愿强加于小说主题之上也是常有的事。这类作品一般都是在表达某种随心所欲、如梦似幻的想象，可能是一个人漫步时所想到的，也可能是晚上睡不着觉想到的。在这些幻想中，他们是有罪之人，是圣贤之士，是完美无缺的情人，是心怀恶意的政治家，是骁勇善战的将领，是冷漠无情的杀手。正如大部分人的幻想都充斥着怪诞色彩，大部分作家的首次尝试都像是天方夜谭。在我看来，《呼啸山庄》是艾米莉在梦里所讲的故事。

在我看来，希兹克利夫承担了艾米莉的所有幻想。从他身上，我们可以看到艾米莉内心的愤懑、失败的感情、毫无希望的爱、嫉妒、无情、暴戾，以及对人类的鄙视与憎恶。作为夏洛蒂的友人，艾伦·纽赛曾经提到过一件令人匪夷所思的事情：“夏洛蒂常常被她（也就是艾米莉）带到一些自己不敢去的地方。夏洛蒂不敢接触家畜，而艾米莉却常常带着她去看，还对她说了很多令她害怕的话，如果她表现出胆怯，艾米莉就会大肆嘲讽，而且似乎很享受这个过程。”我觉得，当她化身希兹克利夫的时候，她选择以男人的方式，或者说动物本能来爱凯瑟琳。她所扮演的希兹克利夫会无情地踢打凯瑟琳，并让凯瑟琳的头摔到石板上，而此时的艾米莉肯定露出了笑容，如同当初耻笑夏洛蒂时那般。当希兹克利夫一巴掌打到小凯瑟琳脸上，并辱骂不止的时候，艾米莉肯定也乐在其中。在折磨、欺辱、威胁笔下人物的时候，她肯定激动得颤抖，仿若自己得到了某种解脱，因为现实中的她不但自卑、抑郁，还总认为自己过着屈辱的生活。除此之外，她所扮演的凯瑟琳具有双重人格，一方面与希兹克利夫针锋相对，不把他放在眼里，认为他会带来厄运，另一方面又爱的真切，因为征服了希兹克利夫而满心欢喜，并认为两人命中注定会在一起（这里的“两人”其实是艾米莉身体里的两个自己，若真如此，自然是命中注定的）。一个施虐者通常也是一个受虐者，让凯瑟琳欲罢不能的正是希兹克利夫的霸道与残暴。

说了这么多，总而言之，《呼啸山庄》不适合用来谈论，而适合用来阅读。它有很多显而易见的不足之处，同时也有一种大部分小说都无法传递给读者的东西——力量。在这本书里，爱情的诱惑、痛苦与残忍相互纠缠，并最终爆发出了无比强大的力量，在这方面，恐怕再无其他作品能与之匹敌。它就像，埃尔·格里科[1]笔下的那幅经典

[1] 西班牙十六世纪著名画家，绘画风格冷漠且神秘。——编者注

油画：乌云遮天蔽日，惊雷大作，原野上一片昏暗，人们艰难地行走着，身后是长长的影子；一股异世之象扑面而来，令人喘不过气；一道闪电劈开了铅灰色的天空，与之而来的是更为神秘的恐怖气氛。

《威廉·麦斯特》：歌德写了自己，也写了你我

卡莱尔[1]曾经十分认真地将歌德的著作《威廉·麦斯特》翻译成了英文。然而事到如今，就连德国人都快把歌德忘得一干二净了。他不愿做一国公民，想成为世界公民，而今天的德国领导人们自然不会认同他的这个想法。当然，早在他们粉墨登场之前，也没有多少人会看《威廉·麦斯特》这本书。我曾经在柏林参加过一个文化界的聚会，并在席间说起自己如何推崇这本书，没想到在座之人纷纷表示了惊讶。他们都没看过这本书，原因在于他们道听途说，以为那是一部没什么意思的作品。我对他们说，不妨翻看一下。过了数月，我得以与其中几人重逢，并开心地听到，他们在看了那本曾经被自己嗤之以鼻的书之后，决定再也不取笑我了。

这本书不仅可以带给人乐趣，还可以带给人启发。它是十八世纪

[1] 英国十九世纪著名评论家及历史学家。——编者注

的最后一本伤感小说，也是十九世纪的第一本浪漫小说，更是现代自传体小说的老祖宗。无异于大部分自传体小说，主人公威廉·麦斯特是一个毫无斗志的颓废青年。我不明白为何要这样写，可能的原因是，歌德在讲述自身经历的时候，老是觉得既有的成就不但不符合预期，而且相差甚远，而后渐渐心灰意冷，整日抱怨生不逢时，于是我们便看到了一个无精打采的主人公。这就好比我们走在街上，总会觉得街对面的东西更有意思，而街这边的东西没什么好看的。人人都觉得，自身经历不够精彩，而他人的故事不但有趣，而且浪漫。正因如此，歌德才选择让一个颓废的主人公经历一系列出人意料的事情；在他的安排下，很多与众不同甚至有些怪异的人物陆续登场，并纷纷表达着歌德本人对各种问题的看法。《威廉·麦斯特的学习年代》（《威廉·麦斯特的漫游年代》可以不看，因为那本书不太好读）不但充满诗意，而且带有荒诞色彩，有的地方颇为深刻，有的地方枯燥乏味，不过那些乏味之处大可不必硬着头皮读下去。卡莱尔之前说过，《威廉·麦斯特》是他六年来读过的最具价值的作品，但是不瞒大家说，他还说过："歌德是一百年来最有才华的人，也是三百年来最没脑子的人。"

R《堂·吉诃德》与《蒙田随笔》：残酷的玩笑与真实的热爱

我们首先要谈到的是《堂·吉诃德》。十七世纪初，在谢尔顿的努力下，这本书的英译本诞生了，不过谢尔顿翻译得不够通俗，而我主张快乐阅读，因此会推荐1885年出版的奥姆斯毕译本。你还需要知道的是，塞万提斯家境贫寒，写作只是他营生的手段，所以为了充数，他把一些短篇文章也放进了《堂·吉诃德》这本书。我承认我读了这部分内容，不过并非是出于喜欢，而是认为需要，想来约翰逊博士在阅读《失乐园》的时候也是这样的情形。在奥姆斯毕所翻译的版本中，这部分内容的字体被设计得小一些，或许是为了降低成本，另外，读者买这本书主要是看主人公堂·吉诃德以及老实仆人桑丘·潘沙的。堂·吉诃德是个老实厚道、胸怀宽广的人，虽然他的冒险经历荒诞不经，惹人发笑（实际上，今天的读者并不这么觉得，因为他们的情感更加脆弱，认为那种命运的玩笑太过残酷，一点也不好笑），但你仍然会对这位“总在发愁的骑士”生出喜爱之情，以及敬重之意。若非如此，那你就太冷酷无情了。堂·吉诃德诞生并永存于人类的奇思妙想中，善良的人必定都会被他感动。

我接下来要谈论的是一部法国作品。它让我们看到了一个完全不同于堂·吉诃德的人物，并令我们情不自禁地爱上他。你一旦与他相遇，就会视他为知己。那个人的名字是蒙田。蒙田以随笔的方式对自己进行了描摹，不但展示了自己的个性与爱好，还展示了自己的不足，从而让你了解他，视他为友，并认为他是个亲切的人。在认识他的过程中，你还会看到隐匿在自己内心深处的一些东西，究其原因，他在以幽默的口吻讲述自身性格时，还对人性进行了深入的探究。人们通常认为蒙田是个怀疑论者。在洞察到事物的两面性，并不置可否的时候，最好是谨慎以待，不下结论。假如这么做的人就是怀疑论者的话，那么蒙田的确是怀疑论者。但是，作为一个怀疑论者，他对自己和他人都十分大度。一方面，现在的人们需要培养这样的情操，而它的基础是热爱生活及关心他人，另一方面，在宽容之心的作用下，人们会更加热爱生活，更加关心他人安危。

由弗洛里奥翻译的蒙田随笔文风绮丽，但不喜欢伊丽莎白时代浮华风格的读者会很难接受，并认为由柯登翻译、威廉·卡罗·赫兹利特审校的那个版本更通顺些。蒙田的每一篇随笔都很吸引人，不过最出彩的篇章集中在第三卷里。第三卷中的文章在篇幅上都要长一些，因此能更好地体现他悠闲的谈论状态。尽管这部分随笔的题目似乎有些严肃，不过内容却依旧不失趣味性。在创作这部分随笔的时候，他对这一体裁的文章已经游刃有余，对大众的阅读审美也了然于胸，因此能够娴熟地向读者传递那种独树一帜的要义。当你看到一个不感兴趣的标题时，不要轻易放弃阅读，毕竟蒙田的文章一般都与题目关系不大。例如《论维吉尔的部分诗歌》这篇随笔，其实大部分内容与法语有关。这篇文章不仅有趣而且巧妙，特别是一些插科打诨的说辞，就算是为了活跃气氛，也不禁令人脸红。

R《红与黑》：司汤达的理想世界

想要讲清楚亨利·贝尔（司汤达是他的笔名）的平生经历，寥寥数语是绝对做不到的。他的经历完全够写一本书了；不仅如此，想要做到让读者完全理解，在写这本书的时候还得好好研究一下那个时代的政治局面与社会情况。值得庆幸的是，已经有人完成了这件事。那些喜欢《红与黑》这本书，想了解司汤达，并打算看了我的简短介绍之后再做点功课的朋友们，不妨去看看近来才面世的《司汤达：追求幸福》一书。这本书属于传记类，生动且详尽，作者是马修·约瑟夫森。

司汤达出生于 1783 年，故乡是格勒诺布尔。他的父亲是经纪人，有一定的地位和资产。他的外祖父是一位医生，在当地颇有名气，不过他的母亲在他七岁的时候就去世了。

法国大革命在 1789 年爆发，路易十六与玛丽·安托内万特在 1792 年被斩首。

我们应该了解一下司汤达的童年时光与少年时光，而他自己也曾撰文追忆过。在那些日子里，他逐渐形成了一些偏见，而那些偏见对他的一生造成了很大影响。在他深爱的母亲——他说自己有恋母情结——离他而去之后，他的生活都是父亲与姨妈在料理。父亲总是一副严肃正经、小心翼翼的样子，而姨妈则十分严格，而且是虔诚的教徒。他对他们很是厌恶。他的家人们不满足于中产阶级的生活，费尽心思地想要挤进贵族行列，不过大革命的到来击碎了他们的梦想。司汤达写道，他的童年时光充满了不幸，不过我们在其描述中看不到太多值得让他满腹牢骚的事情。他小时候很聪敏，能言善辩，但很不听话。有一阵子，当地实施了恐怖统治，而司汤达的父亲被认定为可疑分子。他父亲觉得这一切都是律师亚马的过错，因为那人想抢自己的生意。然而，聪敏的司汤达却告诉父亲："问题不是亚马出卖了你，而是你真的反对共和国。"他只是说了实话而已，不过一个有性命之忧的中年人怎么可能接受自己唯一的儿子说这样的话呢！司汤达还提到，他讨厌父亲，还因为他很小气，可是只要他有金钱方面的需求，他的父亲总会满足他。他说父亲不允许他看某些书，不过他总能设法找来读。自书籍诞生以来，或许很多小孩都有类似经历。他还提到，父亲禁止他与别的小孩玩耍，可是他本来就有两个姐姐，而且课堂上也有很多一同学习的男孩子（他们的老师是一位耶稣会教士），由此可见，他其实没那么孤单无助。实际上，在那个时代，大部分出生于中产阶级、家境殷实的孩子都是这样度过童年时光的。无异于别的孩子，普通的家庭教育被他说成了专制，在被要求去学习，或者被禁止做想做之事的时候，他就会觉得自己遭到了特殊对待。

尽管他的童年时光与大部分孩童的大同小异，不过小异之处却很突出：大部分孩童成年之后不会对曾经所受到的约束耿耿于怀，但司汤达却从不曾忘记那些点滴旧事，哪怕是到了五十三岁的年纪。由于对那位来自耶稣会的老师心怀怨恨，他一直强烈反对教权主义，直到去世之前也坚信所有教会中人都很伪善。由于父亲与姨妈是保皇派分子，于是他就为共和派大声疾呼。十一岁的他曾有一天偷偷溜出家门，参加了一个由革命者组织的集会，并看到了令他震惊不已的一幕。那些无产者穿得破破烂烂、身上散发着难为的气味，而且口无遮拦，俗不可耐。“总而言之，当时的我与现在无异，”此后，他写下了这样的文字，“同情劳苦大众，憎恨压迫者。不过，我恐怕没法与劳苦大众一同生活，我无法忍受那样的折磨……曾几何时，哪怕时至今日，我都带着很多贵族心理。我愿意不惜一切代价为人民谋福利，可也清楚地知道，要我与那些做小商人的人生活在一起，不如让我吃两周牢饭。”他的话耐人寻味，而我们仿佛看到了豪华客厅里坐着的那些耳红面赤、不愿随波逐流的年轻人。

十六岁的时候，司汤达第一次踏足巴黎。经父亲介绍，他投靠了亲戚达鲁先生，而达鲁先生有两个在国防部工作的儿子，其中大儿子皮埃尔是一个司级管理者。没过多久，司汤达就成了这位表兄的秘书。拿破仑发动第二次意大利战争的时候，达鲁兄弟随军出征，而司汤达也在第一时间赶赴米兰与其会合。做了几个月秘书之后，他听闻皮埃尔打算将自己调往一个龙骑兵团，然而他不想去别的地方，只想在生活安逸的米兰待着。于是，在皮埃尔离开米兰的那段时间里，他竭力与米歇尔将军搞好关系，并成为这位将军的副官。皮埃尔一回到米兰就下了一纸命令，让他去龙骑兵团任职。在司汤达的百般推诿下，这件事足足耽搁了半年之久。后来，他发现自己别无选择，却又真心不想离开，便索性以身体抱恙为由辞了职。尽管他日后常常提到自己在战场上的勇猛经历，然而实际上，他压根就没有上过一天战场。1804年，为了谋得某个官职，他还拿出了一份证明（上面有米歇尔将军的亲笔签名），罗列了自己在各大战场上的功绩。

返回巴黎之后，他的父亲给了他一小笔钱，但那些钱之后用来养活自己。他有两大梦想，第一个是成为优秀的喜剧人。为了实现这一目标，他读了很多剧本，基本上天天出没于剧院，天天撰写观后感。后世之人从那些日记里看到，司汤达总在谈论对那些看过的戏剧进行改写，并使之成为自己的作品。由此可见，他既不太会写诗，也不太会写戏剧。只是将自己看过的改写为新剧本。他的第二个梦想是成为优秀的情人。然而，他在这方面并不具备先天优势：长相普通，又矮又胖，上身肥硕，下身粗短；脑袋很大，头发是黑色的；嘴唇不够丰满，大鼻子倒很抢眼；值得庆幸的是，他有着闪亮的双眼，大小适中的手脚，以及女子般的柔嫩肌肤。为了让自己看上去风度翩翩，他走到哪里都会带上一柄剑，作出一副神飞气扬的姿态，但实际上他是个害羞的人。在表兄马歇尔——皮埃尔的亲弟弟——的安排下，他开始频繁出入贵妇人们举办的宴会。那些贵妇的丈夫们在大革命期间大敛横财，一夜暴富。令人惋惜的是，司汤达不善言辞，也不太懂人情世故，即便脑海里妙语连篇，嘴上却怎么也说不出来，令他尴尬不已。不仅如此，他还很讨厌自己的外地口音，并且为了纠正发音而求学于一间戏剧学校。他在学校里遇到了大他两三岁的女演员美拉尼·居利贝尔。在考虑了一阵子后，他与美拉尼共坠爱河。他没有立即付诸行动的原因大致有二，一是他不清楚美拉尼是不是认真的，二是他起先以为美拉尼患有花柳病。在所有顾虑都被消除之后，他跟着美拉尼来到了马赛。按照合同要求，美拉尼要到马赛演出几个月，在此期间，司汤达一直在一个搞批发的杂货铺里打工。他渐渐发现，美拉尼既没有什么气质也不够聪明，并不是自己内心渴望的那种女子，因此在她花光了所有钱，不得不离开马赛回到巴黎的时候，他心甘情愿地送走了她。

他的情感经历很丰富，不过我没有办法在这里一一道来，只能择其二三略作讲述，以帮助大家深入理解他的性格。七情六欲在他身上表现得并不强烈，事实上，人们一度认为他不谙性事，直到他与某个情人间的桃色书信被泄露。他在这方面很理性，换而言之，那些女人满足的不是他的生理欲望，而是虚荣心。他常常放言高论，不过不曾有人见过他对某个女人百般奉承。他说过，自己的大部分恋情都是失败的，多么坦诚啊！究其缘由，他不是一个果断的人。在意大利的时候，他问一个朋友“如何才能征服女人”，并把朋友的建议老老实实地记录了下来。他像呆子一样追求女人，这让我们联想到他改写剧本的事情；女人们说他可笑，而他因此心灰意冷。他一直想不通，为何女人们总认为自己虚情假意。他空有一个聪明的脑袋，却不明白女人喜欢听感性的话语，而讨厌听理性的言论。他一心认为追求女人要讲究方法，却不明白只有献出真心才能获得真正的爱情。

送走美拉尼之后，没出几个月，司汤达也返回了巴黎。在皮埃尔的推荐下，他进入军粮部任职，并被安排到布鲁斯威克工作。这个时候，他已经不再去想如何成为一位优秀的剧作家，而打算一心一意地在官场上谋发展。他自称“帝国之贵族”及“荣耀军团之骑兵”，梦想成为一省之长，拿着优厚的俸禄。一方面，他依然高举着共和派的大旗，认为拿破仑的上台是法兰西的耻辱；另一方面，他致信父亲，希望他能出钱替自己买个爵位。除此之外，他还在名字前面加了个“德”字——那可是贵族的象征，于是他就成了亨利·德·贝尔。不可否认，作为一名官员，他颇有智慧也颇有能力。1810 年，他官升一级，得以回到巴黎就职于残疾军人宫，并获得了两匹马、一辆轻巧的双轮马车、一个车夫，以及一名男仆。很快，一位来自歌剧院合唱队的女演员开始与他出双入对，然而他并不觉得满足，认为自己应该再找个真心喜爱的、拥有优越身份、能为他增光的女人。他看中了皮埃尔之妻亚历珊德拉·达鲁。那个时候，皮埃尔已经被封为伯爵，而亚历珊德拉自然就是伯爵夫人。另外，这位伯爵夫人虽然已有子女四个，看起来却比皮埃尔青春得多，而且姿色也不错。我们看不出他有丝毫的顾虑，例如是不是有愧于表兄皮埃尔的长期关照与友好相待，以及勾引表嫂是一件极不光彩、极不明智的事情。他满脑子都是如何让自己飞黄腾达，荣耀加身，而从未出现过“感恩”这两个字。

他使出了浑身解数追求所谓的爱情，却败在了瞻前顾后的性格上。他有时候活力四射；有时候黯然神伤；有时候轻薄放荡；有时候沉着稳重；有时候激情满满；有时候冷漠无情；然而不管他怎么做都是徒劳，因为他从来都看不穿女人的心思。他甚至觉得他所追求的对象会在私底下取笑他矫揉造作，并因此而倍感屈辱。后来，他向一位旧识倾诉了一番，并征求了他的建议。他们进行了商议，那位老友问了他一些问题，他坦然作答，他们的对话被他的朋友记录下来。在马修·约瑟夫森所写的司汤达传记中，我们看到了这样的问答：“为什么引诱 B 夫人（这是他们给伯爵夫人起的代号），她能带来什么好处？”“好处在于，引诱者不但能发泄自己的欲望，还能有所收获；能更深入地研究人类感情；自身的优越感也能得到满足。”那份记录上还留有司汤达自己写的一条注释：“最佳策略。主动出击！主动出击！主动出击！”这个策略的确不错，不过要是无法克制羞耻心，那么恐怕无济于事。几周之后，他接受了皮埃尔的邀请，前往其位于柏溪维勒村的庄园拜访。那天，他穿了一条最有品质感的条纹裤，并因此得到了伯爵夫人的赞赏。他们来到花园漫步，伯爵夫人的母亲、孩子，以及一个伙伴跟在后面，距离他们二十米左右。他们在花园里绕着圈，他紧张得不得了，却始终不敢说出心里的话。无奈之下，他在心里选择了前面的某个位置，并将其设定为 A 点，把当时所在的位置设定为 B 点，然后暗自发誓，倘若自己在到达 A 点之前仍然不敢说出那番话，那么就自寻短见。最终，他说出了口，边说边扶起伯爵夫人的手臂，在上面落下了一个吻。他告诉她，自己纠结了十八个月，一直在克制心中的爱意，甚至一度打算对她避而不见，然而这种痛苦令他难以承受。然而，伯爵夫人却对他说——态度温和友好，她将他们之间的感情定义为友谊，而不是那种更深层次的感情，除此之外，她不愿意背叛自己的丈夫。话音刚落，她便朝身后的人打了个招呼，让大家跟上来走到一起。司汤达的柏溪维勒村之旅就这样结束了。他受到了沉重的打击，而受挫的不仅是感情，更是虚荣心。

两个月过去了，司汤达依旧没能从失败中走出来，他请了个假，前往米兰旅行。十年之前，他第一次踏上意大利这片土地，并且无可救药地爱上了米兰，因为他在那里遇到了吉娜 · 皮特拉鲁阿，而那个女人当时与他的一个同事打得火热。那个时候，他还只是个没什么钱的副官，丝毫没有引起吉娜的注意。他琢磨着，这次到了米兰之后一定要去见见她。吉娜的父亲是个小店主，在他的安排下，吉娜很早就结了婚，而对方是个普通的公职人员。这一年，吉娜三十四岁，而她的儿子已经十六岁了。司汤达真的去拜访了吉娜，并发现她还是那个“身材高挑，风姿卓绝的女子，无论是双眸还是神情，不管是眉宇还是鼻子，仍然显得那么高贵典雅，只是不见了当年的娇丽与美艳。”虽然她丈夫的收入不算丰厚，不过足以让她在米兰拥有一套公寓、一套村间别墅、一些仆人、一辆四轮马车，以及斯卡拉剧院里的一个包厢。

她的确很明智。

司汤达很清楚自己终究是貌不惊人，所以下定决心用华丽时尚的服装来掩饰不足。他原本就长得很胖，而今因为手头宽裕，就长得更肥硕了。当然，在有了钱之后，他便可以用华丽的服饰来包装自己了。在他看来，自己已经脱离了清贫的龙骑兵生活，理应赢得那些贵妇人的青睐。于是，他打算在米兰多待些时日，好把伯爵夫人追到手，然而伯爵夫人却并不那么好追。他为此绞尽脑汁，直到他即将离开米兰前往罗马的时候，才成功邀请到伯爵夫人在某天上午来家中做客。他在日记里写道：“九月二十一日十一点半，我得偿所愿。”不难想见，他那日是如何努力表达爱意的。不仅如此，他还在伯爵夫人的吊袜带上写下了日期。那天，他依然穿着条纹裤，与之前在花园里告白时无异。

1812 年，司汤达好不容易才说服了达鲁伯爵，让他离开了巴黎，卸下了闲职，回到军粮部做了个军官。后来，拿破仑对俄国发起了残酷的战争，而他也随军远征前线。在从莫斯科撤军的过程中，他很是冷静且勇猛，表现出了很强的执行能力。在拿破仑于 1814 年下台后，他的官场生涯也随之终结。他曾经提到过，那个时候，他放弃了好几个要职，因为他不想效忠于波旁王朝，哪怕会被流放他乡。然而，现实恰好相反，他不但完成了效忠宣誓，还想尽办法踏入了政府机构的大门。当然，他的努力最终都付诸东流，无奈之下，他又一次来到了米兰。他依然很有钱，依然有豪华公寓住，依然可以随时到歌剧院里去看戏，不过尽管如此，他已不再是官场中人，不再如之前那样声名显赫，家财万贯，不再值得吉娜热情以待。吉娜告诉他，在知道他来米兰的消息后，她的丈夫十分生气，别的追求者也变得疑神疑鬼，希望他离开米兰，以免影响她的声誉。他心知肚明，这不过是分手的托词而已，不过吉娜的急迫性情反倒令他兴致勃勃。为了让吉娜回头，他想了个主意：凑了三千法郎献给她。在这种情况下，吉娜答应了他的请求——共赴威尼斯，但条件是要带上自己的母亲、儿子，还有一位人到中年的银行员工。到了威尼斯之后，她不允许司汤达和他们住在同一家旅馆，理由是不能太明目张胆。而令司汤达更加感到不满的是，虽然自己三番五次地表达了厌恶之意，但那个银行职员却一直跟在他们后面。他觉得那个人没有权利这么做。不妨来看看他写的英文日记："她的姿态仿佛是在说，要不是给我面子，她才不会来威尼斯呢！我实在是太傻了，用三千法郎换来了这样的出行。"然而，我们在他十日之后的日记里却看到了这样的内容："我俘获了她……但是她仍然执着于各种花销。昨日上午便是如此，我不会搞错的。政治抹杀了我的情感，搞得我满脑子都是精虫。"

拿破仑在 1815 年 6 月 16 日惨遭滑铁卢。司汤达一行在秋季返回了米兰。在吉娜的要求下，他在远郊寻了个住处。他如果想见她一面，就必须连夜换乘几次马车，在夜深人静的时候到她那里，再跟着一个女仆进入她的卧室。没过多久，或许是因为与吉娜有矛盾，也或许是受了司汤达的恩惠，那个女仆在司汤达面前说出了实情。司汤达很是恼火，因为吉娜的丈夫压根就不曾醋意大发，吉娜只是不愿意让他看到自己与某个或多个情人往来，才一直这么鬼鬼祟祟。的确，她的情人可不止一个。那个女仆还说，司汤达大可自己去验证这番话。翌日，在女仆的安排下，他躲进了吉娜卧室旁的一个壁橱里，“从钥匙孔中目睹了吉娜的背叛，中间只隔了三英尺的距离”。他在日后提到此事的时候说：“你大概觉得我会冲出去拿刀捅死他们，但我没有这么做……我偷偷钻了出去，就像之前偷偷钻进去时一样。我只是觉得这件事很荒唐。我觉得自己很可笑，那位夫人很卑鄙，同时也重获了新生并倍感欣慰。”

因为与一部分意大利爱国者有来往，奥匈帝国警察局在 1821 年将司汤达赶出了米兰。自此之后的九年，他大多时候都待在巴黎。期间，他经历了一两次毫无火花的爱情，常常参加清谈家们的聚会以打发时间。他变得能言善道，与人们机智地对话，偶尔还会表现出些许刻薄。他尤其喜欢对着一大堆人——八到十个——放言高论。无异于其他健谈的人，他说话期间不喜欢别人插嘴，喜欢自顾自地侃侃而谈，不加掩饰地蔑视异己。为了凸显自己，他变得肆无忌惮，经常口出污言秽语，据那些反感他的人称，他经常说些不合时宜的笑话，以刺激或取悦在座的人。1830 年，革命接踵而来，查理十世逃到异国避难，路易 · 菲利普成功上位。到了此时，他父亲所留下的原本就不算丰厚的财产也被他挥霍殆尽。他不得不重拾当初的目标，立志成为优秀的创作者。不过，文学上的建树并没能让他名利双收。他在1822年就出版了《论爱》这本书，但几年来只有十七个人掏钱购买。他也争取过政府部门的职位，不过事与愿违。后来，政局又起了变化，而他一度得到了新的机会：到意大利里雅斯特做领事。然而，因为亲近自由派，他遭到了奥匈帝国的抵制，没能走马上任。最终，他来到了教皇所管辖的奇维塔韦基亚，成了当地领事。这份工作并不繁重，因此他时常四处游玩。他很喜欢旅行，永远不畏舟车劳顿。他喜欢罗马，因为他在那里结识了一大批好友；他厌恶奇维塔韦基亚，因为那个城市让他觉得孤单无助。五十一岁的时候，他请求一位年轻女孩嫁给他。那个女孩的母亲是为他洗衣服的仆人，父亲则是替领事馆做事的圣芳济派修道士。女孩没有答应，这令他大失所望、倍感屈辱。1836年，在他的要求下，外交大臣把他调到了巴黎，并同意他在那里工作三年，同时给奇维塔韦基亚当局找了个代理领事。这个时候，虽然他依旧很胖，但已垂垂老矣，红扑扑的脸上蓄着染了色的大胡子，光秃秃的脑袋上总是戴着一顶假发，而且是紫褐色的。无异于年轻的时候，他还是一身时髦打扮，遇见他的人们常常议论那些外套与裤子的款式，而这让他觉得有些不好意思。他还在追求所谓的爱情，不过似乎从来没有成功过。他依旧奔波于各种宴会之间，依旧喜欢侃侃而谈。后来，外交部要求他回到奇维塔韦基亚，而他回去二年后中风了。在身体慢慢好起来后，他提交了休假申请，前往日内瓦向一位名医寻求帮助。在从日内瓦回到巴黎之后，他的生活一如从前。1842年3月，他在某天受邀参加了外交部所举办的盛大宴会。当晚，他朝着家的方向悠然漫步，却在林间小道上旧病复发，有人发现了他并把他送回了家。翌日，他离开了人世。

前文所述都是不可辩驳的事实，由此不难看出，司汤达的人生并不顺遂，而正因如此，他的人生经验定然比别的作家更加丰富。毫无疑问，那是一个巨变中的时代，无论是社会方面还是个体方面，而这让他积累起了大量与人性相关的知识，不过再多的知识也都受限于他的个性；实际上，无论你的观察能力有多强，在观察时人的过程中都会受限于个性。毋庸置疑，他受到的约束有很多，但他的确与众不同：机智、感性、软弱、有天赋、有创造力、足够勤奋，而且容易相处。与此同时，他的缺点也很明显：偏执、不踏实、多疑（因此总是上当）、狭隘、严苛、粗心、自大、虚荣、纵欲、恶俗、不羁、漠然。实际上，我们是从他口中得知他的缺点的。他算不上职业作家，甚至算不上一名文字工作者，然而他一直在坚持写作，而且写的基本上都是与自己有关的事。他有写日记的习惯，所以我们才有机会看到很多他生活中的点点滴滴，而他从未想过要出版自己的日记。五十几岁的时候，他着手撰写自传（五百页左右），不过写到“十七岁”就搁笔了。虽然这本自传最终未能完成，不过一开始，他就想着要将它出版。在自传中，他把自己塑造得颇为高大，还杜撰了很多事，不过大体上来看，他并没有洒下弥天大谎。他十分在意细节，所以很多地方都繁复、冗长、枯燥，缺少趣味性。当然，依我所见，在读过他的自传后，我们或许应该扪心自问：假如要求我们不加任何掩饰地将自己暴露在外，那么我们能够写出比这更优秀的作品吗？

对于他的辞世，做了报道的只有两家巴黎报纸，这似乎意味着要不了多久，人们就会完全忘记他了。值得庆幸的是，在其两位生前好友的竭力游说下，他的主要作品最终由一家大型出版社出版。若非如此，人们就真的会忘记他了。作为当时的权威评论家，圣·伯甫特意为其作品撰写了两版评论文章，然而尽管如此，他的作品依旧没能受到人们的关注。直到下一代人成长起来之后，那些作品才受到广泛关注。他一直坚信自己的作品会被流传下去，并且终有一日能收获人们的公正评价，只是在他看来，那恐怕得等到1880年，或者1990年了。那些被所处时代冷漠以待的作家通常都会这样安慰自己：荣辱于后世，终究自见分晓。不过很可惜，这种事并不常见。后世之人都活得很累，而且心不在焉，就算想要了解一下以前的文学作品，也只是读一读那些心仪已久且声名远播的作品。一位寂寂无名、与世长辞的写作者被人们重新认识的可能性微乎其微。一位教授将这份幸运带给了司汤达。那是一位没什么名气的教授，人们只知道他曾经就职于法国高等师范学校，并在课堂上对司汤达的作品大加赞赏。出于某种机缘，他有不少聪明的学生——后来都成了大名鼎鼎的人物。受到教授的影响，他们拜读了司汤达的作品，并发现这些作品里的很多言论都很符合他们的观点，于是便开始疯狂推崇司汤达。在这批青年才俊中，我们可以看到希普里特·泰纳的名字。他是日后为人熟知且颇具影响力的理论家；他在文章中对司汤达多番赞美，并认为司汤达是人类历史上最杰出的心理学家。从那时起，评论司汤达作品的文章层出不穷，而时至今日，他俨然已经成为公认的法国十九世纪三大小说家之一。

他的再度崛起主要归功于《论爱》及两部长篇小说。在这当中，《巴马修道院》的可读性更强，人物更具魅力，对滑铁卢之战的描述更是广为流传，而《红与黑》更震撼人心，更富创造力，其意义也更深刻。这部作品令他成为左拉口中的自然主义的缔造者，以及布尔热、安德烈·纪德则口中的心理小说之父（这是不准确的）。《红与黑》这部小说的确令人叹为观止。

司汤达喜欢写自己而不喜欢写别人，所以其作品的主人公一般来说就是另一个司汤达。《红与黑》的主人公于连无疑就是司汤达一直以来无法实现的理想自我。他笔下的于连拥有女人们无法抵挡的魅力，可以让任何女人为自己着迷，而这一切都是他想得却不可得的。于连轻而易举地收割着各种爱情，而那些手段无不是司汤达曾经用过，但从未成功过的方法。他给于连贴上了爱说话、会说话的标签，却聪明地规避了于连侃侃而谈的场面，只说他拥有这方面的能力。我们从于连身上可以清楚地看到司汤达的影子，例如勇敢、害羞、自卑、胸怀大志、敏感多疑、工于心计、强大的记忆力、强烈的虚荣心，以及动不动就发脾气等性格特质，还有肆无忌惮、忘恩负义等个人化的行为。除了司汤达，我找不到任何作家会这么做：一面将自身个性赋予人物，一面把人物写得那么卑鄙、可恶、可恨。

奇怪的是，除了滑铁卢之战（实际上，他并没有走上战场）之外，司汤达没有写过任何他效忠于拿破仑的事情。在人们看来，他既然目睹了那些重大的历史事件，那么理应写一些与之相关的作品。他为何不写？不要忘了，他曾经是参考既有剧本来进行创作的，可见他的想象能力着实有限。就连《红与黑》这部作品中的故事及情节，也参考了一起轰动一时的刑事案件的媒体报道。我通常不会在文学评论中探讨故事的缘起，但是对于这部作品，我认为大致了解下相关情况是有必要的。司汤达参考的案件是这样的：神学院学生安东尼·伯尔岱一开始在M.米舒家中做家庭教师，而后又去了M·德·高尔东家中做了牧师；在做家庭教师的时候，他想要勾引，或者说的确勾引了米舒夫人；在做牧师的时候，他又对高尔东的女儿下了手。东窗事发之后，他被解雇了。他本来打算回到神学院，然而鉴于他恶名在外，所有神学院都拒绝了他的申请。穷途末路的他将所有仇怨归咎于米舒一家，于是走进教堂，枪杀了做礼拜的米舒夫人，而后饮弹自尽。然而，他只是受了伤却没有死，因此必须面对法庭的审判。走上法庭之后，他百般推卸罪责，声称一切都是米舒夫人的过错，企图逃过法律制裁，当然，等待他的必然是死刑。

司汤达关注到了这个卑鄙恶劣、丑态毕现的杀人犯，并将那家伙的行为视为"美好的罪孽"，是叛逆者对社会的抗争。在《红与黑》里，他为受害者设定了更显著的身份，以期提升事件的社会价值。与此同时，他赋予了于连更多的智慧——比那个真实存在的杀人犯聪明一些，更多的个性特征，以及更多的勇气。当然，事件依然是恶劣的，于连依然是卑鄙的，只是在司汤达笔下，这个人物变得更加鲜活，这个故事也变得更加深刻了。于连出身卑微，自然会嫉妒权贵之人，无论是在哪个时代，这样的人物都是普遍存在的。至于他给人的第一印象，正如司汤达所写的那般："一个十八九岁的年轻人，看上去文质彬彬、弱不禁风、相貌清丽而不凡。长着鹰喙一般的鼻子，黑色的大眼睛。安静之时，眼中带着火光，好似在思考什么，又好像在寻找什么；然而刹那间，眼中又生出了可怖的恨意。他有一头深栗色的头发，低垂而下，遮掩了大部分额头。他若是发脾气的话，就更能看出他的恶劣秉性了。……他身材修长且匀称，给人的印象不是生机勃勃，而是身手矫健。”这幅肖像画未必优雅，却很成功，因为这会让读者从一开始就不喜欢他。小说家往往希望自己作品的主人公能收获读者们的同情，不过司汤达却必须从一开篇就得小心翼翼地避免这种事，因为他在塑造一个恶贯满盈、不值得同情的人物。与此同时，他还得顾及人物对读者的吸引力，因此又不能把他写得太招人烦。于是，他反反复复地强调着于连美丽的双眼、出众的身材，以及灵巧的双手，以便将于连的形象拉回来一些。他不停地书写着于连的不凡仪表，也不停地提醒着我们，于连是令人厌恶的存在，他身边的人要么完全不信任他，要么对他半信半疑。

德·瑞那夫人——她的几个孩子是于连的学生——的肖像是最雅致，也是最难画的。无论是作为妻子、母亲还是女人，她都十分优秀。她不仅品德高尚、善解人意，而且待人真诚。司汤达成功地描写了她对于连的爱，包括最初的内心萌动、与日俱增的情愫、殚精竭虑与裹足不前，以及随爱而生的狂热，等等。她是这部小说里最闪耀的存在。至于出生权贵之家的玛蒂尔德·德·拉·莫勒却显得有些不足为信。司汤达从未真正深入了解上层人士的生活，自然不清楚那些经过严格训练的人是如何说话、如何行事的。在他看来，贵族就得时时刻刻摆出高人一等的姿态，实际上，只有一夜暴富的人才会那么干。正因如此，司汤达笔下的贵族名媛玛蒂尔德·德·拉·莫勒小姐才会那么目中无人，俗不可耐，而她的很多举动都是无理取闹。

司汤达对那种源于夏多布里昂[1]之手，并被后世的无数二流作家争相模仿的浮华文风嗤之以鼻。他追求的是尽量平实且准确地讲述必要之词，不粉饰、不堆砌、不赘述、不形式主义。据他自己称（未必当真如此），在动笔之前，他必须看上一页罗马法典，以寻找遣词造句的正式感。他从来不会跟风，不会矫情地对风景及装饰物进行描摹。他通过沉静、准确、简明的文风成功地提升了作品的感染力，使读者更加无法释怀。我认为，司汤达对于连在德·瑞那家及神学院中的情形所做的描写简直是无法超越的杰作，然而，对于连来到巴黎及德·拉·莫勒家之后的情形，他描写得不太真实。这部分内容显然是不足为信的泛泛之谈，可他却要求读者接受，仿佛是在挑战读者的宽容度。尽管司汤达是现实主义作家，但他多少都会受到时代思潮的左右。那个时候，浪漫主义刚刚兴起，司汤达纵然有不错的鉴赏能力，同时也很欣赏十八世纪的纪实主义文学，不过依然没能抵挡浪漫主义的攻势。对于意大利文艺复兴时期那些拒绝被道德束缚的人，他推崇备至；要么为了满足自身的野心和欲望，要么为了一雪前耻，要么为了荣耀加身，那些人不择手段，不惜犯下重罪。他敬仰那些人所谓的意志坚定、鄙视习俗，以及追求灵魂之自由。正因敬仰传统的浪漫主义，人们才会觉得《红与黑》的后半部分略显荒诞。

就在于连采取伪装、欺瞒、隐忍等手段一步步走向成功的时候，司汤达却在此时犯下了一个大错（我找不到更合适的词）。在前半部分，他将于连塑造为一个聪明至极，或者说狡诈至极的人，而在到了后半

[1] 法国早期浪漫主义作家。——编者注

部分，为了让德·莫勒侯爵答应把女儿嫁给于连，他居然让于连去找德·瑞那夫人要一份品行鉴定书。这怎么可能呢？于连怎么可能不知道，被他伤害过的德·瑞那对他心怀怨恨，极有可能为了发泄怨恨而拒绝他；诚然，这位夫人心里或许余情未了，但若真如此，她就更没有理由帮助于连娶她人为妻了。如我们所知，德·瑞那夫人向来真诚坦率。于连理应懂得，她本可以将他的丑恶行径公之于众。她的确这么做了：在信里揭开了他的假面。但是，于连既没有承认，也没有否认，更没有自辩（他可以大言不惭地说，那个女人不满自己被抛弃，一怒之下编造了一切），而是冲到她家里给了她一枪。司汤达也没有多说什么，因此在我们看来，那不过是一种冲动的行为。如我们所知，司汤达一直是情感冲动的推崇者，在他眼中，那是表达激烈情感的一种途径。他或许是对的，不过问题在于，从小说的第一页开始，于连就展示出了超乎常人的自制能力，而这也是这个人物性格中的一大力量。虽然他还是个嫉妒、仇恨、傲慢、虚荣的人，但诸如此类的情感却从未真正主导过他的行为，即便是性欲——无比强烈的一种情感——也从来没有在野心面前占据过上风。可是，在千钧一发之际，于连却做出了这样一种令整部作品黯然失色的行为，一种与其性格大相径庭的行为。

《红与黑》是基于真实刑事案件创作的，显而易见，司汤达参考得很彻底。然而，他却忽视了两个问题：首先，他笔下的于连和原型其实大不相同；其次，那个杀人犯枪杀米舒夫人是有理由的：她毁了他，而他蓄积了足够的恨，然而于连对德·瑞那夫人未必会恨得如此之深。即便德·瑞那夫人真的打破了他的梦想，那也只能说明他做了一件蠢事，而依照其本身的性格，他本来不应该那么做的，原因在于他有能力通过别的方式来达成目的，所以无需走上那条令人困惑的错误道路并因此而酿出恶果。实际上，一切都是因为司汤达缺乏创造力，他想不出别的更容易被人接受的结局。当然，没有哪本小说是完美的，这不仅是因为小说家都有局限性，还因为这个体裁也有局限性。最后我想说，无论如何，《红与黑》都堪称一部杰作，但凡读过它的人都能体会到一种与众不同的乐趣。

《高老头》：巴尔扎克是个有信仰的人

（一）

在这个世界上，有很多了不起的小说家为人类带来了许许多多的精神财富。依我之见，巴尔扎克是他们当中最伟大的一位。毫无异议，他天赋异禀。一部分作家之所以为人们所熟知，要么是因为创作出了一两部能带来长期价值的作品，要么是因为他们从自身独一无二的经历及个性中找到了灵感，并写下了一些不朽之作。然而，这类作家要不了多久便会因才思枯竭而陷入困境，就算依然有问世之作，那些作品也不可能是新颖的。杰出者大多都有很多代表作，尤其是巴尔扎克，其作品的丰富程度令人叹为观止。他书写了一个时代，而他所涉及的领域之广泛，如同其祖国之广袤般令人震惊。他不但学富五车，而且了解人性，只对少数人群认识不足，例如贵族、城市工人、农民等，但是，他十分熟悉医生、律师、职员、记者、牧师、小商人等中产阶

级人士。无异于其他小说家，相较于叩问罪恶，他更擅长歌颂美德。他的观察细致入微，他的想象超乎寻常。除此之外，他笔下的人物可以说惊人得多。

尽管如此，我依然要说他是个无趣之人。他个性单纯，既没有模糊不清的矛盾感，也没有难以言说的神秘感。他的性格很是简单。我甚至不敢断言他是智者还是愚者，其思想是深刻还是庸俗。但不管怎么说，他的创造力都令人难以望其项背。他身上仿若潜藏着一股自然力量，好似滚滚而来的洪水，摧毁了堤坝，吞噬了一切；又好似呼啸而来的狂风，打破了乡村的静谧，消除了城市的喧闹。他描绘着这个社会却不落窠臼：他不但如其他小说家（除了那些只创造历险记的小说家之外）一般凝视着人与人之间的关系，还时刻关注着人与社会之间的关系。

大部分小说家只会选取少量——可能两三个——人物进行刻画，这样一来，这些人物就像被置于放大镜之下。这么做的效果定然会很强烈，不过也带有明显的人为痕迹，不够真实。个体不但有自己的世界，也不可避免地要参与集体生活；他是个人世界里的主角，但在集体生活中，他或许不重要，甚至是渺小。去理发店理发看起来不是什么大事，却也可能影响理发师或顾客的命运。对于这丰富多彩的生活，对于其间充斥着的各种混乱、误会，以及会导致重要结果的各种偶然因素，巴尔扎克不但心知肚明，还能将它们还原得栩栩如生。我认为，在他之前，还没有哪个小说家注意到金钱在人们生活中有多么重要。他认为金钱不仅仅只是一切罪恶的源头，在他看来，对财富的追求与不满足为人类提供了主要的行动内驱力。他不厌其烦地在作品中刻画着一个个拜金主义者，在他们心里只有金钱是永恒的追求。他们想要过上奢华的生活，拥有豪宅、骏马、美人。为了实现这些目标，他们无所不用其极，并认为无论怎么做都是合情合理的。这种生活固然俗不可耐，可是很遗憾，相比之下，即使是当今时代也好不到哪里去。

巴尔扎克在三十几岁时就已享誉世界，假如回到那个时候，你会发现他个子不高、略有些胖，肩膀宽阔、胸部厚实，看起来颇为壮实；他的脖子很粗，如同公牛似的，不会很白；与之形成鲜明对比的是，他面颊红润，嘴唇又厚又红，嘴角总是上扬着；他的鼻子很挺，鼻孔较大，额头突出；头发是黑色的，很浓密，好似狮子头上的鬃毛，当然，他的头发是向后梳的；他有一双棕色的眼睛，瞳孔散发着金色微光，看起来目光如炬，魅力十足，而这也多少弥补了一些他相貌上的粗鄙之处。他看上去总是兴高采烈，而他的确是个平易近人、乐观开朗的人。他似乎拥有永远都用不完的精力，和他在一起的人总能从他身上感觉到勃勃生机。当你把目光落在他手上时，你一定会惊讶那双手的美丽。那双手似乎本应长在主教身上，小巧、圆润、白皙，以及玫瑰色的指甲。要是你遇见他的时候天色已晚，那么你将发现他的上衣外套是蓝色的，镶着金色的扣子；里面的衣服是白色的，细麻布地质；你还会看到他穿着白色背心、黑色裤子；黑色丝袜带有透气孔；鞋子是漆皮的；手套则是黄色的，如果你遇到他的时候正值白天，那么他的模样定会令你大吃一惊：满是褶子的老旧上衣，沾满了泥的裤子，仿佛从来没有擦拭过的皮鞋，外加一顶破破烂烂的帽子。

经历过那个时代的其他人都觉得，那时候的巴尔扎克充满了童真，很受人欢迎。正如乔治·桑所说的那样，他的坚定中透着羞涩，自信中透着自大，敦厚中透着豪迈，只是稍显古怪；他是个工作狂，但滴酒不沾；他既感性又理性，既追求现实又喜欢幻想，既无防备之心又时常顾虑重重，既与人为善又令人捉摸不透。

（二）

巴尔扎克的祖辈都是农民，原来的姓氏是巴尔沙，不过他的父亲却很有头脑，不仅当了律师，还在大革命后扶摇直上，并把姓氏改成了巴尔扎克。他的母亲继承了家中的遗产，并生了四个孩子，而其中年纪最大的那个便是后来的伟大小说家奥诺雷·巴尔扎克。巴尔扎克出生于 1799 年，家乡在图尔。那个时候，他的父亲还是当地一家医院中的一个管理员。上学的时候，巴尔扎克是个小淘气包。毕业之后，他在父亲的安排下，进入了巴黎的一间律师事务所工作，并在三年后考取了律师证。父母希望他成为一名律师，不过他并未接受这个建议，因为他想成为一名作家。因为这个原因，他与父母闹得不可开交。尽管母亲固执己见（由于母亲过于严苛，也过于现实，所以他后来对母亲心生嫌隙），但好在父亲最终还是妥协了，答应让他试一试。就这样，他走上了独立生活的道路。父亲的资助只能维持他的基本生活，不过他仍执意要做些尝试。

他创作的第一部作品是与克伦威尔有关的一出悲剧。在听了这个剧本之后，家人们都觉得这部作品根本就卖不出去。接着，他给一位教授寄了这个剧本，而得到的评价却是：去做点别的，别搞创作了。他很生气，也很失落，不过并未灰心；若是写不了悲壮的史诗，那就去写小说好了。后来，他参考瓦尔特·司各特、安·雷特克利夫、拜伦的作品创作了两三部小说，与此同时，家人对他下了最后通牒，以尝试失败为由，要求他立刻坐公共马车回去。彼时，他的父亲已经退休，并与家人生活在维巴利西小镇，那地方与巴黎相距不远。

他的一位作家朋友——三流作家——来拜访了他，并建议他坚持下去。于是乎，他又拿起了笔。在此后的一段日子里，他写了很多粗糙的作品，一部分是独创的，一部分是合著的，他甚至不愿在作品上署上真名。从 1821 年到 1825 年，他笔耕不止，至于到底创作了多少作品，大概无人知晓，但有权威人士说他写了五十部左右。那些作品大部分都是历史小事，毕竟在那个时候，司各特正值巅峰，而巴尔扎克则一心要借势往上爬。虽然这些作品对读者而言没多大价值，但对他自己来说却意义非凡：他发现，读者更喜欢情节转换紧凑的小说，更关注爱情、金钱、荣耀、生命等主题，而自己需要迎合读者。另外，他还发现（这与其性格也有关系），要获得读者的认可，首先要让自己心中充满激情，无论那激情有多庸俗、轻佻或矫情；只要激情不灭，读者终有一天会被感动。

巴尔扎克曾经与家人在维巴利西住过一段时间。那时候，他与住在隔壁的柏尔妮夫人关系很好。柏尔妮夫人时年四十五岁，其父亲是一位德国音乐家，曾经服务于玛丽·安东纳特。她的丈夫经常生病，而且情绪善变，时常发脾气。她一共生了九个孩子，其中一个是私生子。巴尔扎克回来后没多久，他们就成了好友，甚至还交往了一段时间。十四年后，她离开了人世，而此前他们一直保持着朋友关系。这种关系很令人不解：他将她视为情人，又将她视为母亲一般的存在，以求从她那里获得遗失的母爱；她对他的感情既有爱情的成分，又有友情的成分，对他有求必应，毫无保留地爱他、激励他、帮助他，以及给他提供建议。

他们的关系后来成了当地人茶余饭后的谈资，巴尔扎克的母亲自然不会同意儿子与一个可以做他母亲的女人在一起。更何况，巴尔扎克当时还没办法靠写作赚钱生活，她整天都在为儿子的未来发愁。这个时候，有朋友劝说巴尔扎克去做点生意，而他也认为这是个好主意。柏尔妮夫人很大方，拿出了四万五千法郎（相当于当时的九千美元，相当于如今的三万美元）资助他。他找了两个朋友一起做起了铸字、印刷及出版。然而，他压根就不是做生意的料，花钱大手大脚，甚至把个人支出，例如支付给裁缝、鞋匠、珠宝商、洗衣工等的费用都写进了公司账目。不到三年，不仅生意做不下去，还背上了五万法郎的债务，而这些债务最终还是他母亲帮忙还清的。虽然这是一段令人不快的经历，但是他从中学到了很多商业知识，明白了很多社会道理。对于他日后的创作而言，这段经历至关重要。

（三）

在经历了这场失败之后，巴尔扎克选择了离开，到布列塔尼投奔了一位朋友。在那里，他收获了许多写作素材，而这些素材最后出现在《舒昂党人》这部作品里。在完成这部作品之前，巴尔扎克从未触及过严肃作品，也从未署过真名。彼时，他已经三十岁了。从这个时候开始，直到他离开人世，在这漫长的二十一年里，他几乎从未放下过手中笔。他创作了数量众多的小说，包括短篇、中篇、长篇。他每年都会完成十几部中篇小说，以及一两部长篇小说。除此之外，他还创作了很多剧本，其中一些从来没有问世，剩下的大部分也都不怎么成功，说来颇为可悲。他创办过一份报纸，一周两期，所登载的文章大多出自他手。

他特别爱写笔记，不管身在何处，身上一定都揣着一本笔记本；他会把那些对写作有帮助的见闻、忽然冒出来的一些灵感、他人所说的有趣观点等都记录下来。当他打算在小说里展现某个场景时，只要条件允许，他都会亲自跑去看一看，甚至会不顾远近地去一条街巷或一栋屋子。无异于其他小说家，巴尔扎克与福楼拜都喜欢以身边熟人作为人物原型，不过他在刻画人物的时候更具想象力，可以说他笔下的人物是他想象出来的。他从来不会随随便便地给人物取个名字，总会冥思苦想一番，因为在他看来，人物的名字、性格、外表是相互联系、密不可分的。

在进行创作的时候，他很注重作息规律，并束身自修。吃完晚餐后，他很快就会上床休息；凌晨一点左右，仆人会叫醒他。他抓起一件白色长袍穿上（他觉得衣衫整洁有利于创作），把蜡烛点起来，冲上一杯黑咖啡，拿起鹅毛笔，开始了一夜的工作。直到清晨七点时分，他才会站起来去洗个澡，接着休息片刻。八九点钟的时候，出版商会派人送来校样，并拿走一些新的手稿。然后，他又开始奋笔疾书，直到日上三竿。中午，他一般会吃煮鸡蛋，喝点水，以及一大杯黑咖啡。下午的工作会持续到傍晚六点。晚餐虽不丰盛，但一定有伏芙列酒。朋友们一般也会选在这个时候登门拜访，与他闲谈几句。朋友离开后，他便会爬上床去。

很多作家都会在深思熟虑之后才开始动笔，然而巴尔扎克并不会这样做。他会先草草地写个初稿，接着对初稿进行修改。一般来说，他会删除和增补很多内容，甚至重新调整章节的次序，以至于出版商拿到的稿子总是乱七八糟、很难勘校。对于他来说，校样绝不是最终稿件，他仍会做出很多修订，例如删减与增补一些词句及段落，有时候甚至会删掉整个章节，等等。出版商会对他修订后的校样重新排版，而他会再次进行修改。完成了这次修改之后，他才会点头同意印刷出版，不过要求保留自己在作品出版后进行修订的权利。他一而再再而三地修订稿件，对于出版商来说便意味着成本的增加，所以他常常与出版商发生争执。

就这样，出版商及编辑成了他的长期交往对象。这种人际关系没什么趣味性可言，但我觉得应该浅谈一两句，毕竟他们直接影响着巴尔扎克的生活与创作。不过，他的商业信誉不太好，常常为了提前拿到稿酬而承诺在约定之日前交稿，可在赶完稿之后，却总是把承诺抛诸脑后，拿着稿子去别处讨价还价。因为不守信，他总是官司缠身，而还得付出双倍于稿酬的赔偿费。那些赔偿费都是东拼西凑来的，因为他早就把预付的稿酬花光了。每次一签完出版协议（有时候，尽管签订了协议，可他压根就没开始写）并拿到不菲的预付稿酬之后，他便会立刻换间大房子并进行装修，还会买上两匹马和一辆轻巧的马车。他很喜欢装修屋子，并总把房间布置得奢华又俗气。他曾经还花钱雇了一个男仆、一名马夫和一个厨子。他喜欢买衣服，还给马夫买来号衣。他买了很多带有贵族徽章的餐具，而那些徽章是历史上另一个巴尔扎克家族的族徽，实际上与他毫无关系。

他搬出自己的姓氏，说自己是贵族之后，并在名字前加了“德”字，而那原本是贵族的专属冠词。

一方面，他过着奢侈的生活，另一方面，他的妹妹、朋友及出版商都曾借钱给他。他虽然会立下字据，但常常逾期不还。纵然身负重债，他却依旧不知节俭，在瓷器、家具、画作、雕像、珠宝上花费无数。他要求出版商采用价格不菲的摩洛哥羊皮纸来做封面。他家里的手杖出奇的多，其中一根还镶嵌着绿宝石，曾有一次，为了举办一个晚宴，他竟然重新装修了家里的餐厅。另外值得一提的是，他在参加宴会时总能吃下很多东西，而在平日里，他的食量从来不会那么大。

一位出版社曾经告诉别人，他在一个宴会上目睹了巴尔扎克的好胃口：牡蛎一百个、炸肉排十二个、鸭子一只、鹧鸪两只、箬鳎鱼一条、甜点数块，以及梨子十几只。难怪他胖得那么快。

因为被催债，他有时候不得不抵押部分财产。人们常常会看到有估价者进出他家。那些估价者都是债主找来的，负责评估、扣押及拍卖家具。巴尔扎克简直没得救了，明知欠债依然挥金如土，愚蠢地买了那么多乱七八糟的东西。虽然他欠债不还、不知廉耻，但鉴于他是个难得的文学天才，朋友们仍然很愿意出手相助。一般来说，男人很难从女人手上借到钱，不过巴尔扎克却自有妙招，并获得了很多女人的帮助。男人朝女人伸手要钱并不是一件光彩的事，但巴尔扎克却觉得无所谓，而且从来没有愧疚过。

（四）

不要忘记巴尔扎克之前投资失败的经历，那次可是他的母亲替他善的后，据说拿出了仅有的一些积蓄。她的两个女儿在出嫁时带走了一些财产，只把那间租来的房子留给了她，以至于她后来在急需用钱的时候不得不求助于儿子巴尔扎克。她给巴尔扎克写了一封信，这封信曾出现在安德烈·比利所著的《巴尔扎克传》中，现在，我们不妨来看一看：

> 最近一次收到你的来信是在1834年的11月。在那封信里，你说你同意从1835年4月1日开始，按季度给我寄钱，标准为两百法郎，主要用于支付房屋的租金与女仆的雇佣费。你需要明白，我实在无法忍受这种贫困潦倒的日子。你是个名人，过着舒适的生活，而我们的处境却大相径庭。在我看来，当初没人逼你作出承诺。眼下已经到了1837年4月，而这两年你一直在拖欠。我应该收到一千六百法郎，却只在去年11月收到五百法郎，而且是那种冷漠的施舍。奥诺雷，两年以来，我一直生活在噩梦之中，我没有钱了。我很清楚，你一定会回复说，你也无能为力，可是我已经把房子抵押了，而且现在那房子又贬值了。事到如今，我真的不知道该从哪里去找点钱来。值钱的东西都已经进了典当行。我无路可走了，只能找到你，儿子，我想过好日子。我已经吃了好几周面包了，是好心的女婿拿来的。可是奥诺雷，这样的日子不能再继续了，你花了大把大把的钱

去旅游，完全不顾自己的颜面——你回来之后，会因为不守承诺而被唾弃的。你这么做让我难过极了。亲爱的儿子，你既然不会亏待自己，把钱花在情人、宝石手杖、戒指、银器、家具上，那么身为你的母亲，我希望你能践行承诺。这不算什么过分的要求吧！如果不是万不得已，我绝不会向你开口的，但是现在……

巴尔扎克给母亲回了信："我认为，您还是到巴黎来一趟吧，我会抽出一个小时来与您谈谈的。"

这件事令人无言以对。这本传记的作者解释说，天赋异禀之人自有异于常人的权利，所以我们不应该用世俗标准来评判巴尔扎克的道德水平。这只是他的个人观点。在我眼中，巴尔扎克的确自私至极、毫无道德可言，而且不够直率和坦诚。提到他的奢侈生活，很多人都为之辩解说：他是个乐观的人，一直坚信自己写的小说可以带来不菲的收入（曾几何时，的确如此）。除此之外，他还是个投机主义者，认为自己有朝一日肯定能一夜暴富。可是，他的每一次投机行动只为他带来了一大笔债务。然而，他如果是个懂得节制、城府很深、勤俭朴素的人，那么就不可能成为伟大的作家。他喜欢炫耀，喜欢纸醉金迷的生活，花钱如流水。为了还债，他埋头笔耕，毫不倦怠，就像一头老黄牛一样勤勤恳恳。令人感到无奈的是，旧债尚未偿清，新债就已上身。

有趣的是，如果没有债务，他似乎就无法好好创作。那些让他身心俱疲、面无血色的作品无一不是其经典之作。要是有人能让他奇迹般地脱离困境——没有估价者上门，没有出版商起诉，那么他或许很快就会江郎才尽，文通残锦。

（五）

无异于其他形式的成就，文学上的成就也给巴尔扎克带来了很多朋友。生机勃勃、乐观开朗的他在巴黎很受欢迎，经常受邀参加各种沙龙。出身贵族的卡斯特利侯爵夫人也注意到了这个名声在外的作家。这位夫人的父亲和舅舅都是公爵，同时还是国王的直系后人。她化名给巴尔扎克写了一封信，在收到回信后，她在第二封信中表明了身份。在巴尔扎克登门拜访之后，他们越走越近，没过多久，两人便日日相见。她拥有白皙的肌肤、金色的头发，如花般的容貌。巴尔扎克对她十分着迷。他开始用香水，开始每日更换黄手套，然而一切都是徒劳。这种日子令他烦躁不已，甚至觉得卡斯特利侯爵夫人是在戏弄自己。毫无疑问，她不需要情人，只需要崇拜者。被一个有头脑、有身份的年轻人追求，自然令她的虚荣心得到了满足，然而，她不愿意做巴尔扎克的情人。

巴尔扎克与卡斯特利侯爵夫人及其叔父菲茨·詹姆斯公爵一起踏上了去意大利的旅途。在路过日内瓦的时候，他们歇了一阵子，然而就在这段时间里，他遭遇了一次危机。没有人知道究竟出了什么事。他们一起启程，但巴尔扎克却一个人无精打采地回来了。很可能，他做了最后一次努力，但仍然失败了。他认为自己受到了侮辱，痛苦不堪，恼怒不已；他认为自己被骗了，于是一个人回到了巴黎。不过，他毕竟是一位小说家，能够将任何经历，哪怕是最不光彩的事情都化作写作素材：后来，他把卡斯特利侯爵夫人写进了很多作品，而那些人物无一不是水性杨花、居心叵测的贵妇人。

在对卡斯特利侯爵夫人死缠烂打的过程中，他收到了一封来自敖德萨的信件。那是一封充满热情的信，落款是“一名外国女子”。一段时间之后，那个女子又给他寄了一封信。而后，巴尔扎克委托一份在俄国有售的法国报纸刊登了一份启事，内容如下：“写给巴尔扎克先生的信件，他已经收到了，但他不知该回寄至何地。他对此深表遗憾。”寄信人是一位富有的波兰贵妇人——艾芙琳娜·韩斯卡夫人。她那时三十二岁，比其丈夫要小很多；前前后后生过五个孩子，但只有一个女儿活了下来。在看到报纸上的启事后，她着手给巴尔扎克写了一封信，对他说要是打算回信的话，可以把信寄给一位敖德萨书商，那个书商会把信交给自己。

巴尔扎克的内心从来没有如此激情澎湃过。他们开始互通有无，见字如面，随着时间的推移，字里行间有了越来越多的亲昵。巴尔扎克采用当时最受欢迎的夸张手法展示着内心世界，而她则表达着怜爱与同情之意。她远在乌克兰，生活在一座大城堡中，坐拥五万公顷土地；她爱幻想，觉得城堡中的生活枯燥乏味。她喜欢看巴尔扎克写的书，并开始关注他这个人。数年之后，韩斯卡夫人与其老态龙钟的丈夫、女儿、家庭教师，以及许多仆人一同前往瑞士的纽夏图尔度假，并提前告知了巴尔扎克，邀他前往纽夏图尔见上一面。初次相见颇为浪漫。他们约好在一个公园碰面，当巴尔扎克走进去时，看到一位正坐在长椅上看书的夫人，而身旁地上有一块掉落的手帕。他走了过去，捡起手帕，与此同时，他发现那位夫人看的是自己的书。他上前攀谈了几句，而后恍然大悟，那正是韩斯卡夫人。

韩斯卡夫人美丽且高贵，身材丰满，娇柔可人，眸子里透着情愫，秀发柔美，口似樱桃。反观巴尔扎克，胖嘟嘟的身材，红扑扑的面颊，长得像屠夫一样。韩斯卡夫人有些吃惊：眼前的这个男人难道就是跟自己通信的、充满激情与诗意的作家？值得庆幸的是，她对巴尔扎克满身的活力与眼中的神采很是倾心。没过多久，他们就确定了情人关系。几周之后，巴尔扎克不得不踏上回程。临行之前，他们约好秋末冬初之时在日内瓦相见。圣诞节前夕，他来到了日内瓦，而后与韩斯卡夫人共度了六周时间。期间，他创作了以韩斯卡夫人为原型的《德·朗日公爵夫人》这部小说。

返回巴黎之后，他遇到了吉多蓬妮·维斯孔蒂伯爵夫人。这个英国女人生得妖娆动人，长着一头金发和一双迷人的蓝眼睛。她有个好吃懒做、平庸无能的丈夫，而她的那些风流韵事早已尽人皆知。然而就是这样一个女人，却让巴尔扎克心驰神往。他觉得她既可爱又温柔。没过多久，他们的绯闻就出现在了街边小报的头版上。这个消息很快就传到了韩斯卡夫人的耳朵里，虽然那时她远在维也纳。她给巴尔扎克写了一封信，狠狠地骂了他一顿，并说自己打算回到乌克兰，再也不与他相见。对于巴尔扎克而言，这封信无疑是一记重拳，毕竟他已经想好了，在韩斯卡夫人的丈夫一命呜呼之后就娶她为妻，并由此得到一大笔财产。他找人借了两千法郎，马不停蹄地赶往维也纳，希望挽回她的心。在途中，他一直以德·巴尔扎克侯爵自居，并在行李上贴了贵族徽章，甚至还带了一个随从，这样一来，路费便增加了不少，毕竟作为一个享有贵族身份之人不应该对各种东西的价格斤斤计较，给小费的时候也不应该太小气。于是，当他抵达维也纳的时候，身上已经没什么钱了。一见到他，韩斯卡夫人就怒火中烧。他只能找各种借口来解释，绞尽脑汁地博取她的信任，消除她的怒气。然而，三周之后，韩斯卡夫人返回了乌克兰。在后来的八年时间里，他们再也没有见过面。

（六）

返回巴黎之后，巴尔扎克立刻来到了吉多蓬妮·维斯孔蒂伯爵夫人的身边。与这位伯爵夫人在一起之后，他的生活更加奢侈了。因为无力偿还债务，他被警察抓了起来，好在伯爵夫人替他出了很多钱，要不然他必定逃不过这场牢狱之灾。从那个时候开始，只要他没钱，伯爵夫人就会拿给他。1836 年，柏尔妮夫人，也就是他的第一个情人离开了人世。他非常难过，嘴里说着那是自己唯一真心爱过的女人。然而，在其他人看来，柏尔妮夫人是唯一真心爱过巴尔扎克的女人。就在这一年，美丽的维斯孔蒂伯爵夫人怀上了他的孩子。孩子一出生，她的窝囊丈夫就说：“瞧啊，我是知道的，她想生个私生子，这下好了！”

这位风流才子的情人们一共为他生了四个孩子：男孩一个、女孩三个。不过，他好像不怎么关心自己的孩子。他的情人其实有很多，绝不止前文所提到的那几位，不过我只打算再谈谈爱琳娜·德·弗莱特。她是个寡妇，与卡斯特利侯爵夫人、韩斯卡夫人无异，她最初也是巴尔扎克的崇拜者。这不免让人觉得疑惑，巴尔扎克一共经历过五段值得一提的感情，而其中竟然有三次都与其崇拜者有关。这或许可以用来解释，为什么他遇到的爱情最终都是无疾而终。原因在于，一个对男人的声望感兴趣的女人，想从这段关系中获得的并非爱情，而是利益，她们投入的感情绝不是崇高且无私的。例如爱琳娜，一个虽然不幸却极度爱慕虚荣的女人。为了满足自己的虚荣心，她攀上了巴尔扎克。然而，两人在一起没多久便分开了，据说是因为她曾经借了一千法郎给巴尔扎克，而双方各执一词，闹得不可开交。

1842年，韩斯卡夫人的丈夫离世了。巴尔扎克终于等待了这一天！他的愿望就要实现了！他就要坐拥百万家产了！他就要摆脱那些债务了！丈夫去世之后，艾芙琳娜（即韩斯卡夫人）致信巴尔扎克，告诉了他这个消息。可是，巴尔扎克很快又受到了一封信，艾芙琳娜说自己是不会嫁给他的，因为她无法原谅他的背叛，也看不惯他的奢侈无度与债台高筑。巴尔扎克失去了所有希望。他还记得她在维也纳对自己所说的话：不要求他身体上忠实于自己，只希望他的心永远只有自己。毋庸置疑，他的心里只有她一个人。他满腹怨恨，因为她忘了自己说过的话。思前想后，他最终认为，除了去见她，再没有别的办法可以重获她的心了。在书信往来几次之后，虽然艾芙琳娜态度依旧，但巴尔扎克还是毅然决然地奔向了圣彼得堡——艾芙琳娜所在之地。那一年，巴尔扎克四十三岁，艾芙琳娜四十二岁；人到中年，身体都臃肿了不少。如他所想，在见到他之后，艾芙琳娜变得温和了许多。一对有情人终究破镜重圆。艾芙琳娜答应了巴尔扎克的求婚。

然而，她嫁给他已是七年之后的事了。传记作家们或许会感到疑惑，艾芙琳娜为何会拖这么久呢？实际上，答案显而易见：她出身贵族，门第给了她极大的优越感；她或许认为，自己可以与一位知名作家谈情说爱，但不可以嫁给一个庸俗的暴发户。更何况，她的家人定然会因为地位悬殊而极力反对她下嫁给巴尔扎克。她还得考虑自己的选择是否会对未出嫁的女儿造成影响，无论是社会地位上的，还是生活处境上的。另外，巴尔扎克过惯了奢侈的生活，她不可能对此没有顾虑，万一财产都被败光了怎么办？她很清楚，巴尔扎克向来都惦记着她手里的钱，如果真嫁给了他，那就不是要一点的问题，而是捞一大笔的问题了。她的确很有钱，生活也同样奢侈，但是给自己花钱与给别人花钱自然是相去甚远的。

真正令人不解的并非艾芙琳娜犹豫了七年之久，而是她居然真的嫁给了巴尔扎克。在这七年里，他们常常见面，她甚至还怀上了孩子。他对此开心不已，原因在于他认为自己掌握了主动权，而不是在于孩子本身。他提出立刻结婚，可她不置可否，只在信里说，她打算回到乌克兰，这样可以少花点钱；等孩子出生之后再来商议结婚这件事。不幸的是，孩子一出生便夭折了。这是 1845 年或 1846 年的事情。1850 年，巴尔扎克终于娶到了艾芙琳娜。他们在乌克兰举行了婚礼，并在那里共度了整个冬季。

她为何还是嫁给了巴尔扎克呢？原因或许是：长期辛苦的创作拖垮了巴尔扎克的身体，原本健康的他一度变得虚弱不堪。他在乌克兰过冬时就已经患上了重病，尽管后来有所恢复，不过情况仍然不容乐观。他的日子不多了。面对一个将死之人，她无法不生出同情之心，于是便嫁给了他。这个男人虽然背叛过自己，但也为自己付出了长年累月的真情。另外，她是一个心怀虔诚的教徒，她或许找神父忏悔过，而神父也规劝她结束那种有违道德且不合规范的关系。总而言之，她嫁给了他，并跟随他回到了巴黎。他们购买了一栋房子，并把房子装修得华丽无比。她把大部分财产都赠与女儿，只留下了少部分安度余生。巴尔扎克可能并不乐意，不过并未表态。

令人惋惜的是，这段他追逐了半生的婚姻并没有给他带来幸福；好不容易实现的梦想，到头来却并不美好。他又一次倒下了，并且再也没能站起来。1850 年 8 月 17 日，巴尔扎克离开了人世。艾芙琳娜心情沉重地写信告诉朋友：她不再留恋这个世界，只希望能去到另一个世界，与丈夫再续前缘。但是没过多久，她就投入了画家桑·古奇的怀抱。那个丑陋的家伙被人戏称为“灰虱”，一听就不是个正经画家。

（七）

巴尔扎克一生著书无数，我们无法轻易地说哪部作品是其最优秀的代表作。翻开他的任何一部作品，你都会看到至少两三个充满原始激情的人物，他们身上还带着某种直击人心的力量。他十分擅长刻画此类人物，但对那些性格复杂的人物，他却有些吃力。在他的每一部作品中，我们都能看到精彩的画面，很多作品的故事情节都非常吸引人。基于多方面的考量，我认为《高老头》是其最具代表性的作品。这是一本从开篇到结尾都极具可读性的小说。在创作某些小说的时候，巴尔扎克时不时地就会在故事发展过程中穿插各种议论，但是在《高老头》中，我们基本上看不到这种情况。无论是什么样的人物，都需要通过语言与行为来展现自身思想。除此之外，这本小说构思精巧，两条主线不仅具有说服力，而且交错有度：其一为高老头所表现出的父爱，反映了他对两个绝情女儿的无条件的爱；其二为拉斯蒂涅的经历，反映了他想在巴黎这个浮华的大都市里博取一席之地的愿望。

《高老头》写得很有趣。巴尔扎克在这部作品中做了一个独树一帜的尝试：让一个人物“出演”几篇小说。这说起来容易做起来难，如果人物不够引人注目，那么读者就不会想要了解他日后的其他经历。但是，巴尔扎克做到了。以我自己为例，我在阅读《高老头》的时候就对某些人物的未来很感兴趣，比方说拉斯蒂涅；因为想要了解他未来的命运，所以我读得很认真。这种手法的效果很好，小说家可以不用动用太多创造力，当然，我认为这并非巴尔扎克的初衷，毕竟他不用考虑这个问题，他拥有取之不竭的创造力。在我看来，他这么做是为了让人物看起来是为人熟悉的，毕竟现实就是如此，我们会对经常看到的人产生熟悉感。除此之外，还有一点很重要，他认为这样做有助于自己打造一个复杂整体，他希望自己的作品能反映一种文明或一个时代，而不只是反映一部分人、一个阶层，或者一个社会的状态。和其他法国人一样，他也错误地认为：无论法国遭遇何种打击，她自始至终都是世界的中心。带着这样的信念，他坚信自己能够创造一个多彩世界，也能够为它注入生命的力量，让它鲜活地出现在人们面前。

我们很容易由此联想到《人间喜剧》，而在这里，我只想介绍一下《高老头》。据我所知，在巴尔扎克之前，应该没有哪个小说家以公寓为背景来进行创作。他首开先河，并引得无数人效仿，对于小说家来说，这么做能够让不同身份之人汇聚一堂。当然，我并不认为那些模仿者是成功的，这种方法只在《高老头》中才称得上是经典。

巴尔扎克作品的开篇一般都进展缓慢。他喜欢对环境进行详尽的描述，或者说他认为环境描写很重要，因此你看到的一定比你想了解的多。他似乎不太明白，有时候需要择其要而言之。除此之外，他还会详细描述人物的外表、性格、身份、习惯、缺点等。忙完这一切后，他方才将故事娓娓道来。他笔下的人物如他自己一般充满活力，所以有时候看起来不太真实；他们是浓墨重彩的呈现，十分夺目，却稍显混乱，而且情绪波动很大，时而紧张得过了头，时而兴奋得不得了。不管怎么说，他们的确活灵活现，而读者也很愿意相信他们是真实的，之所以会产生这样的效果，原因在于巴尔扎克很愿意相信他们是真实的。我们在他的多部作品中都看到了皮尔训医生——既有智慧又有能力——的身影，而巴尔扎克在临终前还一直嚷嚷着："快去请皮尔训医生！皮尔训，救救我！"

另外，在《高老头》中，可怕人物伏脱冷首次出场了。对于这类人物，人们已见怪不怪，不过巴尔扎克却刻画得入木三分，逼真至极。伏脱冷是个有心计、有精力、有毅力的家伙，需要说明的是，巴尔扎克在《高老头》中并没有把他写透，只是以巧妙的方式暗示读者，这个人或许有着恶毒的一面。他表现出了平易近人、慷慨大方、身强体壮、聪明过人、锲而不舍等特征，并以此轻松地获得了读者的同情与欣赏，同时又令读者感到了一丝无从说起的畏惧。他吸引了读者的目光，就像那个带着梦想在巴黎横冲直撞的年轻外省人拉斯蒂涅一样。与此同时，读者也会如拉斯蒂涅一般察觉出些许异样。伏脱冷尽管是个戏剧化的人物，却是巴尔扎克笔下的重要存在。

人们通常都觉得，巴尔扎克的作品不甚文雅。他在生活里就是个俗气（俗气或许也是他的一种天赋吧？）的人，所以文风自然也是俗气的，而且文字絮叨、矫情，甚至不恰当。权威评论家埃米利·吉盖在其某部著作中，用了一章来分析巴尔扎克的创作缺陷，涉及文笔、语法、意趣等各个方面。不可否认，他的创作存在很多突出的问题，就算是法语知识淡薄的人也一目了然。这件事说来的确很匪夷所思。据我所知，查尔斯·狄更斯的英文作品并不出众；另外，听一位俄国语言学家说，托尔斯泰与陀思妥耶夫斯基的俄文作品也平平无奇，写得既不认真又不细腻。这四位世界级的小说家居然都不擅长用本国文字进行创作，实在令人想不通。由此可见，要成为一位优秀的小说家，不一定要写得多么优美，更需要无穷的精力、卓越的想象力、非凡的创造力、强大的洞察力，以及对人性的观察、了解和分析。当然，无论如何，写得优美一些总归是好的。

R《包法利夫人》：可悲的天才福楼拜

居斯塔夫·福楼拜这个人非常特别，在法国人眼里，他是天才一般的存在。当然，“天才”这个词如今已烂大街。在牛津词典里，这个词的意思是拥有与生俱来的特殊能力，换句话说就是拥有极其丰富的想象力，或者创造性的思维力，以及发现与发明的能力；另外，相较于有一定能力的人，天才从一生下来就拥有更加强大的洞察力或直觉力，而非依靠主观奋斗来获得成功。照此说来，每个时代所出现的天才也就那么三四个而已。对于那些谱写出悠扬乐曲的作曲家、创造出精彩喜剧的剧作家，以及描绘出动人画面的画家，我们不应该轻易地给他们贴上“天才”的标签，那样做无疑降低了标准。他们的确为我们带来了精彩的作品，其本人或许也真的才华横溢，不过，天才一定是层次更高的一群人。依我所见，进入二十世纪之后，迄今为止，或许只有阿尔伯特·爱因斯坦能称得上是天才。上个世纪所出现的天才大概稍多一些，至于福楼拜是不是其中之一，则需要大家依照牛津词典上的注解，在看完我的陈述后再来做判断。

毋庸置疑的一点是，福楼拜的小说是地地道道的现实主义作品，并且对后世的小说家及其作品产生了直接或间接的影响，例如托马斯·曼及其著作《布登勃洛克一家》、阿诺德·贝涅特及其著作《老妇人的故事》、西奥多·德莱塞及其著作《嘉莉妹妹》等，无一不是深受其影响。福楼拜以极大的热情投身于文学事业，在这方面，其他作家难以望其项背。大部分作家会把文学创作视为最重要的事，而福楼拜不仅认为它重要，还认为它包罗万象，而且可以让身心更健康，让阅历更丰富。在他看来，自己的人生目标不是好好活着，而是好好创作。为了实现这个目标，他甚至放弃了方方面面的生活，比那些独处一室供奉上帝的修道士还专一。

什么样的作家自然会写出什么样的作品。这也是为什么我们需要了解这些伟大作家的人生经历，尤其是针对福楼拜的作品来说，这是至关重要的一步。他出生于 1821 年，父亲是医院院长。父母给了他一个幸福、富足的家庭环境，而且人们也很尊重他们。他的童年生活与其他类似家庭里的孩子无异，上学后，他交了很多朋友。他很安静，看了许多书；他的内心世界多姿多彩，所以他爱幻想，不过也总是觉得孤单——孩子们大概都会有这样的感受，但对于那些内心敏感的人而言，孤独感可能会伴随一生。

后来，他写到这样一段经历：“十岁的时候，我进入中学学习，但是不久之后就开始厌恶所有人。”他没有说假话，而是真实地反映了自己的感受。他很早就开始厌倦这个世界了。当时是浪漫主义的黄金时代，厌世可以说是一种风尚。在他的同学里，有人对着自己的脑袋开枪，有人把自己吊在领带上自尽。可是，福楼拜毕竟拥有一个条件不错的家庭，拥有仁慈宽厚的父母，拥有爱他如自己的姐姐，还拥有很多知己好友，我们实在看不出他有什么理由厌恶自己的生活和身边的人。他是个发育正常、身康体健，甚至有些强壮的人。年少的他创作过一些充斥着各种浪漫主义情绪的故事，并用风靡一时厌世感包装着自己的文字。然而，福楼拜心中的厌世感既不是一种伪装，也不是深受他人影响的产物。他是天生的悲观者，至于这背后的原因，需要在他精神世界的变化过程中去寻找。

十五岁的时候，他遇到了一件大事，而这件事对他的一生产生了重要的影响。那年夏天，他和家人去特鲁维尔度假。特鲁维尔是一座临海的小镇，在那个时候还不是什么海滨胜地。他们住进了镇上唯一的旅馆，并因此而结识了音乐出版商莫里斯·施莱辛格（他偶尔也会做些投资）及其妻子。在福楼拜笔下，莫里斯的妻子是这样的："她个头高挑、皮肤微黑，黑色秀发美好地披在肩上；希腊人一般的鼻子，目光如炬；长眉纤细，如弯月一般美丽；肌肤透亮，仿佛覆着一层薄薄的金雾；身材窈窕、优美高雅；颈部皮肤略微泛紫，隐约可见很多淡蓝色的静脉血管在上面蜿蜒；嘴唇上长着些许不易察觉的汗毛，让她的面颊多了几分原本属于男人的坚毅。那些白皮肤的漂亮女人被她比了下去。她总是慢悠悠地说话，声音柔美且婉转，宛如乐曲一般。"我之前很犹豫，要不要把"pourpre"翻译为"紫"，因为这个颜色并不十分动人。不过，我还是如实地做了翻译，我想福楼拜或许是借鉴了龙沙[1]的那首著名诗歌，但没有考虑过把它放在一个女人的脖子

[1] 法国文艺复兴时期的杰出诗人。——编者注

上会产生什么样的效果。

他对这位夫人萌生了爱意，而且颇为疯狂。那时候，二十六岁的她刚生下一个孩子。福楼拜十分害羞，若不是那位音乐出版商性格开朗，好交朋友，他可能找不到任何机会与那位夫人说上话。在莫里斯的邀请下，十五岁的福楼拜有时候会与他们一同骑马游玩，还曾经和他们一同坐船出行。福楼拜坐在艾莉莎（正是那位夫人）身边，两人的肩头轻轻靠在一起，任由裙摆盖着自己的手。艾莉莎低声细语地与他聊天，而他却早已意乱情迷，完全不知道对方在讲什么。夏天转瞬即逝，莫里斯和他的妻子踏上了归途。福楼拜和家人也离开了特鲁维尔。他回到了学校，与此同时，也迎来了这辈子最刻骨铭心、旷日弥久的一段爱情。两年过去了，他又一次来到了特鲁维尔，并打听到艾莉莎也曾来过。那一年，他十七岁。他产生了一个想法，两年前的自己懵懂无知，不懂得如何去爱；但两年后的今天，自己有能力以一个男人的情怀去爱她。尽管所爱之人远在天边，可他心中爱情的火花却因此而变得更加闪耀了。回家之后，他继续撰写起了《对一位夫人的回忆》一书：在那年夏天，他无可救药地爱上了艾莉莎。

十九岁那年，他顺利毕业。为此，父亲嘉奖了他，让克洛盖尔医生带着他去科西嘉岛与比利牛斯山度假。那个时候，他已经是个成熟的男人了。当时有人说他身材高大，但实际上，他的身高在五英尺左右；在得克萨斯人或加利福尼亚人看来，身高五英尺应该算矮的。不过，他很瘦、姿态优雅、长发齐肩；眼睛很大，而且湛蓝如海。他的一位女性朋友在四十年后赞叹道，他当时玉树临风，带着希腊神像般的风采。离开科西嘉岛之后，他与克洛盖尔医生来到了马赛。一日清晨，他先是出去洗了个澡，然后回到了旅馆，而后，他发现有一位年轻夫人慵懒地坐在院子里，姿态令人陶醉。他走上前去，和她聊了起来。这位夫人的名字是厄拉莉·福柯，其丈夫在法属圭亚那官方部门任职，随后会到马赛接她。福楼拜与厄拉莉共度了一个良宵，从他日后所做的描述来看，那一夜如同雪原落日般奇妙。从马赛离开之后，两人再也没有见过面。那是他的第一次，他永远不会忘记的第一次。

在经历了这件事情之后，他没过多久就去了巴黎，开始学习法律。他并不想成为律师，但他没有别的选择。他不喜欢巴黎，不喜欢法律课本，不喜欢大学校园里的生活。他看不起他的同学，觉得他们庸俗、做作、世故。这一时期，他创作了中篇小说《十一月》，讲述了他与厄拉莉的故事，不过小说里的女主人公却带着艾莉莎的影子：眼睛里闪烁着灵动、高扬着弯弯的眉毛、唇上覆着浅淡的汗毛，不过脖子却圆润白皙。

他来到施莱辛格工作的地方，与这对夫妇重新建立了联系。他还接受了这位音乐出版商的邀请，每周三都去参加他们的家庭聚会。艾莉莎美丽如初。在艾莉莎眼中，福楼拜已经不再是初遇时的那个幼稚男孩，而成了一个成熟男人，不但殷勤、帅气，而且活力满满。没过多久，她就洞察到了福楼拜的心思，而福楼拜也成了这对夫妇的好友，每周三都会来赴宴，还与他们一起到周边游玩。不过，福楼拜依然很害羞，迟迟不敢向艾莉莎袒露心声。后来，他终于鼓起勇气向她表达了爱意，原本以为她会恼怒，然而她并没有，当然也没有答应做他的情人。说起她的经历，着实有些离奇，所有人都以为莫里斯·施莱辛格是她的丈夫，但实际上，她真正的丈夫名叫爱弥尔·朱岱。数年之前，爱弥尔因经济问题而差点被人起诉，当时施莱辛格以朋友身份站出来说可以帮他一把，不过他得答应离开法国，离开艾莉莎。他答应了这个条件。此后，艾莉莎就跟了施莱辛格。那个时代，法国尚未实施离婚法，因此直到爱弥尔离世，也就是1804年的时候，艾莉莎才与施莱辛格结了婚。有人说，爱弥尔·朱岱离开了法国，后来又客死他乡，但艾莉莎从来没有忘记过他。或许是因为忘不了这份尘封已久的夫妻之情，也不愿伤害和自己一同生活，一同养育子女的施莱辛格，艾莉莎才会裹足不前，拒绝了福楼拜。可是福楼拜却不可自拔，为了见到艾莉莎，他想尽各种办法邀请她到家中做客。她终究还是同意了，并与福楼拜做了约定。那一日，福楼拜在家中如坐针毡，期待这份珍藏已久的爱能得到回报。然而，艾莉莎失约了。

1844年，福楼拜又遇到了一桩大事。一天夜里，他与兄长从母亲家（他们在母亲家住了些时日）出来后，坐上一辆马车，准备返回里昂。他哥哥大他九岁，和父亲一样做了个医生。在路上，福楼拜突然觉得眼冒金星、头晕目眩，然而如石头一般滚落到了地上。当他醒过来后，他看到自己满身都是血。他哥哥告诉他，自己就近找了个屋子，把他抬了进来，并给他放了血。回到里昂之后，父亲又为他做了一次放血治疗，并让他吃槐蓝和颜草，还在他的脖子上系了一根导液线。他被禁止喝酒、抽烟，以及食用肉类产品。在某段时间里，他常常会忽然全身痉挛；无论是视力还是听力，都出现了障碍，而且还会在抽搐之后昏厥。他极度虚弱，神经却紧张异常。他似乎得了什么怪病，医生们莫衷一是。有人认为他得了癫痫，而他的朋友们好像也这么想。不过，我们在其侄女所写的回忆录里却没有看到相关说法。勒内·杜麦斯尼尔医生之前写过一部与福楼拜有关的著作。他在书中指出，福楼拜的病不是癫痫，而是“癔想性痉挛”。在我看来，勒内或许认为一位伟大的作家是不是患有癫痫，直接影响了其作品价值的高低，所以他最后才做出了那样的解释。

他的家人似乎对此毫不惊讶。据我所知，他曾经告诉莫泊桑，他在十二岁的时候有过幻视经历。十九岁的时候，他父亲让一位医生带着他远足。除此之外，他父亲还为他设计了一个不寻常的治疗方案，其中包括经常改换生活环境，由此可见，他很可能早在十九岁的时候就已经患上了精神疾病。想想那个厌恶身边人的小小少年，想想那种莫名其妙的厌世感，是不是可以找到病因？在那个时候，虽然其神经系统尚未表现出异常，但那种情绪是否预示着什么呢？无论如何，他必须接受现实：自己得了重病，而且会反复发作，甚至随时随地都有可能发作。他不得不改变自己的生活模式，下定决心放弃律师之路——我觉得这正是他想要的结果，以及放弃婚姻。

福楼拜的父亲是在 1845 年离世的。在那两个月之后，他姐姐卡洛琳在诞下一个女婴后也去世了。他姐姐陪伴他长大，两人关系很好。在她结婚之前，他们一直亲密无间。在父亲故去之前，他刚刚在塞纳河边买了一栋房子。那是一座石质建筑，修建于两百年前，名为“克瓦塞”；前面建有露台和凉亭，可以总览塞纳河的美景。后来，他让母亲、弟弟古斯塔夫，以及那个小女孩搬到那里居住。哥哥阿谢尔是一位外科医生，当时已经结婚，后来去了父亲曾经所在的医院继承了父亲的衣钵。再后来，福楼拜也搬到了“克瓦塞”居住，并把那里视为自己的家。他偶尔也会写一些东西，因为抱恙在身，无法像其他大部分男人那般体验人生，索性全身心地投入了创作。他的工作室是位于底层的一间大屋子，透过窗户可以看到花园与远处的塞纳河。他的作息时间很规律：上午十点起床，然后看一看信件和报纸；十一点吃午餐；餐后到露台上走走，或者到凉亭里坐着看看书；下午一点动笔；傍晚七点搁笔；到花园里散会儿步之后再回到工作室，并在那里待到深夜。他只和一两位好友保持联系，有时候会邀请他们来“克瓦塞”小住几日，分享下自己的手笔。在他的生活里，没有娱乐消遣一说。

他心里很清楚，生活实践是创作的基础之一，自己不能完全离群索居。所以，他计划每年都去巴黎生活三四个月。于是，他逐渐成为巴黎的名人，并认识了很多学者。我所看到的是，人们对他报以了钦佩之意，而非喜爱之情。在朋友们眼中，他是个易怒、敏感、不接受批评的人，因此大家在他面前都很小心，生怕引起他的不适，要知道，不管是谁冒犯了他，他都会对人家大发脾气。与之形成鲜明对比的是，他总是以极其挑剔的眼光看待他人的作品，而且和其他很多作家一样，他也有这样一个毛病：当他无法做到的某件事的时候，他会觉得那件事本来就毫无价值。与此同时，当自己的作品受到批评时，他总是大发雷霆，认为那是嫉妒、丑恶、愚昧在作祟。就这方面而言，很多优秀作家都和他一样。对于那些贩卖文字和沽名钓誉的文字创作者，他深恶痛绝。在他的心目中，金钱无益于艺术，只要与金钱搭上关系，艺术家就不再是艺术家了。毋庸置疑，这位非功利主义者可以在很长一段时间内优雅地仰着头，因为他继承了很多财产，完全不用担心钱不够花。

他或许早就想到过会发生这样的事。1846 年，他在雕塑家普拉迪耶位于巴黎的工作室里邂逅了女诗人露易丝·高莱特。她的丈夫是一位音乐教授，同时她还是著名哲学家维克多·古赞的情人。在文学界，这样的人并不少见，她们不以才疏学浅为耻，却以与名人有染为荣。文学界的确没有亏待漂亮的露易丝。人们常能看到名人去她家参加沙龙聚会，而她自己则自诩为缪斯。她的脸蛋圆圆的，卷发轻轻垂在面颊两侧；她说话的时候神情丰富，声音甜美且清脆。她只用了不到一个月的时间就俘虏了福楼拜的心，当然，她并未抛弃哲学家情人（正式情人）。虽说是情人，但实际上，福楼拜只能与露易丝进行精神上的交往，原因在于福楼拜已经失去了生理上的交往能力，而这又归咎于长时间的禁欲生活，以及他容易激动及羞涩的性格。后来，他照例回到了“克瓦塞”，并寄了一封情书给露易丝。他后来又写了很多情书，而且都很特别，我从未见过那样的情书。不得不承认，“缪斯”的确爱上了福楼拜，不过是那种充满刻薄与嫉妒的爱。相反的，福楼拜所付出的感情中既没有刻薄之意，也没有嫉妒之心。显而易见，他是为了满足自身虚荣心才与那位引人注目的美女诗人在一起的。当然，无异于其他爱幻想的人，他也把自己困在幻想里。不久之后，他察觉出了一丝不对劲，并因此而心生悲哀。他发现，相较于住在巴黎那会儿，自己回到“克瓦塞”之后似乎更爱“缪斯”了。他把心事写进了信里，寄给了露易丝。她建议他搬去巴黎，但他不愿意离开母亲；她说，可以常到巴黎或芒特找她，但他说，在理由不充分的情况下，他不会离开“克瓦塞”，她发了火，问他“你接受的监护比女人还多吗”；她打算去“克瓦塞”看他，而他却坚决不同意。

“你给的爱不是真正的爱，”她写道，“总而言之，在你的世界里，爱是没有地位的。”他回复道：“如果你想问我到底爱不爱你，那么我想说的是，我在竭尽所能地爱你。这意味着，就算爱在我这里不是最重要的，但至少也是第二重要的。”

福楼拜的确很愚钝，居然请求露易丝找她的朋友——那人生活在卡耶纳——帮忙查探厄拉莉（他在马赛的露水情人）的现状，还让露易丝替自己转交一封信。对于这个要求，露易丝怒不可遏，可是他却无法理解她为何如此。后来的事情就更令人困惑了，他竟然把自己与妓女的交往过程写进了信里，还宣称那些女人能满足自己的某种特殊嗜好，等等。不难理解，男人向来喜欢吹嘘自己在性爱方面的能力，甚至会无耻地说谎。我心想，福楼拜的这番话是否可以间接证明他缺少这方面能力？尽管不清楚他到底发过几次病，身体有多么虚弱，精神有多么不振，但不可否认的是，他从来没有停止过服用镇静药物。由此可见，他迟迟不愿去见露易丝，或许就是因为他知道自己有生理缺陷。细想来，那时候他才三十岁！

这段所谓的爱情在他们相识九个月后逐渐消亡。1849 年，福楼拜与马克西姆·杜·冈结伴前往近东地区游历。他们去了埃及、巴勒斯坦、叙利亚和希腊，并在 1851 年春暖花开时返回了法国。他与露易丝保持着联系，两人依旧相互写着情书，只是字里行间透出了越来越多的刻薄和尖锐。她不断地给福楼拜施压，要求他到巴黎去，或者同意自己去“克瓦塞”；他不断地找各种借口拒绝，不愿去巴黎，也不同意她到“克瓦塞”来。1854 年，他终于在信中提出了分手。露易丝倍感焦急，在未经他同意的情况下来到了里昂，找到了“克瓦塞”，然而暴躁的福楼拜把她赶走了。福楼拜遇到的最后一段爱情就此结束。

在这段感情当中，文学意味超过了生活情趣，戏剧性的演出多过了男女间的炽烈。实际上，福楼拜早就把真爱给了艾莉莎，可惜的是，在施莱辛格投资失败后，他们举家离开了巴黎。在那之后的二十年里，福楼拜从未见过艾莉莎，当再见面时，只能说物是人非：她更瘦了，更黑了，有了白头发；他变胖了、蓄着胡子、用黑帽子遮住了光秃的头顶。一面之后，是又一次离散。莫里斯·施莱辛格在1871年一命归西。默默等待了三十五年的福楼拜第一次为艾莉莎写下情书。他不再称呼她为“亲爱的夫人”，而是写下了“我曾经的、将来的、永远的爱人”。为了处理一些事情，艾莉莎去了趟巴黎，并在那里与福楼拜见了一面，后来还去过一次“克瓦塞”。如我们所知，两人自那之后便天各一方了。

在游历近东的过程中，福楼拜打算写一部具有突破性的新小说，并开始为此构思。这部小说就是我们后来看到的《包法利夫人》。他为何想要创作这样一部作品呢？说来颇为有趣。他在意大利热那亚看到了布律盖勒所画的《圣安东尼的诱惑》，并被这幅画深深地打动了，最后斥资买了下来。返回法国之后，他又购入了卡洛的同名版画，并阅读了很多与圣安东尼有关的文字资料。他从两幅画作中获得了灵感，并着手创作了一部同名小说。写完之后，他邀请了两位密友前来“克瓦塞”做客，与他们分享了这部小说。他每日午后和晚上都会为朋友们读上四个小时，一连读了四天。他们提前做了约定，在读完之前不予置评。最后一天夜里，福楼拜在读完手稿后，一拳敲到桌子上，焦急地问：“感觉如何？”一位朋友答道：“我建议你把它丢进火炉，再也不要谈论它了。”对于福楼拜而言，这无疑是个灾难！翌日，那位朋友为了缓和气氛，改变了自己的批判方式，他问福楼拜：“写写德拉马尔的事情怎么样？”他一问完，福楼拜就蹦了起来，涨红了脸嚷嚷道：“对啊！这有什么不行呢？”德拉马尔可是里昂的名人，曾在福楼拜父亲所在医院实习，后来在临近的小镇上开了间诊所。他娶了一个比自己大很多的寡妇为妻，在寡妇去世之后，他和一个农家女结了婚。那个农家女虽然年轻貌美，但是人尽可夫、穷奢极欲。没过多久，她便厌倦了德拉马尔，开始不断勾搭其他男人。为了维持虚荣与奢侈的生活，她借钱无数，最后因为无力偿还而服毒自尽。福楼拜把这个阴暗的故事搬进了自己的作品里。

创作《包法利夫人》这部作品的时候，福楼拜已经三十岁了，而在此之前，他的作品都未曾正式出版过。究其原因，除了《圣安东尼的诱惑》之外，其他作品带有自传色彩，写的都是福楼拜的感情纠葛，只是小说化了而已。然而现在，他要求自己不仅要写得真实，还要写得客观。他打算抛弃所有偏见和心理倾向，客观地陈述事实，换句话说，他决定将自己抽离出来，单纯地讲述一个故事。他要把想说的事情说清楚，把需要展示的人物个性展示出来，同时不掺杂任何评论性的文字，不赞扬也不贬低任何人物，就算某个人物值得，或者愚昧得令人生气，又或者卑鄙得令人发指，也要藏在心里，瞒着读者。他做到了，而在我看来，正因为他做到了，所以很多读者才会觉得这是一部没有温度的作品。他竭力让自己保持客观，因此言辞之间不存在丝毫温暖。想获得温暖的感受或许是人性的弱点之一，不过我认为，小说家不仅需要让读者心生某种情感，还需要让读者明白，他自己也产生了相同的情感，只有这样才能给予读者安慰。

事实上，与其他小说家无异，福楼拜虽然竭力保持着客观，但仍未做到绝对客观，毕竟小说不可能完全客观地反映事实。不得不承认，小说家应该让人物对自己做出解释，并尽量让人物的行为符合其个性。假如小说家站出来告诉读者，主人公魅力无穷、值得赞美，或者反面人物丑恶至极、应该唾弃；假如他一直在教育读者，或者说东道西；假如他一会儿扮演讲述者，一会儿扮演某个人物，那么读者恐怕会感到厌倦。然而无论如何，这的确是小叙述故事的手法之一，而且很多卓越的小说家都采用过这样的手法。我们不能认为这么做就一定无法成功，只能说这么做有时候会不太合适。一部分小说家会刻意规避这种情况的出现，但也只能作用于表面，清除那些显著的个人痕迹，实际上，无论他们愿不愿意，他们在对主题、人物、视角进行选择时就已经给作品烙上了很深的个人痕迹。如我们所知，福楼拜向来悲观厌世；他厌恶愚蠢的人和事；他憎恨世俗气焰、市井小人，以及生活琐事；他没有仁慈之心和同情之心；他成年后患上了怪病，并对此感到羞耻；他常常神经兮兮、焦躁不安；他的心眼小得可怜；他排斥浪漫主义，却是个地道的浪漫主义者；他渴望性爱却无能为力，最终只能在包法利夫人的龌龊故事里发泄，好似那些感到屈辱并跳进阴沟满地打滚的人。实际上，在这部小说中，他没能完全摒除自身个性，因为从一开始他的个性便已一览无余：他所选择的不是其他故事，而是德拉马尔的经历。他所塑造的人物并非其他模样，而是现在这样，这便再一次体现了他的个性。这部小说有五百多页，随着故事的层层深入，我们看到的人物越来越多，除了拉里耶尔博这个重要人物之外，其他人物无不是令人感到绝望的，要么卑鄙无耻，要么俗不可耐，要么蚩蠢蠢蠢，要么蛮横无理。我们在生活中可以看到很多这样的人，但更多的人并非如此。我们想象不到，一个城镇（虽然只是弹丸之地）里居然没有一个人是乐善好施、聪慧理智的。

经过深思熟虑之后，福楼拜下定了决心，要在这部小说里反映世俗之人的形象，并基于庸俗的人物性格及其所处环境来设计一系列事件。然而，这么做一定会有副作用：读者或许会对这些人物产生厌倦感，毕竟他设计的事件并不具有足够的吸引力。那么，他最后是怎么处理的呢？我会在后文中回答这个问题。在这里，让我们先来看看，他在哪些方面完成了自己的目标。

首先，他塑造人物个性的时候所运用的技巧近乎完美。这读者愿意相信人物是真实的，并轻易地接受了他们，仿佛他们就生活在自己身边，就站在自己眼前。读者会认为与他们有关的所有事情都是合理的，如同现实生活所见到的那般，尽管他们只存在于小说中。例如郝麦这个类似于密考伯先生的具有喜剧色彩的人物，他总能给法国人带来熟悉感，就好比密考伯先生会给英国人带来熟悉感一样；他们对郝麦的信任程度，和我们不信任密考伯先生的程度相当；完全不同于密考伯先生这个人物，郝麦一直是单纯诚挚的存在。

不过，福楼拜没有让我相信的是，爱玛·包法利是个农家女。毋庸置疑，在她身上，我们可以看到某种世间男女普遍拥有的特质。在被人问及“谁是爱玛的原型”时，福楼拜答道：“我就是。”事实上，人人都是爱幻想的，会把自己幻想为一个迷人、成功、有钱的人，也就是那些浪漫故事里的男主人公或女主人公。当然，大部分人都不会那么冲动、那么大胆、那么爱冒险，能理智地看待幻想，而不会任其影响自己的行动。包法利夫人不在此列。她不但美得不真实，而且将幻想视为人生，至于她所经历的一切，也不具备任何必然性，虽然那是福楼拜一直在追求的。当她决定不再对第一个情人抱任何希望之后，她患上了脑膜炎，在此后的四十三天里，她差点香消玉殒。很长一段时间以来，很多小说家为了让某个人物暂停行动，都会采用“生病”这一招，然而据我所知，在福楼拜所处的那个时代，就连医生们对脑膜炎这种疾病都不是特别熟悉。由此可见，福楼拜是想通过“生病”来惩罚包法利夫人，让她遭受病痛的折磨并花上一大笔钱，但是实际效果可能并不能令他满意。同样的，包法利医生的死亡也是意义不大的，只能说明福楼拜不想再写下去了。

如我们所知，福楼拜和《包法利夫人》一书的出版商曾经被人告上了法庭，原告认为那本书极其不道德。在当时的法庭记录中，我们可以看到检察官与辩护律师的所有发言。检察官公开朗读了一些在他看来有情色之嫌的片段。如今看来，相较于当代小说里的频频出现的大胆描写，那些片段实在太正经了。但令人意外的是，检察官当时（1857 年），表现得异常震惊。辩护律师指出，那些片段都是不可或缺的，而且小说的整体道德倾向也没有问题，毕竟放荡的包法利夫人最后自食其果了。辩护律师说服了法官，指控被驳回。在时人的认知当中，包法利夫人受到惩罚的原因不是负担不起债务，而是与他人通奸。对于负债累累这件事，我认为也是有漏洞的。法国的农夫向来精明能干，福楼拜既然说包法利夫人是农家女，那么为什么不让她周旋于各个情人之间，千方百计地筹钱还债呢？

说了这么多，大家不要觉得我故意要挑这部伟大作品的毛病。我想表达的是，福楼拜在上述方面并没有做到百分百的成功，因为他的目标本就不可能完全实现。一部小说是由一系列事件组成的，而鲜活的人物也是从事件中走出来的，因此读者才会对作品感兴趣。小说不可能完全复制生活。例如，小说人物的对话与人们的日常对话一定是有区别的，它需要更精练些，也就是说，小说家需要通过提炼基本要素，来使人物对话变得更加明确和简练。换句话说，为了保证创作计划的顺利实施，以及作品的吸引力，小说家在写日常生活的时候需要对它们进行处理。生活中有很多千篇一律的事件，也有很多没有关联的事件，而这些事件在小说中是不应该出现的。另外，生活中的很多时隔许久且关系不大的事件，以及那些带有偶然性又带有必然性的事件，小说家也需要以其他方式把它们组合到一起。因此，几乎所有小说都会述及一些生活中鲜见的事件，以及许多常见之事，而读者会信以为真并坦然接受，殊不知那是小说家有意为之。我们不能将小说视为生活的文学副本，哪怕是现实主义小说；小说家只能做到尽量反映现实生活。读者若是相信了，小说家也就成功了。

从这个角度来说，福楼拜是成功者。《包法利夫人》这一作品具有强烈的真实感，究其原因，一来是福楼拜将人物塑造得活灵活现，二来是他通过敏锐至极的观察使小说具有了无可挑剔的准确度，从而使所有细节都在自己的掌控之中，并且不可或缺。这部作品的构思相当精妙。虽然爱玛·包法利是主人公，但福楼拜却以其丈夫包法利医生的往事及上一段婚姻作为开篇，并以包法利医生的崩溃与死亡作结。尽管这种结构在一部分评论家看来很失败，不过我觉得福楼拜是有意为之：让艾玛的故事从包法利医生的故事中衍生出来，如同把一幅画装进一个画框。他肯定认为这样写能让故事更加丰满，并让小说更具艺术完整性。他要真这么想，那么如果能把结尾写得平稳一些、审慎一些的话，便更能凸显他的构想了。

我们不妨来看一个评论家们忽略的情节，它很好地反映了福楼拜的技巧。结婚之后，爱玛一开始生活在道特村里，虽然只有几个月时间，但她对身边的一切都厌恶至极。尽管如此，为了让小说看上去足够协调，福楼拜不得不对那段时间的生活进行详细描述。这并没有那么简单，他不但要写出爱玛的厌恶感，又不能让读者生出厌恶感。如我们所见，福楼拜写得很好。那些段落十分有趣，并不招人厌。我很想知道他为何能手到擒来，便重新阅读了一遍。我看到，福楼拜写了很多发生在那里的琐事，而这些事都各具特色，互不重复，也就是说，他一直在给我们看新鲜的东西，所以我们会一直兴致勃勃；另外，这些事情都不是什么大事，看上去平淡且琐碎，所以我们不会为此而感到激动，同时却会直观地看到，甚至轻松地体会到爱玛的厌恶之情。后来，她从道特村离开了，来到永镇居住。说实话，描写永镇的部分与故事本身有些脱节，当然，也就只有这部分是如此，而描写其他村镇的部分都是紧扣情节且唯美动人的。环境描写应该，或者说必须对情节发展有用。福楼拜很擅长通过人物活动来展现人物的其他方面特征，而这种展示是循序渐进的，例如真实性格、生活方式、家庭环境等，这就好比生活中的人总是慢慢为人熟知。

如前文所述，福楼拜心里很清楚，以世俗之人为原型来创作小说是有风险的，读者们或许会觉得索然无味。然而，他已经下定了决心，要创作一部具有艺术价值的小说。他认为，唯美的文体可以弥补缺憾：主题的琐碎与庸劣、人物的粗俗与卑鄙。如果说这个世界上有人在这方面天赋异禀的话，我想说那个人肯定不是福楼拜。他的早期作品——生前未得到出版——大多都写得絮絮叨叨，而就他的书信而言，不但看不出任何出众的语言天分，而且语法错误一大堆。不过，《包法利夫人》成就了他，他终于跻身法国最佳文体家的行列。我不是法国人，尽管熟悉法文，但所做的判断或许也有失偏颇：这是一部很难翻译的作品，有很多细节都容易被忽视，毕竟原著的韵律感、语言的精准性与潜藏的诗意是不可能翻译到位的。不过，我认为读者依然有必要了解一下福楼拜的创作目标和创作技巧，并且要知道，他的想法与实际创作给世界各国的小说家们提供了很大的帮助。

布冯曾经说过一句格言：只有感觉到位、思考到位、叙述到位，才能创作到位。福楼拜便是以此来要求自己的。在他看来，在形容某个事物的时候，只存在一个最准确的词，而非两个同样准确的词，因此遣词造句必须要恰到好处，就好像给双手戴上最合适的手套。他希望自己的作品是一部顺畅、准确、简练，又富于变化的散文，而且这部散文不但要有散文的特点，还应该充满诗一般的韵律感、节奏感和乐感。为了实现这个目标，他常常使用口语，在必要的情况下还会使用不太优雅的俚语。

他在这些方面做得很成功，虽然有些人觉得他太激进。他之前提到过："在一句话里，如果存在拗口或重复的地方，那么我就会认为这句话不该那么写。"在其作品中，一个词在同一页里只会出现一次。这看上去有些荒唐：假如一个词对于两处内容来说都是准确的，那么就不应该刻意规避；换一个词，或者换一个写法就不一定准确了。他不愿意看到自己困在某个节奏里（乔治·穆尔的后期作品就有这个问题），所以尽力让节奏富于变化。他的非凡才能还表现在：在确保用词恰当的同时，他还会考虑文字所呈现的效果，以便传递给读者或快或慢、或松或紧的感受。通过这样的方式，他可以表达所有情绪。当然，就算我知道得足够多，我也没办法在这里将福楼拜所运用的特殊文体完全讲透。接下来，我将谈谈他能够成为一代文体家的原因。

主要原因是他很勤奋。在计划写新小说的时候，他会找来很多资料做研究，并写下很多笔记。正式动笔之前，他会先写概述，再拟提纲，然后根据提纲来写作；在写作过程中，他会反复斟酌；每完成一部分就回头做修订，删掉或增补一些内容，甚至推翻重来，直到满意为止。修改完之后，他会来到露台大声朗读那部分文字，因为这样他就会发现那些拗口的，或者不动听的地方。如果有问题，他便回到书桌前，拿起笔重新撰写，直到他觉得无懈可击。他曾经写信告诉朋友："周一和周二，整整两天的时间，我就完成了两行。"显然，他不可能只写了两行，十几页应该是有的，所以他想表达的是，他用整整两天的时间换来了两行他认为无懈可击的字句。

难怪《包法利夫人》花了他四年七个月。

对于这部著作，我要说的已经说完了。在那之后，他又创作了《萨朗波》，不过人们通常并不认为那是一部成功的作品。而后，他改写了早期作品《情感教育》，原因自然是他觉得自己可以写得更好。这部作品反映的依然是他与爱丽丝的情感纠葛。很多知名的法国评论家都认为这部作品很棒，不过对于其他国家的读者来说，这或许不是一本有趣的读物，会觉得书中所描述的很多事情都很无聊，特别是在当下来看。后来，他对《圣安东尼的诱惑》做了第三次大改。令人不解的是，作为一位才华横溢、技巧高超的小说家，他竟然不喜欢构思新小说，偏爱去破解那些遗存已久的难题；他似乎觉得如果不把它们准确无误地展现出来，自己的灵魂就得不到解脱。

时光荏苒。在外甥女凯洛琳结婚之后，只剩下母亲还在“克瓦塞”陪着他。后来，母亲终究还是魂归天国。1870 年，法国大败。凯洛琳的丈夫遇到了经济危机，面临破产。为了帮助这两位年轻人，福楼拜把所有财产都拿了出来，只给自己留了那栋割舍不下的石头房子。他曾经是个对金钱不屑一顾的有钱人，而今却因无私而落魄。他被忧虑感吞噬，以至于旧病复发，而在此前的十年里，他从未发过病。事到如今，不管是出门吃个饭，还是去巴黎走一走，都得有莫泊桑陪同；莫泊桑会把他安全地送回家。他这辈子尽管败给了爱情，却也赢得了数位知己，他享受过热情又忠诚的友谊。然而，随着朋友们的故去，垂垂老矣的他变得愈加寂寞。他不怎么出门了，整日烟酒做伴。

他去世之前出版了一本短篇集，其中包括三部短篇小说。那时候，他的长篇小说《布法与白居谢》还在创作中，他本来想要在这最后的时光里讽刺一下愚蠢的人类。在动笔之前，他翻看了一千五百本书籍，辛勤且慎重地提炼着写作素材。这部小说原定为上下两部，且第一部已经快要写完了。然而，1880 年 5 月 8 日上午 11 时，当女仆端着午餐走进书房时，他已经倒在了沙发上，并开始胡言乱语。女仆马上家来了医生，可医生表示无力回天。不出一个钟头，他就离开了人世。

在福楼拜离世一年后，他的旧识马克西姆·杜·冈一个人来到巴登消夏。某日，他在打猎的过程中不经意地走到了伊累诺疯人院跟前。疯人院的大门没有关，病人们正像平日一样准备外出散步。他们分作两路纵队，两人一组向外走。忽然之间，一位女病人走到马克西姆跟前，朝他鞠了一躬。马克西姆随后便认出了她：艾莉莎·施莱辛格——福楼拜活着的时候，对她付出了最为狂热、最为持久，也最为枉然的爱。

R《战争与和平》：托尔斯泰的历史哲学

在我心目中，巴尔扎克是最了不起的小说家，而托尔斯泰所写的《战争与和平》是最了不起的小说。这部小说宏伟至极，所反映的时代之重要，所塑造的人物之众多，堪称前无古人后无来者。它被视为一部史诗，而这样的美誉是它应得的。除它之外，我再也找不出一部可以被称为“史诗”的小说了。才华卓绝的斯特拉霍夫是著名的评论家，也是托尔斯泰的至交好友，而他对《战争与和平》所作的评价掷地有声：“它完美地描绘了人类的生活，完美地描绘了那个时代的俄罗斯，完美地描绘了人人都能理解的乐与悲、荣与耻。它的名字是《战争与和平》。”

托尔斯泰在三十六岁的时候写下了这部小说的第一句话。这个年龄段的作家通常都正值创作的黄金时期，不过这部小说仍然耗费了托尔斯泰六年的时间。故事发生在拿破仑战争时期，高潮分别是俄国被法军攻破、莫斯科遭遇大火，以及法军铩羽而归。他原本打算将那些历史事件作为背景，专心讲述一个与权贵之家有关的故事。在原定计划中，男女主人公本该遇到一连串触及心灵的事件，遭遇一系列打击，而后在经历了灵魂的洗涤后回归安宁的生活。可是写着写着，小说的重心逐渐转移到两国的军事对抗上，不仅如此，托尔斯泰还从众多不同方面的资料中提炼出了一种历史哲学。

至于这种历史哲学是什么，我会在后文中进行简要介绍。

据我所知，这部小说里出现了大概五百个人物。在托尔斯泰的安排下，他们依次登场，无一例外地个性鲜明。能做到这样，实在令人叹为观止。不同于其他大部分小说，在阅读《战争与和平》的时候，我们不但要关注那几个主要人物，还得关注那四个权贵家族：罗斯托夫家族、保尔康斯基家族、库拉金家族、别祖霍夫家族。为了迎合主题，小说家有时候需要描写多组人物，并因此而不得不想办法解决一些难题：他必须自然地在每组人物之间进行转换，以便让读者跟着自己走；除此之外，在描写一组人物时，他还必须给读者做好心理建设，以便让另一组人物顺利登场。托尔斯泰是这方面的高手，手法精妙无比，以至于读者很难察觉出过渡的痕迹，只觉得故事线索就是这样的。

无异于其他大部分小说家，托尔斯泰笔下的人物也能在他的生活中找到原型，有的是熟人，有的是泛泛之交。托尔斯泰提取了身边人的轮廓，然后通过奇思妙想来为这些轮廓注入生命力，以形成独具特色的艺术形象。据我所知，托尔斯泰的祖父是奢侈的老罗斯托夫伯爵的原型，他的父亲是尼古拉·罗斯托夫的原型，他的母亲是楚楚可怜的玛丽公爵小姐的原型。人们通常还认为，在刻画两位男主人公，也就是皮埃尔·别祖霍夫与安德烈公爵的时候，托尔斯泰想到了自己。我觉得有这种可能，托尔斯泰或许洞察到了自身性格中的两面性，索性就以此为基础塑造了两个互鉴的人物，同时对自我进行了表达与探索。这两个人物身上的共同点在于：都在寻找内心的安宁，都想解开生与死的谜题，最后又都失败了；托尔斯泰也是如此。除此之外，他们再无其他共同点。安德烈公爵既有骑士之风，又有浪漫之心；出身名门，拥有贵族血统，气宇不凡，但有些高傲、蛮横、偏执、狭隘、不近人情。不过，那些缺点最终让读者看到并关注了他。皮埃尔是另一种人：温和、良善、宽厚、谦逊、儒雅，具有牺牲精神，但是懦弱、犹疑、轻信他人，而这些缺点反而令人难以接受。他一生乐善好施，这自然很容易感染读者，不过为什么善良的人就一定要像个傻瓜呢？他始终在寻找谜题的答案，为此还参加了共济会；此后，托尔斯泰对其共济会生活大书特书，可惜这部分内容着实令人厌倦。

安德烈公爵与皮埃尔都对娜塔莎有所心动。娜塔莎是罗斯托夫伯爵膝下最小的女儿，也是这部作品中最招人喜欢的少女。想要把一个美丽、活泼、有趣的少女刻画得出彩绝非易事。在很多作品里，年轻女孩要么是单调的（譬如《名利场》里的艾米莉），要么是古板的（譬如《曼斯菲尔德庄园》里的芬妮），要么过分精明（譬如《利己主义者》里的康丝坦迪亚·杜兰姆），要么过于愚昧（譬如《大卫·科波菲尔》里的朵拉），她们中有的整日搔首弄姿，有的无知得可怕。可以说，小说家最怕刻画少女形象。说起来也情有可原，毕竟她们还太年轻，还谈不上个性成熟。只有在她们看惯了人情世故，经历过了爱情、苦痛与思考之后，脸上有了岁月的痕迹之后，描摹者才有可能描绘出她们脸上的深意。至于少女，能写的不外乎就是美丽的外表、青春的气息与鲜活的生机。不过，托尔斯泰将娜塔莎写得非常自然：温柔、敏感、善良、乐观；

有些孩子气，又有些女人味；有理想，却是个急性子；乐善好施，却有点执拗；总而言之，她充满魅力。托尔斯泰笔下的女性人物不胜枚举，而且个个都逼真形象，不过最受读者喜欢的还是娜塔莎。

《战争与和平》这部小说体量巨大，所以托尔斯泰耗费很长时间才写完。在这么长的时间里，他的热情自然会有所消磨。如前文所说，他花了大量篇幅来描写皮埃尔在共济会的经历，而且读起来很枯燥。到了快结尾的时候，他好像也对各个人物失去了兴趣，转而开始讲起历史哲学来。他的观点大致如下：真正对历史进程产生影响的是一股神秘力量，而非人们普遍所认为的那些伟人。

这股力量在各民族之间来回穿梭，悄无声息地将人们带到胜利的彼岸，或者推入失败的深渊。无论是亚历山大还是凯撒，抑或是拿破仑，都是受它牵制的傀儡罢了；“傀儡”一词足以说明，他们既无法抗拒那股力量，又无法驾驭那股力量。拿破仑之所以一度获胜，原因不在于他有多智慧，也不在于他有多少人马，实际上，他的很多军令都未能在第一时间送达前线，就算是那些被及时送达的命令，有的也没能落到实处。胜利的原因在于敌人咎由自取，没头没脑地觉得自己输定了，并主动撤退。在托尔斯泰看来，俄军最大的功臣是库图佐夫总司令，因为他选择了坐视不管，等着敌人自食其果。无论是托尔斯泰在《什么是艺术》中所阐释的艺术哲学，还是他在这部小说里所讲到的历史哲学，都是好坏参半；他说出了很多真理，也犯了很多错误，而且未能摒弃自己的偏见。我自认才疏学浅，难以对其历史哲学进行详细论述，不过我依然觉得，他之所以要在莫斯科大撤退这件事上花费如此多的笔墨，主要就是为了论证自己的观点。那段文字或许是优秀的文献资料，但绝非优秀的小说片段。

写到最后一部分时，托尔斯泰的热情少了很多，然而尽管如此，其创作力却丝毫未减。这部小说的结尾别具一格，十分精彩。在以前，小说家在收尾的时候一般都会把主人公的情况交代清楚，而且大多都是以有情人终成眷属、生儿育女并过上美好生活等做结；对于故事里尚未受到惩罚的反面人物，他们也不会忘了交代，诸如恶有恶报、穷困潦倒、老婆丑陋且唠叨之类。这类交代不会太详细，在读者看来，就像是小说家心不在焉地随便写了几句。不过，托尔斯泰却抓住了最后的机会，提升了小说的意义。他把读者再次带进了老伯爵之子尼古拉·罗斯托夫的庄园。时光已经过去了七年，尼古拉和他的有钱太太带着孩子住在庄园里。皮埃尔和妻子娜塔莎及孩子也住在那里，然而此时此刻，在他们身上再也看不到激情与梦想，看不到对生活的憧憬与追求了。他们相亲相爱，过得很悠然幸福。可是，他们却变得愚钝了、庸俗了！在尝遍了各种酸甜苦辣之后，他们终于获得了安宁的生活，却也成了随遇而安的中年人。从前的娜塔莎甜美可爱、活泼开朗，而眼下的她却是个喋喋不休的主妇。从前的尼古拉玉树临风、精神奕奕、而如今的他却是个不折不扣的土地主。至于皮埃尔，现在比从前更胖了，不过脾气依旧很好，脑袋依旧不太聪明。这个结局看起来极为平淡无奇，但细想来却十分深刻，带着浓重的悲剧色彩。在我看来，托尔斯泰没有以激昂姿态做结的原因是，他深知人生大多都会平淡收场。他不想撒谎。

托尔斯泰的家庭是乡村贵族。从这种家庭走出的优秀作家其实并不多。他父亲是尼古拉·托尔斯泰伯爵，母亲名叫玛利亚·福尔康斯基；他是家里最小的孩子，排行第五。他是在雅斯纳雅·波良纳庄园——他母亲祖上留下的家业——里出生的。在他小时候，父母就相继离开了人世。他一开始跟着家庭教师学习，后来考入喀山大学，没过多久又转学到圣彼得堡大学。他的成绩很糟，所以最后没能拿到文凭。再后来，贵族亲戚带着他走入社交圈，他开始频繁出现在贵族所举办的家庭宴会上。服兵役的时候，他被安排到高加索山区，并亲身经历了克里米亚战争。

从这个时候起，他迷上了喝酒与赌博，甚至变卖了一部分父亲留下的家产——雅斯纳雅·波良纳庄园——以偿还赌债。他欲望强烈，在高加索服役时被传染了梅毒。我们在他留下的日记里看到，他在那天晚上非常欢乐也非常疯狂，与吉普赛人赌博，并和女人偷欢。假如俄国小说里写的都是真的，那么这样的狂欢大概是俄国人习以为常的娱乐活动（至少以前是）。他一度懊悔不已，不过后来又故态萌发。他是个健壮的家伙，无论是走上一整天，还是连续骑马十到十二小时，他都不会喊累。不过，他长得不太高，而且模样也很普通。“我很清楚自己长得不好看，所以我经常感到绝望。我鼻梁很宽，嘴唇很厚，眼睛很小而且还是灰色的；我在想，像我这种长相的人在这个世界上是不可能找到幸福的。我祈求上帝赐予我一个奇迹，让我得到精致的面容。我愿意付出所有，无论是现在的还是将来的，来换取好看的模样。”实际上，他的面容虽然普通，但那神采却极具吸引力；不管是那双眼睛，还是言谈风度，也都充满魅力。他不仅在意自己的穿着打扮（无异于司汤达，他也希望用时尚服饰来掩饰长相问题），还喜欢显摆自己的家族。他在喀山大学的一位同窗对他的印象是这样的：“我始终在避免与那位伯爵接触。从第一次相遇开始，我就不喜欢他，他高高在上、待人冷漠，头发很短很硬，眼睛小成了一条缝，但眼神却凌厉得很。我从未遇到过这种傲慢得有些奇怪的年轻人，而且理解不了……我向他问好，他基本上从不回应，似乎是在告诉我，基于某些方面的考量，他觉得我比他低一等……”走进军营之后，托尔斯泰对军官和其他士兵的态度依然如此。他对此的描述是：“一开始，我惊诧于那里所发生的很多事；后来，我一面与那些人保持距离，一面熟悉着环境。我选择了一种中庸之道，与他们的关系既不亲密也不疏远。”他先是在高加索山区服役，后来又去了塞瓦斯托波尔，在这段时间里，他创作了一些短篇小说和随笔，以及一部中篇小说，那是一部与童年时代有关的浪漫主义作品。

一份杂志刊登了那些作品，那些作品也获得了读者们的称赞。因此，托尔斯泰在退役并返回圣彼得堡后，受到当地众多作者的欢迎。可是，他对那些作者毫无好感。他一直觉得自己是个坦率的人，但思想保守，不愿迎合流行文化。他动不动就会发脾气，暴躁地提出反对意见，完全不考虑他人的感受。屠格涅夫曾经提到，托尔斯泰始终在扮演一位审判者，令其他人无所适从；他说起话来尖酸刻薄，常常会激起别人心中的愤怒；他对别人十分苛刻，如果碰巧读到一封涉及自己的、言语稍显不敬的书信，他马上就会去找写信者一决高下。曾有一次，他荒唐地去找别人决斗，最后在朋友的百般劝阻下才草草收场。

那个时候，自由主义思潮在俄国风起云涌，解放农奴俨然是首要任务。托尔斯泰在首都莫斯科放纵了几个月后，回到了自己的乡村庄园。他向农奴们宣布了自己的计划：把自由还给他们。没想到的是，他并没有获得农奴的支持，因为那些人对他并不信任。于是，他创办了一所学校，给农奴的孩子提供了接受教育的机会。他还制定了与众不同的教育方式：不要求孩子们一定要去上学，也不要求他们在校一定要认真听讲；到了晚上，他还会陪孩子们做游戏，讲故事给他们听，或者教他们唱一些歌，总是忙到很晚才回家。

与此同时，一个农奴的妻子给他生了个孩子。他给这个私生子取名为提摩西，很久之后，提摩西成了这个家里的一名马车夫，专门替托尔斯泰的其他孩子驾车。为托尔斯泰著书立传的一位作家觉得这件事很耐人寻味，原因在于托尔斯泰的父亲也曾把自己的一个私生子留在家里，并让他做马车夫。我认为，这意味着托尔斯泰存在一定的道德缺失。在我看来，他既然从道德角度进行了自我谴责，真心实意地想要拯救那些生活在卑微与贫困中的农奴，为他们提供接受教育的机会，希望他们成为讲卫生、有文化、尊重自我的人，那么他也应该帮助一下提摩西才对。屠格涅夫就很照顾自己的私生女，不但送她去学校，还对其生活保持关注。在看到提摩西（他们毕竟是父子）为其他孩子（不同的只是他们的母亲是托尔斯泰的合法妻子）驾车的时候，托尔斯泰难道不会生出一丝愧疚之心吗？

托尔斯泰喜欢尝试新鲜事物，不过一段时间过后热情便会消减。这是他性格中的一大特点。他好像不怎么稳重，也不太坚韧，所以两年之后就关闭了学校，原因是他对结果很不满意。他身心俱疲，健康也出了问题。他后来说，幸好那时候又有一件新鲜事吸引了他的注意力，要不然他或许会失去希望。婚姻对于他来说的确是新鲜的。

他打算试一试。三十四岁的他迎娶了十八岁的索尼娅，而她是贝尔斯博士家里最小的女孩。贝尔斯博士是一位内科医生，是莫斯科上层阶级里的名人，很早便与托尔斯泰家有来往。结婚之后，他与妻子住在庄园里。他们在此后的十一年里陆续迎接了八个孩子，隔了一段时间之后，又在十五年里迎来了五个孩子。托尔斯泰酷爱骑马和打猎，而且骑马技术相当了得。娶妻生子之后，他逐渐积累起了大量财富，并在伏尔加河的东岸购置了一座庄园。如此算来，他拥有的土地大概有一万六千英亩左右。可是，现在的他无异于大部分俄国乡村贵族，不得不面对日益平淡的生活。在当时的俄国，这类乡村贵族并不少见。他们曾经流连于赌桌、酒席和女人，结婚之后则选择待在庄园里，生很多孩子、骑马打猎、经营土地、管理农奴。像托尔斯泰这样崇尚自由主义的乡村贵族其实有很多，他们也不愿看到那些农奴一直生活在无知、困苦、恶劣的环境中，也像帮助农奴改变命运。唯一的不同是，托尔斯泰一边过着那样的日子，一边造就了两部旷世之作：一部是《战争与和平》，另一部是《安娜·卡列尼娜》。如同一道无解的谜题，没有人知道其创作过程，就像没有人知道苏塞克斯郡的那个老绅士之子[1]是怎么创作出《西风颂》的。

听人说，年轻时的索尼娅姿色动人、身材曼妙、眼睛尤为美丽，鼻子也很吸引人，乌黑的头发泛着微光，而且她活力十足，表情生动，声音也很好听。在结婚之前，托尔斯泰曾在日记里写下了自己的思索与憧憬、自责与祈祷，并记录了之前所犯的错，诸如嗜酒、嫖娼之类。订完婚之后，他不想对未婚妻有所隐瞒，便让她看了自己的日记。索

---

[1] 指的是英国著名诗人雪莱。——编者注

尼娅惊恐不安，边看边哭，一夜未眠。次日，她归还了日记，并原谅了托尔斯泰。然而，原谅归原谅，该记住的还是会记住。无论是托尔斯泰还是索尼娅都是有个性的，情绪容易激动；这类人通常脾气都会有些古怪。索尼娅十分苛刻，占有欲和嫉妒心都很强；托尔斯泰则非常严厉，而且固执己见。在有了孩子之后，托尔斯泰希望索尼娅能承担哺乳的工作，而索尼娅也是这么想的。然而有一次，她因为乳房疼痛难忍，只能把刚出生不久的孩子交给奶妈，可托尔斯泰却因此而勃然大怒。他们常常争吵，好在吵完就会重归于好。他们深爱着对方，总的来说过得很幸福。托尔斯泰一面打理着庄园，一面坚持创作。他的手稿凌乱不堪，全靠索尼娅帮忙誊抄，实际上，只有索尼娅认得出他写的是什么。有时候，遇到托尔斯泰奋笔疾书的笔记，或者不完整的句子，索尼娅不得不连猜带蒙地写出来。有人说，她前前后后誊抄了七遍《战争与和平》。

从西蒙教授的描述中，我们可以一窥托尔斯泰是如何度日的："早餐时候，一家人围坐在一起，男主人讲着笑话，妙语连珠，为席间漫谈增添了几分乐趣与活力。结束用餐的时候，他会站起身来告诉大家，他要去工作了。然后他走进书房，多半还会端着一杯浓醇的茶。再见到他的时候已是下午，他会去户外活动一下筋骨，骑骑马或散散步。五点左右，他回到家中，然后在晚餐时大快朵颐。茶余饭后，他声情并茂地讲起了户外活动时的所见所闻，在座的人时常被他逗得乐不可支。随后，他又一次走进书房，开始阅读时光，直到八点。之后，他会与家人及宾客一道喝茶，同时放上一段音乐，或者朗读一些书，又或者陪孩子们玩。"

他生活得很充实、很健康，也很知足。此后多年，他一直这样生活着：索尼娅照顾孩子，打理家务，以及誊抄手稿；托尔斯泰经营庄园、创作小说、骑马打猎。随着时间的流逝，他即将年满五十岁，无论对哪个男人而言，这都是个危机重重的阶段。青春已逝，每当回望过去，他都会叩问自己，生活到底给了自己什么？而等待自己的终究是垂垂老矣的黯淡时光，令他灰心丧气。他这辈子最害怕的就是死亡，他似乎一直困在这种恐惧感当中。没有人能逃过这场劫难，好在大多数人都能理性地看到死亡，除了身处险境或身染重疾之时，平常都不会想到它。可是，死亡的阴影似乎一直纠缠着托尔斯泰，而这一点可以从他所写的《忏悔录》中得到印证：

> 五年前，我身上出现了某种不同寻常的征兆。一开始，我偶尔会陷入迷茫，倍感压抑，不知道如何生活下去；我觉得很空虚，又不知道该做些什么，进而变得沮丧。后来，这种感觉消失了，我的生活恢复如常。再后来，那种迷茫感又出现了，越来越频繁，而且出现的方式从来没有改变过。它们化身为如下问题：生活的目的是什么？意义又是什么？我感到脚下的土地正在崩塌；我将失去立足之地。我的生存基础消失了，我失去了所有可以帮助我活下去的东西。生命离我而去。我要呼吸、吃饭、喝水、睡觉，我必须做到。如果失去了生命，也就失去了希望，失去了我所认为的、理应去追逐的希望。
>
> 那一切找到我的时候，我正在享受那份几乎完美的幸运。我五十岁不到，与妻子相濡以沫，孩子们也很可爱。我的庄园虽然

> 很大，但我轻松地进行了改进和开拓。人们对我不吝赞美。不夸张地说，我声名在外……我身强体壮，精神充实，可以说在同类人中出类拔萃。论体力，我可以与农奴以同样的速度收割庄稼；论脑力，我可以连续八至十小时不停笔，而且不会积劳成疾。
>
> 我的精神状态以这样一种方式向我显示：我的生命是别人对我开的一个愚蠢、残忍又恶毒的玩笑。

少年时代的托尔斯泰已经对上帝失去了信任。不过，在失去信仰后，空虚与愁苦也随之而来，因为他开始关注生命，并试图思索揭示生命的真相。他一度追问自己："我活着的目的是什么？我应该以何种方式活着？"他回答不出。于是，他又开始信任上帝了。不过，他是通过推理来重新获得信仰的，而令人奇怪的是，如他这般激进的人居然也会做出这样的推理："假设我是一种存在，那么一定有其存在的理由，而无论何种存在，其存在的根本理由都是所谓的上帝给出的。"这种最古老的一种上帝论。那个时候，他并不认为上帝真的具有人格，也不认为生命在死后真能得到延续。但是时间久了，他开始相信自我是上帝的一部分，从而也开始相信生命不会在死后戛然而止。他曾经是俄国东正教会的信徒，不过没过多久便开始厌恶教会，原因在于他发现神职人员言行不一，过着与教义相悖的生活。他认为不应该再相信那些人强加给自己的信仰，而应该相信那些能够用简单且实际的理论加以验证的东西。于是，他开始走近那些贫穷、卑微、没有接受教育的信徒，去观察他们的生存状态。随着观察的深入，他愈发相信，那些人虽然有些迷信，但他们的信仰是纯正的；对他们而言，这种信仰并非偶然所得，毕竟它的出现，让他们看到了生活的意义，也给了他们活下去的动力。

历经多年痛苦思索与自我反省，托尔斯泰终于得出了结论。我自知很难用三言两语将他的想法讲清楚，不过觉得可以试试看。他反对教会所宣扬的那一套宗教礼仪，理由是基督从未施与过相关教诲，要求人们遵守那套礼仪便是在丑化真理。他不认同教会针对基督的教诲所给出的解释，认为那是无稽之谈，是在辱没人类的理性。他只认同耶稣所传达的真理，并认为耶稣的核心观点就蕴藏在“勿抗恶”一句里。它在“勿发誓”一句中得到了体现——托尔斯泰坚信，“勿发誓”针对的不只是诅咒，还包括其他各种形式上的誓言，例如证人需要宣读的誓言、新兵需要完成的誓言，等等。它还体现在“爱你的敌人，祝福诅咒你的人”这句话里，依照教诲，人们既不能挑战敌人，也不能在受到伤害时进行反抗。在托尔斯泰看来，接受了某种主张就代表接受了某种行动方针。所以当他接受了基督教的基本准则：大爱、谦卑、否定自我和以德报怨，那么他就必须舍弃享乐，接受劳苦，必须苛责自己、厚待他人。

索尼娅是不折不扣的东正教徒，不允许孩子们脱离宗教教育，不允许自己违逆上帝的意志，并要求自己恪尽职守。她是个不太聪慧的女人，事实上，她要照顾十几个孩子，关心他们的学习，还要分担一部分庄园里的事务，确实也抽不出时间来提升自己。她想不明白且不支持托尔斯泰改变信仰，幸好她颇为宽容，也颇有耐心。不过，在托尔斯泰打算将理论付诸实际的时候，她还是没能忍住，以极其果断的方式表达了自己的看法。托尔斯泰始终认为，一个人不能为他人而活，所以自己动手生起了炉子、打起了水、洗起了衣服。他甚至打算自谋生路，并开始向一个鞋匠学起了制作靴子的技术。他还与农奴们一起种地、砍树、运送干草。索尼娅自然不愿意看到这番景象，她觉得整天干重活对托尔斯泰来说没有丝毫好处，更何况，那些活平时都是年轻农奴才干得了的。

“你肯定会说，”她给过他一张纸条，“这种生活与你的信仰相符，你想要的就是这种生活。不过，这是两码事。我要告诉你：希望你生活得惬意！可是我仍然不高兴，毕竟你现在只知道砍柴、烧茶，以及制作靴子。诚然，这些事情可以让大脑放松下来，是不错的休息方式，不过却不是什么正事。”她没有说错。托尔斯泰认为脑力劳动没有体力劳动高尚，这显然是一种愚昧的看法。他不想为那些游手好闲的人写小说，然而尽管如此，我们相信他本可以做些更有意义的事。他制作的靴子很差劲，完全无法穿在脚上。他还给穿起了农奴的衣服，整个人邋里邋遢。据我们所知，他某天刚装完粪就带着一身臭气回到家，坐到桌边吃晚餐，而家人们不得不把窗户全打开。他以前酷爱打猎，如今却完全不放在心上，并且开始吃素，原因在于他不想杀生，认为动物不应该成为食物。从早些年开始，他便不怎么喝酒了，而今已完全戒掉。最后，他把烟也戒掉了，虽然过程很辛苦。

那个时候，孩子们都已长大成人，特别是大女儿达尼亚，过不了多久就该尝试着进入社交界了。索尼娅想让孩子们得到更好的教育机会，于是打算举家前往莫斯科越冬。托尔斯泰对城市生活有偏见，不过最后还是拗不过妻子。在莫斯科，他感受穷人与富人之间那天差地别的生活。“无论是从前还是眼下，抑或是未来，我都能感觉到，”

他如是写道，“每当我看到，我拥有富余的食物或外衣，而其他人却没有的时候，我便会被某种源源不断的罪恶感侵扰。”不管别人如何安慰他——说人世间向来贫富有别，而且未来亦复如是——都没有用，他就是觉得有问题。曾几何时，他在某个穷人过夜的地方看到了一系列令人心悸的场景，并联想到自己每次回家的画面：晚餐已经上桌，五道大餐摆在面前，两个身着制服、系着白色领结、戴着白色手套的男仆毕恭毕敬地站在身旁服侍着，他羞愧难当。他拿出一部分钱施与可怜的穷苦人，然而他们却把钱花在了买醉和赌博上，总而言之，他的施与弊大于利。“钱是恶魔，”他恼怒不已，“所以给那些家伙钱的人也绝非善徒。”由此，他还萌生了更进一步的想法：财产不道德，有财即有罪。

托尔斯泰的选择不言而喻：他决定放弃所有。因为这件事，他与索尼娅吵得不可开交。索尼娅不愿意受苦，也不愿意毁了孩子们的身份与地位。她扬言要把托尔斯泰告上法庭，让法院作出裁决：托尔斯泰已经没有能力再管理家产了。几番激烈的争执之后，托尔斯泰提出把自己的财产全都交给索尼娅，可索尼娅却没有同意。不过，索尼娅最终还是答应与孩子们共同拥有他的财产。他们就这样吵了好几年，在此期间，托尔斯泰曾数次夺门而出，不过每次走出不多远便会折返回家，因为他觉得那么做会让妻子更难过，更伤心。他仍然住在庄园里，生活得很是节俭，尽管如此，他却总觉得还不够节省，并心生愧疚。他与索尼娅的关系还没有缓和。对于彼时的正式教育，托尔斯泰是持反对意见的，而索尼娅却执意要那样安排。对于他的财产，他想按照自己的方式来处置，而索尼娅却坚决不同意。因此种种，他始终无法原谅索尼娅。

在改变信仰之后，托尔斯泰在这个世上又度过了三十年，而对于此间生活，我在这里就不一一赘述了。虽然这三十年里也发生了一些比较重要的事，但我确实没有办法都写在这里。总而言之，他最终备受世人推崇，不但是俄国人心目中最伟大的作家，而且名扬四海，被称为卓越的小说家、人民的导师，以及道德家。那些推崇其学说并打算付诸实践的人们还集结到了一处聚众而居。不过，在尝试推行不抗恶原则的过程中，他们举步维艰。

对于这群人所遭遇的一切，坊间有很多既引人发笑又耐人寻味的传闻。不过，心思细腻且争强好胜的托尔斯泰依旧不为所动，并果断地指出那些传闻都是卑鄙小人耍的花招，他还因此而冒犯了很多朋友。不管怎么说，他越来越有名了。雅斯纳雅·波良纳庄园迎来送往了一批批学生、朝圣者、游人、崇拜者、信徒，而他们中既有权贵也有百姓，既有富人也有穷人。

如前文所述，索尼娅是个占有欲和嫉妒心很强的人。她始终希望丈夫是属于自己一个人的，所以对陌生人的拜访烦不胜烦，并认为那是一种骚扰。她倍感痛苦并心生怨恨，甚至开始贬低托尔斯泰。我们在她的日记里可以看到如下说辞："一方面，他在人们面前大谈特谈他的奇思妙想，而且说着说着就开始发愁和伤感，另一方面，他却从未改变自己的生活方式，依旧爱着美味佳肴，依旧开心地去骑马、骑自行车，以及享受情欲。"她还写道："不是我爱抱怨，他为了给人们谋福利，把家庭生活搞得一团糟。我的生活变得愈发艰难了。他要吃素，我就得做两份晚餐，这意味着我得投入额外的精力与金钱。他滔滔不绝地宣扬着那些与爱有关的理念，家人们听不进去，而各色下等人却接踵而来。”

切尔特科夫是最早接受托尔斯泰思想的一批人中的一个。他家境优渥，本是一位近卫军上尉，却在接触了不抗恶原则之后毅然辞职。他一方面诚实善良，主张理想主义，另一方面蛮横无理，咄咄逼人。爱尔蒙·莫德曾经提到，那些与切尔特科夫有过接触的人，要么被他利用，要么与他为敌，要么避之不及。然而，托尔斯泰直到离世之前却一直与他保持着彼此依赖的关系。托尔斯泰深受他的影响，索尼娅对此感到非常不满。

在托尔斯泰的朋友中，大部分人都认为他的理论是激进且偏颇的，只有切尔特科夫给予他鼓励，并令他更加坚定了自己的想法，一心想要付诸实践。于是，他不再把精力放在经营庄园这件事上。这座庄园的年收入原本可以达到三万美元，但他拿到手的却少于两千五百美元。毫无疑问，这些钱不够用来养家糊口，以及让孩子们上学。在索尼娅建议下，托尔斯泰把1881年之前所创作的所有作品的版权都拿了出来，交由索尼娅处理。索尼娅则筹钱创办了一家出版社，将这些作品拿来出版。她做得很好，至少可以养家。然而，托尔斯泰却认为作家不应该独享自己作品的版权，原因在于他觉得个人财产是不道德的存在。索尼娅气急败坏，不仅因为他那么想，还因为他此后的一系列举动。他决定收回包括诸多著名作品在内的早期作品的版权，并打算放弃自己所有作品的版权，无论是早期的还是后期的。索尼娅当然不会答应，毕竟没有了那些作品，家庭生活就得不到保障。不言而喻，两人又开始了长期的针锋相对。另外，让托尔斯泰更为恼火的是，索尼娅与切尔特科夫始终针锋相对。他们各执一词，托尔斯泰左右为难；对于两人的说辞，他很难判定谁对谁错。

时间到了1896年，托尔斯泰已经六十八岁了。他的婚姻已经维持了三十四载，大部分孩子都已经成年，而二女儿的婚事也已提上日程。就在这个时候，五十二岁的索尼娅可笑地坠入了情网，对方是年轻作曲家塔纳耶夫。托尔斯泰对此震惊不已、羞愧难当、怒火中烧。他在信中对索尼娅说："你与塔纳耶夫之间的暧昧关系丑陋至极，我不可能睁一只眼闭一只眼，任由你们胡来。在这种情况下，我若不离开你，便会很快死去，我的名誉也会遭到践踏。你不会不清楚，我这一年里有多痛苦。我之前很冲动跟你讲过，也曾请求你停下来。后来，我尝试着平心静气地生活，也做了很多努力，但都是徒劳。你们还在继续，而我可以预见，你们还将继续。我忍无可忍了。显而易见，是你不愿意与他结束，那么眼下只有一条路可以走了，那就是与我分开。我心意已决，且别无他法。我唯一要做的是想出一个最恰当的方式，在我看来，不妨到国外去。我们肯定能想到最完美的解决办法，但无论如何，我们都无法再在一起生活了。"

不过，他们并未就此分开，而这意味着他们不得不接受愈加令人崩溃的生活。索尼娅虽然已逾不惑之年，却始终无所顾忌地对塔纳耶夫死缠烂打，那位年轻作曲家最初或许洋洋得意，但没过多久便心生厌倦：一方面不知道该如何回应，另一方面觉得自己备受耻笑。后来，塔纳耶夫处处躲着索尼娅，甚至在公开场合对她进行羞辱。她深受打击，终于认清塔纳耶夫是个"卑鄙的、无论身心都俗不可耐的"小人。至此，这件不光彩的事落下了帷幕。

这个时候，托尔斯泰与妻子的不和已经不再是秘密。令索尼娅难以接受的是，托尔斯泰的崇拜者们——他最后的一些朋友——都支持托尔斯泰，并且公开与她为敌，认为她是托尔斯泰理想之路上的绊脚石，而托尔斯泰的理想之路也是他们的理想之路。对于托尔斯泰而言，虽然改变了信仰，却依然没能得到幸福：曾经的朋友离他而去，家庭矛盾层出不穷，夫妻间的争吵更是旷日弥久。不仅如此，他的崇拜者们也开始质疑他，认为他的生活过于安逸，而他则对此心生愧疚。他在日记里留下了这样一段话："在我迈进七十岁大门时，我想要的只是平静的生活。这的确有悖于我的本心，但好过当前的处境。眼下，我俨然生活在良心与现实需求的巨大冲突之中。"

托尔斯泰的身体越来越差了。在此之后的十年里，他生了很多次病，甚至有一次还差点病逝。高尔基就是在这一时期与他结识的，并写下了如下文字："看上去瘦瘦小小，一头灰白，但眼神却更加犀利，更有神采了；脸上带着深深的皱纹，白胡子留得很长。"托尔斯泰已经八十岁了，人至暮年。随着时间的流逝，他很快就到了八十二岁。他老得很快，看上去时日无多，可他与妻子却依然常常为了写鸡毛蒜皮的事情吵闹。和托尔斯泰不同，切尔特科夫并不认为拥有个人财产是不道德的，为了能常常见到托尔斯泰，他专门买下了一座距离雅斯纳雅·波良纳不远的庄园。他不断提醒托尔斯泰别忘了那个计划：在去世后将作品著作权留赠于社会。索尼娅对此愤怒至极，这意味着她会失去二十五年前所有的小说出版权。她与切尔特科夫的积怨最后演化成一场公开论战。她得到了孩子们的支持，只有深受切尔特科夫影响的幼女亚历珊德拉坚决反对。托尔斯泰的孩子们已经得到了庄园，却依旧不接受托尔斯泰为他们安排的生活，也想不通父亲为何不把版权留给他们，而是断了他们的财路。不过，托尔斯泰最终还是不顾家人的反对立定了遗嘱，宣布在自己去世后，全部版权归社会所有，存世手稿由切尔特科夫代为保管及处理。鉴于这份遗嘱不在法律保护范围内，切尔特科夫想要托尔斯泰再写一份。为了避开索尼娅，他悄悄将公证人员带到了托尔斯泰家里，把书房的门锁死，让托尔斯泰重新立遗嘱。在新的遗嘱中，亚历珊德拉被定为版权代理人。这是切尔特科夫的要求，他后来也谈到过个中缘由："在我看来，托尔斯泰夫人和她的孩子们自然不想让一个外人来做版权代理人。"我们不用怀疑他说的这番话，毕竟托尔斯泰的遗嘱确实切断了一家人的主要经济来源。不过，切尔特科夫并没有就此罢休，他草拟了一份文件，然后把托尔斯泰带出了庄园，让他在附近树林里的树桩上完成了誊抄。通过那份文件，切尔特科夫得到了托尔斯泰手稿的实际支配权。

那些手稿包括了托尔斯泰在晚年所写的日记，而那些日记的分量可想而知。他以前的日记都是索尼娅在处理，而近来十年的日记则将由切尔特科夫代为管理。索尼娅知道这个消息后，拼尽全力争夺版权，究其原因，有人觉得那些日记无疑是一棵摇钱树，但实际上，索尼娅只是不想让大众看到那些日记，毕竟托尔斯泰在里面写了很多二人间的矛盾。她差人去找切尔特科夫，希望能把日记要回来，但切尔特科夫没有答应。她甚至扬言，倘若切尔特科夫不答应，那么她就上吊或服毒自杀。面对索尼娅的暴怒，托尔斯泰忍无可忍，只好把日记拿了回来。不过，他并没有把日记拿给索尼娅，而是把它们锁在了银行保险箱里。后来，托尔斯泰收到了一封切尔特科夫寄来的信，并在日记中说："切尔特科夫给我写了一封信，全是指责与抱怨。他们伤透了我的心。有时候，我真想离开这些家伙，越远越好。"

托尔斯泰在年轻时就有过离群索居的打算，他想避世而居，独自安宁地完善自我。无异于其他很多作家，他也把夙愿寄托在了人物身上：《战争与和平》中的皮埃尔，以及《安娜·卡列尼娜》中的列文；显而易见，他就是这两个人物的原型。面对如今混乱的生活，他急迫地想要实现夙愿。妻子也好，孩子们也罢，全都令他烦躁不安。除此之外，那些所谓的朋友也在苛责他，认为他理应践行自己的信仰，而这让他愈加烦闷。很多追随者因为觉得他表里不一而痛心疾首，甚至天天给他写信，不仅埋怨他，还要求他放弃庄园，将财产分给亲朋和穷苦人，不给自己留下一丝一毫，像流浪汉一样去生活。对此，他在信中是这样说的："你的来信令我行动，你希望我去做的事情也是我的夙愿，不过时至今日我依然无法做到，这背后的原因有很多……主要是因为我得确保我的行为不给别人造成丝毫影响。"人们的行为动机一般都隐藏在潜意识中，如托尔斯泰，我觉得他没有遵照内心的想法及朋友的建议去做的原因，其实是他的潜意识并不完全支持他那么做。作家通常都具有一种独特的心态，这种心态对于所有熟悉作家经历的人来说并不隐晦，不过我从未听到有人正式地说到过：所有独具匠心的作家的创作多少都是其内心世界中某种被压抑的本性、欲望、白日梦（你也可以用别的词）的升华，而在将这些种种书写下来后，他们便挣脱了束缚，从而不再采取更进一步的行动。然而，无论如何，他们始终会觉得不满，认为那么做还不够。这也可以用来解释作家为什么喜欢歌颂体力劳动者，并不由自主地热衷于体力劳动。托尔斯泰喜欢干活的原因，或许就是体力劳动可以帮助他发泄欲望，释放压力；换句话说，创作不能帮助他宣泄内心压力，于是他采取了别的方式来展现自我，而这种自我的展现得到了意识的认可，被认为是正确的。

作为一个天才作家，托尔斯泰发自内心地要求自己用最感人、最戏剧化、最有趣的方式来展现自我。在我看来，他的作品之所以带有说教意味，主要是因为他希望凸显自身观点，不过控制得不是很好，如果他能考虑一下那些观点有可能引发的争论，或许就不会那么言之凿凿了。曾有一次，他也承认说，尽管不会在理论上退让，但在现实生活中却不得不退让。若真如此，他就得好好考虑下自己的观点了，既然需要在现实生活中退让，那么就证明其理论不够严谨，站不住脚。但可悲的是，就算托尔斯泰想退后一步，但那些追随着他的脚步，在雅斯纳雅·波良纳蜂拥而至的崇拜者们却不允许他那么做。他们不断要求年老体衰的托尔斯泰采取某种戏剧化的行为来迎合他们的残忍想法。他的理论困住了他。他的作品在社会上掀起了轩然大波（并非都是不好的），他受到了人们的尊重、爱戴与崇敬，然而凡此种种逼着他硬着头皮向前走，而他本想换个方向。

后来，他选择外出旅行。他离开了家，却再也没有回来。不过，他之所以要离家并非是因为忍受不了良心的谴责和追随者的逼迫，而是因为忍受不了索尼娅。导火索是一件偶然发生的事。一天，他原本已经就寝，没过多久便听见有人在书房中翻找东西。他忽然想到前阵子背着索尼娅写的那份遗嘱，猜想妻子怕是已经得到了消息，所以悄悄跑到书房去找。听到书房的门再次关上，他马上起了床，收拾了一些手稿和衣物，把私人医生——那阵子暂住于庄园内——叫醒，告诉他自己要离开庄园。正在这个时候，亚历珊德拉也起了床。他们叫醒了车夫，让他赶紧备好马车。就这样，托尔斯泰和他的私人医生一起去了火车站。清晨五点的火车站人满为患，他们只能站在毫无遮挡的车尾上，而那时候又是刮风又是下雨。火车行驶到了沙玛丁，他们走了下来。托尔斯泰的一个妹妹是修女，正好生活在那里的修道院中。不多时，亚历珊德拉也赶到了沙玛丁。她告诉两人，索尼娅在知道他们走了之后欲寻短见。这不是她第一次这么闹了，显然她从来都不曾真的想要了断自己，而每次都会给家里带来一片混乱。亚历珊德拉建议托尔斯泰别在那里逗留太久，索尼娅如果发现了他的行踪，一定会马不停蹄地找来。于是，一行人又上了火车，准备去罗斯托夫。托尔斯泰之前得了感冒，本来就还没好，现在又一番折腾了，病就更重了。在私人医生的建议下，他们在途中下了车。那个地方是阿斯塔波夫，车站不大，不过站长一听到托尔斯泰的大名就立刻把他请进了自己的屋子。

次日，在托尔斯泰的要求下，私人医生给切尔特科夫发了一封电报。亚历珊德拉也给身在莫斯科的哥哥写了一封信，请他赶紧带一位医生过来。然而，托尔斯泰毕竟声名在外，他的所有行动都备受关注，所以不出一天工夫，索尼娅便从记者那里打听到了他的去处，并和孩子们马上赶去了阿斯塔波夫。鉴于托尔斯泰的情况很糟糕，医生把她挡在了门外，认为她最好别在这种时候去打搅病人。托尔斯泰病重的消息很快就传到了人们的耳朵里。在此后的一周内，政府代表、警察、官员、记者、摄影师等各色人等纷纷来到了阿斯塔波夫。他们把停靠在侧线上的火车当作了旅馆，而电报局则从来没有这么忙碌过。越来越多的医生进出他的房间，而最后留下来的只有五位。他常常陷入昏迷，不过一醒过来就会想起索尼娅。他不清楚她是否就在屋外，也不清楚自己身在何处，只知道自己行将就木。他以前很怕死，此刻却不怕了。他醒过来的时候总是嚷嚷着："快跑！快跑！"医生们还是让索尼娅进去了，可托尔斯泰却已奄奄一息。她轻轻跪下，吻了吻他的手；他叹息了一声，不知道是不是因为察觉到妻子来了。1910 年 11 月 7 日，一个周日，清晨六点零几分，托尔斯泰与世长辞。

在动笔写本文之前，我读了很多遍爱尔默·莫德所著的《托尔斯泰传》，还看了他所翻译的《忏悔录》。莫德与托尔斯泰及其家人关系很好，而这自然有利于他的写作，事实上，他把托尔斯泰的经历写得很吸引人。可惜他不喜欢表达意见，而大部分读者其实对此都很感兴趣。西蒙教授笔下的托尔斯泰传记内容丰富、事实详尽，而且极具说服力，而我从中收集到了很多真实事件。那些事件意义非凡，但并未出现在《托尔斯泰传》中，或许是因为莫德太过严谨了。在我看来，西蒙教授所创作的托尔斯泰传记具有很高的价值，是英文传记类作品中的典范，定会流传很久。

R《卡拉马佐夫兄弟》：赌徒陀思妥耶夫斯基的最后一搏

1821 年，费多尔·陀思妥耶夫斯基呱呱坠地。他出生于贵族家庭，父亲是莫斯科圣·玛丽医院的一名外科医生。陀思妥耶夫斯基一直很看重自己的贵族身份，但后来一度因为坐牢而被剥夺；他当时烦恼不已，一出狱就马上找了几位权贵好友，一番折腾替自己恢复了身份。当然，俄国的贵族制度不同于欧洲他国的相关制度，人们可以通过各种方式获取贵族身份，例如在政府机构任职，或者资产高于小商人和农民，甚至还可以自己封自己为贵族。准确地说，陀思妥耶夫斯基出生于一个中产阶级家庭。他的父亲虽然很严厉，但为了让七个孩子都能接受优质的教育，他放弃了所有享乐。他在孩子们很小的时候便告诉他们该如何看待人生的艰难困苦，以及生活的责任与义务。一开始，一家人生活在医院的两三间宿舍中，孩子们被禁止独自外出，没有一点零花钱，也没有一个朋友。后来，父亲开了一间私人诊所，不久便买下了一座小庄园，位于莫斯科数百英里开外的郊外。此后每到夏天，孩子们便会跟随母亲去庄园度假，从而知道了什么是自由。

陀思妥耶夫斯基在十六岁的时候失去了母亲。他与哥哥米哈伊尔被父亲送进了彼得堡军事工程学校。因为身体不太好，米哈伊尔被校方拒收，陀思妥耶夫斯基不得不与哥哥分离。没有人陪伴的他变得忧郁起来，与此同时，父亲迫于无奈没有同意他想要点钱的请求，因此他不但没钱买书、靴子等日用品，后来就连学费都缴不起了。在安顿好了长子与次子之后，父亲委托身在莫斯科的姨妈帮忙照顾另外三个孩子，而后关了诊所，带着最小的两个女儿搬到了乡村庄园。他养成了嗜酒的陋习，并且对孩子们十分苛刻。不仅如此，他对庄园里的农奴也十分专横，以至于后来死在了几个农奴的手里。

时间转眼到了 1839 年。陀思妥耶夫斯基虽说不喜欢自己的工作，不过做得也不赖。他毕业以后进了工程局，在绘图处任职。一方面，他继承了部分家产，另一方面，他有稳定的工作，因此他这一年的收入达到了五千卢布。于是，他不仅租了一栋房屋，还整天流连于台球桌与赌桌之间，挥霍无度。新年来临之前，他辞去了绘图处的工作，理由是在那上班如同削土豆一般无聊。要知道，他当时已负债累累，而且从这个时候开始，直到他离开人世，他从未还清过自己的债务。他本性难移，从来都是花钱如流水。他一面挥金如土，一面举步维艰，却从来不懂得克制，而且性情多变。曾有一位传记作家对陀思妥耶夫斯基的生平做过研究。他直言不讳地指出，陀思妥耶夫斯基承认自己对金钱的渴望超乎寻常。只要兜里有钱，他便会想方设法地花出去，以便让自己的虚荣心得到满足。我们接下来将会谈到，这种陋习会如何一次次地将他围困。

陀思妥耶夫斯基之前一边读书，一边创作着一部中篇小说；当他下定决心踏上写作之路时，那部小说——《穷人》——刚刚搁笔。在俄国文坛，他认识的人除了格里戈罗维奇之外就只有涅克拉索夫了，而涅克拉索夫之前向他约了一篇评论文章，而他却把小说寄了过去。

陀思妥耶夫斯基那日回家很晚。他和朋友们花了很长时间诵读小说，以及讨论思路，直到凌晨四点才慢悠悠地走到家。他完全睡不着，便打开窗户，坐在窗前欣赏夜晚的风景。门铃忽然响了起来。“格里戈罗维奇与涅克拉索夫来了！他们激动地冲了进来，热泪盈眶，还不停地拥抱我。”他们刚刚读完陀思妥耶夫斯基的小说——两个人交替着大声诵读，然而浓重的夜幕没能阻挡他们前来拜访的脚步。“如果他已经睡了，”他们说，“我们就把他叫起来！睡觉可没这件事重要！”涅克拉索夫第二天便找到了俄国当时最有名的评论家别林斯基，并把陀思妥耶夫斯基的小说手稿拿给他看。别林斯基看完之后同样欣喜若狂。小说发表之后，陀思妥耶夫斯基一鸣惊人。

成名让他沾沾自喜。巴纳耶娃·戈罗夫耶娃夫人曾经邀请他去做客，后来记录下对他的初印象：“年轻的新客人看上去很害羞，也很敏感。他瘦瘦小小，长着满头金发，面色苍白，灰色的小眼睛转来转去，透露出些许紧张；嘴唇泛白，嘴角时不时地抽搐几下。他几乎认识所有客人，却始终害羞地躲在一旁不说话。几位经常来的客人甚至打算赶走他，以便让他明白：既然参加了聚会，就该与人交谈。从那晚开始，他便常常登门拜访。他逐渐从羞怯中走了出来，甚至开始前言不搭后语地与人争辩，这样的争辩令他放松，他可以想说什么就说什么。实际上，就算是在有些失控地、得意忘形地炫耀作家身份，并显出骄傲自大之心的时候，他依旧是一副怯生生的青涩模样。这也就是说，因为刚刚从某个耀眼的入口首次登上文学舞台，也是初次面对众多世界级作家的赞扬，他有些不知所措，头脑发热。作为一个极为敏感的人，他总在那些年轻的二流作家面前自鸣得意，总是滔滔不绝、孤高自傲地在其他作家面前炫耀自己的出众才华。尤其是，他总以为别人瞧不起他的能力。他认真地听着其他人的发言，只要觉得有人透露出贬低之意，或者觉得某个词有侮辱之嫌，他就会生气地站出来与人争辩，把怒火全都撒在他的假想敌身上。他经常来我家做客，虽然不是普通人，但不太值得尊重。”他那会野心勃勃，刚签订了一部长篇小说与几部中篇小说的合约。他把预付稿费花得精光，生活得十分奢侈。他不听劝告，依旧与人针锋相对，甚至对他的贵人别林斯基也是这种态度。在他看来，没人会“发自内心地赞扬自己”，他不得不对自己说，你就是天才作家，在俄国无出其右。因为债台高筑，他只好加快写作速度。他很早就患上了一种神经性疾病，每次病发的时候，他都担心是不是自己的肺出问题了，或者是精神异常。不难想见，他此时所创作的长篇小说可以说惨不忍睹，短篇小说更是无一成功。之前把他夸上天的人摇身一变开始对他落井下石，并纷纷抨击说他的文学之路已经到头了。

果不其然，他突然地停下了笔，参加了一个地下组织，而组织成员全是深受西欧社会主义思潮影响的年轻人。他们主张对社会制度进行改革，特别是农奴制与书报审查制度。他们每周都要开一次会来讨论时事，不过除了探讨之外，从未进行过反政府活动。纵然如是，警察还是察觉出异样，并把他们都抓起来了。没过多久，他们就都被判处死刑。不过就在执行枪决之前，有人送来一封急报，他们因此被免除死刑，改为流放西伯利亚。至于陀思妥耶夫斯基，后来在鄂木斯克监狱待了四年。出狱之后，他又被迫参军。当年他差点死在彼得堡要塞。在行刑当日，他给哥哥米哈伊尔留了一封信：

> 今天是12月22日，我们将被押送到谢米洛夫斯基广场，并在那里接受死刑。我们将亲吻十字架，刀起头落，白色丧服已经准备好了。一声令下，我们中的三个人被带到木栅前面赴死。我们分作三组，而我是第二组的第六个，生死不过几分钟的事。哥哥，我很想念你，想念与你有关的所有事。我在最后关头只想到了你。我从未意识到，我竟然如此爱你，你是我最爱的兄长！我还有一点时间可以拥抱一下身边的杜洛夫与帕莱斯契耶夫，他们在与我告别。一个命令突如其来，那些已经朝木栅走去的伙伴又回来了。一个声音响起来，陛下给我们留了一条生路，那个声音又念出对我们的惩罚。巴姆被赦免了，回到被赦免的队伍中。

后来，陀思妥耶夫斯基把令人胆寒的监狱生活写进小说里。从那些描写中我们得知，他这个新来的没出两个钟头就与老犯人们混熟了，关系好得如同一家人。他还写道，假如那些人非富即贵，那么事情就没那么简单了，因为无论他表现得多谦恭，多宽容，多机灵，他们都会向他投来不屑与憎恨的目光，绝不会对他报以理解与信任，更别说视其为朋友及伙伴。他在监狱里待了好几年，尽管没有受什么折磨，不过痛苦却是免不了的；他一直感到很落寞，没有交心的朋友。他一度家财万贯，而今竟连绅士都算不上。卑微的生活仿佛是一出生就注定了的，贫穷与落魄再一次找上门。杜洛夫是他从前的知心伙伴、难兄难弟，而今受到其他人的崇拜，这又给他平添几分苦闷与孤单。究其缘由，部分是因为他性格有缺陷：他一直是个自负、多虑、急性子的人。虽然身边有很多伙伴，但他依然感觉很孤独，这种孤独感让他开始自省。他写道："这种精神层面上的游移不定，让我陷入回忆之中；我开始对那些微小的动机进行分析，严肃客观地对自己进行审判。"在监狱里，他只被允许阅读《圣经新约》。他读了很多遍，因而深受影响。从此，他开始信仰基督教，并（在自身性格的基础上）变得谦逊、真诚，以及克制——压抑了部分普遍的人性需求。"无论如何都要谦卑有礼，要想想从前，想想未来，想想潜藏在灵魂角落里的恶意与卑劣。"他这样写道。随着牢狱生活的结束，他身上的傲慢与自负也消失了。走出监狱之后，他放弃革命之路，转而走上维护法律与教权的道路。与此同时，他患上了癫痫。

出狱之后，他被安排到一支边防部队服役，驻守在一个位于西伯利亚的小镇上。小镇生活很是清苦，不过在他眼里，这是上天对自己的惩罚。他笃定当初高举社会改革大旗的行为是一宗罪。他致信哥哥米哈伊尔说："我不会心生怨恨，这个十字架是我的，我应该背负。"1856 年，在一位同窗的周旋下，他得以从边防部队离开。之后，他的生活稍微有了些起色，他认识了新朋友，还认识了令他着迷的玛丽亚·德米特里耶芙娜·伊沙耶娃。这位夫人育有一子，其丈夫是一个政治犯，曾被流放，后来因为肺病及嗜酒去世了。听人们说，她容貌出众，一头金发，个子不高也不矮，身段窈窕，举止典雅，又透着几分风情。至于其他方面的情况，我们就不太清楚了。她的性格与陀思妥耶夫斯基很像：心思重、嫉妒心强、顾影自怜，但他们没有发展为情人关系。没过多久，这位夫人便跟着丈夫搬去了其他边防小镇，那地方与陀思妥耶夫斯基所在之地相距四百英里。一段时间以后，她的丈夫去世了。得知此事的陀思妥耶夫斯基马上给她写了一封信，并在信里求婚。然而，那位夫人并没有立刻答应，一个原因是他们都很穷，另一个原因是她那时候爱上了“拥有高尚思想与同情心”的牧师瓦格诺夫，而且已经建立关系了。陷入爱河不可自拔的陀思妥耶夫斯基妒意大发，尽管如此，他依然努力克制着内心的强烈冲动，或许还带着一些小说家的幻想——将自己视为书中的人物，作出了一个令人匪夷所思的决定。他一本正经地宣称，他与瓦格诺夫将建立起兄弟般的情谊，他会请别的朋友为瓦格诺夫提供资金帮助，以便让他迎娶玛丽亚·德米特里耶芙娜·伊沙耶娃。

无论如何，他希望给自己塑造一个牺牲自我、成全朋友，就算悲伤不已也要善待他人的人物形象，这样一来，那位夫人就成了一个薄情寡义的自私鬼。瓦格诺夫尽管“拥有高尚思想与同情心”，却没有多少钱，而陀思妥耶夫斯基那时候已经当上军官了，而且表现得很大度，所以玛丽亚最后还是放弃瓦格诺夫，选择陀思妥耶夫斯基。1857年，两人举行了婚礼。他们生活得很窘迫，以至于陀思妥耶夫斯基不得不四处借债，直到无处可借。他打算重新拿起笔，然而身为流放犯，他的作品必须经过特许才能发表，这说起来容易做起来难。另外，他对婚姻生活也颇为不满，并且认为那是玛丽亚一手造成的，因为她疑心病重、郁郁寡欢，而且太爱幻想，可是他却忽略了自己的问题：急性子、爱发脾气，还有点神经质。他写小说的时候常常是写一两段就停下来，转而去写其他东西，以至于最后发表出来都是些不足挂齿的作品。

在不断的申诉及朋友的帮助下，他在1859年获得返回圣彼得堡的机会。欧内斯特·西蒙在其著作《论陀思妥耶夫斯基》中对此进行了客观的讲述，称陀思妥耶夫斯基为了重获自由，采用了一些不太光彩的手段："他创作了几首'表达爱国之心的诗歌'，例如为亚历山德鲁皇后庆生，为新沙皇亚历山大二世加冕助威，以及为老沙皇尼古拉一世的辞世致哀等。他还给一部分权贵乃至新沙皇写了信，恳请获得赦免。他在那些书信中言之凿凿地说自己对新君主敬重有加，并将他比喻为永恒不灭的太阳；他还极为诚恳地说，无论君主作何指示，他都会身先士卒。对于自己曾经犯下的'罪过'，他表示供认不讳并时刻铭记在心，还特意指出自己悔不当初，痛心疾首，等等。"

他与妻子一起搬到了首都圣彼得堡，与他们同住的还有玛丽亚前夫之子。他和兄长米哈伊尔共同创办了《当代》杂志。他将《死屋手记》与《被侮辱的与被伤害的》两部小说发表在这份杂志上，大获成功。在后来的两年时间里，他的经济状况有所好转。1862年，他将杂志的事情交给米哈伊尔，而后去西欧游历。不过，西欧并没有给他留下好印象，在他看来，巴黎是"最惹人生厌的城市"，巴黎人狭隘且贪财；在伦敦，有钱的享尽浮华，没钱的忍辱负重，令他震惊不已；他觉得意大利的文艺索然无味；他没有去罗马与威尼斯，只在佛罗伦萨待了一周，把维克多·雨果的四卷《悲惨世界》读了一遍。就这样，他返回俄国。在他外出游历的时候，玛丽亚患上了慢性肺结核。

在外数月的时间里，四十岁的陀思妥耶夫斯基结识了波琳娜·沙斯洛娃。《当代》杂志曾经刊登过这位年轻姑娘所写的一篇短篇小说。她那时候只有二十岁，尚不知男女之事；貌美如花，却是一头短发，还戴着黑色的眼镜，或许是想让自己看上去有文化一些。回到圣彼得堡之后，波琳娜做了陀思妥耶夫斯基的情人。过了一段时间，《当代》杂志停刊了，原因是之前刊登的一篇文章出了问题。于是，陀思妥耶夫斯基打算再度出国。他声称是为了治病，的确，他那时候经常癫痫发作，不过治病显然不是真正的理由，他其实是想去威斯巴登赌上一把，在他看来，赌博也是一种赚钱的方式。除此之外，他还与波琳娜做了约定，到时候在巴黎相会。他从杂志的作者基金里拿了一些钱，然后踏上旅程。

在威斯巴登，他赌上了瘾，若不是惦记着热情似火的波琳娜，他或许不会离开赌桌。他们原本打算一同前往罗马度假，未曾料到的是，他还没到巴黎，放荡的波琳娜就与一个学医的西班牙大学生勾搭在一起。后来，那个大学生丢下她离开了，这让她很是烦躁。一个放荡的女子通常都很情绪化，所以波琳娜向陀思妥耶夫斯基提出分手。陀思妥耶夫斯基想来想去，最后表示不如两人“以兄妹身份”一起去意大利。百无聊赖的波琳娜答应了。然而，他们最终没去成，因为实在没钱，甚至不得不把衣物都送到典当行。在经历了“不堪重负”的几周之后，他们最终各奔东西。陀思妥耶夫斯基返回俄国，发现妻子玛丽亚此时已经奄奄一息。

半年之后，玛丽亚病故。陀思妥耶夫斯基写信跟朋友倾诉：

> 我的妻子，深深爱着我的那个人，也是我深深爱着的那个人，在莫斯科的那间公寓里生活了一年之后离开了我。我在她床边守候了一个冬天，从来没有离开过……亲爱的朋友啊，她给了我无穷无尽的爱，我也给了她无以言表的爱，可是我们在一起的时候却并不美满。日后相见之时，我将向你娓娓道来。此时此刻，我要将那些放下，放下那些旧日的不快。我与她之间的爱从未消失过，我们一直深爱着对方，直到厄运降临。或许你会对我所说的话感到不解，但她却是我眼中最高洁、最善良的女子……

陀思妥耶夫斯基的这番倾诉有些夸大其词。他在那年冬天至少去了圣彼得堡两次，因为他与米哈伊尔联合创办了第二份杂志，他需要去处理一些相关事务。相较于《当代》杂志，新杂志更加偏激，因此失败是迟早的事。米哈伊尔后来生了重病，没过多久便撒手人寰了，而陀思妥耶夫斯基不得不独自承担两万五千卢布的负债。除此之外，他还得照顾哥哥的遗孀、子女、情人，以及私生子。他想到一位富有的姨妈，于是向她借了一万卢布，然而尽管如此，他还是在1865年破产了。等着他的是一份立有字据的一万五千卢布债务，和一份未立字据的五千卢布债务。想要对付债主可不是件容易的事。他再次挪用了一部分作者基金，并向出版社预支了一部长篇小说的稿酬（出版协议上已经注明了交稿期限），计划再去威斯巴登赌一把，另外还能躲债，以及见到波琳娜。他向波琳娜求婚，可惜波琳娜心中早已对他没了爱意，唯有怨恨。人们曾经以为他们会走到一起，毕竟陀思妥耶夫斯基既是著名作家，又创办有杂志，而这些应该很符合波琳娜的心意。但是如今看来，杂志已经停办了，陀思妥耶夫斯基长得也不帅，不仅秃顶，而且还有癫痫。另外，据说他欲望极强，波琳娜对此感到痛苦和厌恶。任何女人都不愿意和那些无法挑起她们性欲的男人发生关系。她逃走了，回到了巴黎。他则回到了赌桌，输得干干净净，甚至典当了手表。他连买面包的钱都没有了，只能独自坐在屋里与饥饿对抗。他拿起了笔，开始奋笔疾书。后来，他直言不讳地说过，他在饥饿与时间的双重压力下匆忙地写出了那本书；那些日子里，他身上没有一点钱，还时常生病，已经走投无路。至于那本书，名字叫做《罪与罚》。

他陷入了绝境，只能四处寻求帮助，甚至去找了曾经与他有过口舌之争，令他厌恶至极的特杰涅夫。好在特杰涅夫借了一笔钱给他，他才顺利地回到国内。他继续创作着《罪与罚》，直到某天突然记起之前签订的出版协议，以及所约定的另一部作品的交稿日期。那不是一份公平的协议，如果他无法按时交稿，就得把此后九年中所创作的所有作品都无偿交由那个出版商出版。为了尽快完成那部作品，他请了一个速记员，而这个主意是几位乐观开朗的朋友帮他出的。就这样，他在短短二十六天里就完成了长篇小说《赌徒》。那个速记员是个年轻的女孩，只有二十岁，相貌平平，不过能力出众，而且既有耐心又乐于奉献，因此得到了陀思妥耶夫斯基的欣赏。1867 年年初，陀思妥耶夫斯基娶了她做妻子。然而，陀思妥耶夫斯基的一帮亲戚却对此表示了强烈的不满，并对他的新婚妻子吹毛求疵，原因在于他们担心陀思妥耶夫斯基在婚后会削减资助的金额。为了躲避这些亲戚，也为了躲避债务，他的妻子建议陀思妥耶夫斯基出国。

在此后的四年里，他们一直没有回国。安娜·格里高利耶芙娜（他妻子）一开始就知道与这位声名显赫的作家生活在一起必定会历经坎坷。陀思妥耶夫斯基的癫痫愈发严重了，而且平日里常常发脾气，遇到什么事都是一副无所谓的态度，内心又极其自负。他与往日的情人波琳娜又开始互传书信了。对于安娜来说，想要坦然面对这一切是很难的，不过年轻的她怀揣着高尚的情操，默默地承受了这一切。他们来到威斯巴登，陀思妥耶夫斯基又一次回到了赌桌旁，又一次输得干干净净，又一次给所有可能提供帮助的人写信借钱。可是，他每次一收到钱就马上钻进赌场。他们把值钱的东西都送进了典当行，一次又一次地搬着家，不断寻找着更便宜的住处，甚至到了没钱吃饭的地步。不久后，安娜怀孕了。陀思妥耶夫斯基曾在信中提到过这段岁月（他那时刚刚从赌桌上捞到四千法郎）：

> 安娜·格里高利耶芙娜希望我拿着四千法郎赶紧离开。不过还有机会扭转乾坤。这个机会很容易得到，而且极具可能性，不是吗？某人不但自己赢了钱，还日日见到有人赢得两三万法郎（他看不到有人输钱）。圣人在哪儿？在我眼里，钱是最重要的；我下了注，赔掉了钱，也赔掉了仅存的一丝理智；我愤怒至极。我没能赢，我把衣服典当了，安娜也把所有物品典当了，包括她仅剩的一个小饰品（她真是天使般的存在）！我从她那里得到了莫大的安慰！我要诅咒威斯巴登，我们只能在一间铁铺楼上的两间破糟糟的屋子里休息。她真的很累吧！我们一无所有了（那些德国人实在无耻！他们全在放高利贷，无一不是

地痞流氓。房东明知道我们身无分文，走投无路，却故意涨了房租）。我们不得不离开威斯巴登。

安娜在日内瓦生下了第一个孩子。陀思妥耶夫斯基虽然很高兴，但依然沉迷于赌博。每次赌输之后，他都后悔不已，觉得自己已经彻底没救了，然而后来还是在妻儿急需用钱的时候输得精光。钱一到他手上，转眼就会消失在赌桌上。短短三个月后，他们就失去了孩子。他为此感到痛苦和绝望。虽然安娜后来又怀上了孩子，但陀思妥耶夫斯基却发现自己对这个孩子的爱远远不及对上一个孩子的爱。

《罪与罚》再次为陀思妥耶夫斯基带来了成功。于是，他开始创作《白痴》这部小说。那个月，他从出版商那里拿到了两百卢布，但对于生活而言那只是杯水车薪。此后，他多次提出了预付稿酬的要求。尽管《白痴》问世之后并不怎么受欢迎，但他还是继续创作了《永远的丈夫》这部中篇小说，接着又创作了另一部长篇小说（英文版书名为《群魔》）。

这个时候，他们已经把借贷的钱都花光了，然后又一次搬了家。陀思妥耶夫斯基越来越想念家乡。他从来没有喜欢过西欧，没有喜欢过巴黎的文艺、荣华与安逸；没有喜欢过德国的音乐、阿尔卑斯山的雄伟、瑞士湖的清朗、多斯加尼的温婉，以及佛罗伦萨的艺术品。他认为西欧的资本主义文明充斥着腐败与颓废，殊不知他已经不由自主地深陷其中。在米兰的时候，他曾经写道："这里让我变得愈加狭隘、偏执和迟钝。俄国似乎已与我无甚关系，我呼吸不到那里的空气，看不到那里的人民。"在他看来，只有回归故土，《群魔》这部作品才有可能完成。安娜也很想回到俄国。然而，他们凑不齐路费，尽管他已经拿到了预付的稿酬。他不得不再次求助于出版商。鉴于杂志已经刊登了《群魔》的前两章，为了保证连载顺利，出版商无奈地答应了他的请求，承担了他们的路费。最后，陀思妥耶夫斯基带着妻子回到了圣彼得堡。

那是 1871 年，陀思妥耶夫斯基刚好五十岁，而命运留给他的时间只剩下十年了。他满怀热情地加入了斯拉夫派，笃定俄国将成为全世界的救星。《群魔》一书大获成功，一部分原因在于他借这部小说对激进派进行了猛烈抨击，从而得到了斯拉夫派的极力赞扬。斯拉夫派决定利用陀思妥耶夫斯基及其作品来抵制其政治对手，也就是激进派的改革思想，于是邀请他担任《公民》杂志的主编，并支付了很高的报酬。然而一年之后，他就递交了辞呈，理由是与领导在某件事情上意见不合。尽管他们都不赞成改革，不过具体到某些事情上，陀思妥耶夫斯基是绝不会盲从的。这个时候，原本就很有能力的安娜决定接手丈夫的出版事务，并四处筹钱出版了那些作品，没想到收入颇丰。已至暮年的陀思妥耶夫斯基终于过上了手头宽裕的生活，当然，在人生的最后几年中，他倒是愈发节俭了。他的随笔集《作家日记》反响很好，于是他开始以导师及先知的身份示人，而当时鲜有作家愿意这么做。同一时期，他创作了长篇小说《少年》和《卡拉马佐夫兄弟》，后者是他留给我们的最后一部长篇作品。1881 年，他与世长辞。转眼间，他受到了人们的关注，受到了很多文豪的尊敬与推崇。在圣彼得堡人的心中，他的葬礼非同寻常，刻骨铭心。

陀思妥耶夫斯基的主要经历如上所述，我已尽可能地规避了个人观点。即便如此，你或许依然会觉得他是个性格怪异的人。艺术家多少都会有些自负，作家也好画家也罢，音乐家也好演员也罢，都有这个通病。不过，很少有人像陀思妥耶夫斯基那样极端自负。他不喜欢严肃地讨论文学作品，不管是自己的还是别人的，原因可能与自负有关，也可能与信心不足有关，也就是所谓的“自卑”。这也是为什么他在活着的时候会公开藐视当时的其他作家。他如果足够自信，就不会在走出监狱后变得那么隐忍和温驯；当然，我们也不是不可以这样想：他一方面接受了政府所定下的“合理”罪名，另一方面也在为自己辩驳。如前文所述，他为了吸引世人的目光，得到人们的尊重，竟然不顾一切地贬低自我。他总是处于失控的状态，因为癫痫长期折磨着他，而他一发病就会失控。在情绪激动的时候，他会把礼节、理性之类的东西全都抛之脑后。妻子患上重病，他却跑去巴黎与波琳娜幽会；放荡的波琳娜不再爱他，他却向她求婚。他的嗜赌成性，再次凸显了其性格缺陷。他越沉迷于赌博，就越深陷于贫穷。在日内瓦的时候，为了养家，他甚至厚着脸皮请求别人施舍五法郎或十法郎。

不要忘了，他曾经为了不违约而匆忙创作了《赌徒》。这部小说尽管反响平平，不过我们需要看到的是，他以波琳娜·沙斯洛娃为原型塑造了书中的女主人公波琳娜·阿历克山德罗芙娜。他在这部早期作品中以白描的手法勾勒出了一个敢爱敢恨的人物形象。在其后期作品中，他对这类人物的刻画越来越细腻。除此之外，值得关注的还有，他不仅书写了自己内心世界中的某种冲动，也书写了赌徒因为产生了这样一种冲动而屡遭不幸。只有读了这部作品，你才能真正看清这样一个人：他虽有羞耻之心，却做着会为他带来厄运的事情；他在注定无法得到的女人面前乞怜求好；他偷偷拿走杂志作者基金里的钱，不为创作，只为赌博；他无数次找人借钱，不顾别人厌恶的目光，一副无赖的嘴脸，因为他经不起诱惑，又爱慕虚荣。事实上，任何人物，不管重不重要，不管想做什么事，都追求特立独行。陀思妥耶夫斯基通过形象的描写告诉读者，卑鄙者也可能成为幸运儿。那个幸运的赌徒被人们簇拥着，好似成功人物一般。人们惊呼着、赞叹着，目光都落在赌徒身上。他成功了，开始享受赢钱的感觉。他笃定自己能够把握命运，因为他觉得自己的直觉都是对的：他不会错过好运。

> “我只要找到感觉，就能在一个钟头内扭转乾坤，”他像赌徒一样说道，“直觉是世上最伟大的存在。要知道，我最后一次输钱已经是七个月之前的事了。这足以说明一切，多么神奇啊！我输了所有钱，走出了赌场，却在外套的兜里翻出了一盾（荷兰盾）。‘去吃点什么吧！’我心想，然而还没走出一百步，我就改变了想法，转身往回走。那是我最后的本钱……当时当刻，一种奇怪的感觉油然而生。我一个人背井离乡，没有朋友，没有食物。我拿出了那一盾，我的最后一盾。接着，我赢了。二十分钟之后，当我再次走出赌场时，口袋里已经有了一百七十盾。我没有说假话，有时候，最后一盾也是最关键的一盾。我如果没有鼓起勇气走回去，会是什么样？我如果优柔寡断，又会是什么样？”

作为陀思妥耶夫斯基的故友，斯特拉霍夫为他写了传记。在撰写过程中，他曾致信托尔斯泰，讲述了他对陀思妥耶夫斯基这个人的一些看法。我对这封信进行了翻译，并摘录了一些内容放到这里：

> 我还在继续写，但我需要随时压制住对他的厌恶与憎恨……不管怎么看，陀思妥耶夫斯基都不是善良之辈。他这辈子一直在到处乱撞，好似一只可笑又可怜的野兽。他是个聪明的人，也是个恶劣的人。我曾经在瑞士目睹过他是如何对一个仆人施恶的，那个仆人最后忍无可忍地嚷嚷道："我也是人！"我永远也忘不了，我在听到那句话时有多么错愕！它体现了瑞士社会的自由思想，他们讲求人权。我给一位支持人性论的朋友写了封信，把这件事告诉了他。在陀思妥耶夫斯基身上发生这样的事情并不令人奇怪，他是个暴脾气，总是控制不了自己……最可恶的是，他不但不反省自己的恶行，反倒觉得那是炫耀的资本。我从维斯卡费托夫（一个教授）那里听说，陀思妥耶夫斯基曾经略带得意地告诉他，自己在公共浴室里玷污了一个跟着女家庭教师去洗澡的小女孩……可是，他在讲这件事的时候又透出了某种愚蠢的忧伤，仿佛是想凸显他口中的人道主义梦想，而那些梦想恰恰就是其作品的基本格调与主要方向，同时也是读者想要看到的东西。总之，陀思妥耶夫斯基是在通过那些小说自辩；他想以此证明，最高尚的情操与最可怕的恶意可能会同时出现……

毫无疑问，他的忧伤很笨拙，他的人道主义也是说说而已。他与"人民"为伍，可"人民"却反对拥有进步思想的知识分子。他同情苦难的“人民”，希望国家能有作出改变。他与激进派为敌，虽然激进派始终在笼络他。对于生活在悲惨世界里的穷苦人，他想出的拯救措施是“将苦难视为一个理想，并将追求这种理想视为一种生活方式”，他还建议当局“象征性地给予安慰，就像宗教所做的那样，无需进行改革实践”。

玷污小女孩之事曝光之后，陀思妥耶夫斯基的追随者们觉得十分狼狈，并始终质疑事件的真实性。这件事虽然出现在了斯特拉霍夫的信件里，但终归不足为据。为了证明那不是真的，他们做出了这样的解释：有一次，陀思妥耶夫斯基与一位故友见面，聊起了悔悟这件事，那位故友就劝他去找自己最恨的人忏悔，于是，他便找到了特杰涅夫，并提到了小女孩的事，不过那件事可能是他杜撰的。毫无疑问，我们可以在他的小说里看到很多邪恶的主题，也能从《群魔》这本书里看到一些隐晦的描述，而凡此种种都不是信手就可以拈来的。然而无论如何，没有人能拿出证据来证明，陀思妥耶夫斯基嘴上所说的那些恶行都是其亲身经历。在我看来，这或许是因为癫痫发作时会令人产生异常强烈的幻觉，以至于他的内心世界被罪恶感占据。另一种可能是，无异于其他很多小说家，他也偏好以虚构的故事来发泄自身的强烈欲望，然而事实证明，他并不是这样的人。

陀思妥耶夫斯基是个自负、自私、草率、卑微、狭隘、急脾气、心思重、不守信、爱吹牛的人。他的性格特征还不止这些。在监狱里，他曾在必要的情况下声称自己是杀人犯，而且还有盗窃未遂，他深知在狱友面前必须要表现得勇敢、大方、宽容。他很清楚，没有谁是完完全全的好人，也没有谁是彻彻底底的坏蛋，每个人都有高尚的一面与卑劣的一面、善良的一面与邪恶的一面。不过，他并不固执，而且抱有一颗同情之心。他从未拒绝过朋友的求助，以及乞丐的乞讨。哪怕自己穷得吃不上饭，他也会尽力存点钱资助哥哥的遗孀及情人、前妻给他生的那个酒鬼（他们本来已经没有父子关系了），以及弟弟安德鲁。他是他们的生活寄托，而他们是他的情感寄托。当他们向他求助，而他心有余而力不足时，他会感到内疚，而不会心生怨恨。他真心实意地爱着、仰慕着、尊敬着安娜，觉得自己方方面面都比不上她。他们曾在异国他乡待了四年，而在那期间，陀思妥耶夫斯基始终生活在不安之中，担心安娜耐心渐失，最终离他而去。他愿意给予爱，也想要得到爱。他本以为，世上没人会一心一意地爱着像他这样满身缺点的人。在安娜的陪伴下，他度过了安稳快乐的最后几年。

他这个人便是如此。他的性格似乎与其作家的身份格格不入，不过可以肯定的是，他是世上最卓越的作家。我们可以在任何一位极富创造力的艺术家身上看到这类矛盾点，而作家身上的矛盾点是最明显的。作家是通过文字来表达自己的，但其所写的内容与其实际行为之间不但容易出现冲突，而且这种冲突还会很强烈。以雪莱为例，他通过诗歌告诉人们，他拥有高尚的理想、热爱自由、憎恨丑恶，但是现实中的他却很自我和冷漠，即便是他自己都会因此而痛苦。毫无疑问，很多画家与作曲家也是如此，不但自我而且冷漠，不过每每看到他们描绘的画作，听到他们谱写的音乐，我都不会因为其不良行为与优秀作品之间存在反差而感到愤懑。在我看来，这样的反差恰恰体现了他们的天赋异禀，原因在于，通常情况下，所有人在小时候都是自我主义者，而过了青春期，这种秉性就会减弱，而天赋异禀之人身上的自我意识却会始终如一，最终变成所谓的“病态”。这种“病态”令他们拥有超乎常人的充沛精力，这就好比用没有稀释的肥料培植的瓜通常会比一般的瓜甜，因为肥料中的毒素会刺激茎和叶的生长，让瓜长得更好。

实际上，陀思妥耶夫斯基的自负程度、虚荣程度与浮躁程度都比传记作者所说的高得多。他的确如此，而正是这样一个人，却塑造了这世上最具魅力、最仁慈、最典雅的小说人物——阿廖沙；塑造了神一般的存在——佐西玛神父。依照陀思妥耶夫斯基原计划，阿廖沙本来应该是《卡拉马佐夫兄弟》这部小说的主人公，所以他才会很自然地在开篇一句中写道：“阿历克赛·费道罗维奇·卡拉马佐夫是这附近人人皆知的地主。十三年前，他突遭不测，而大家至今都无法忘记他。至于那件事，我会在合适的时候讲给你们听。”技巧娴熟的陀思妥耶夫斯基在开篇就看似漫不经心地提到了阿廖沙。不过，读过这本书的人都会觉得，和弟弟德米特里与伊凡相比，阿廖沙看上去不像是主人公，他总是来无影去无踪，而且与其他人物的关系都不大。大多时候，他都是与一群男生同时出现的，而那些学生存在的意义不是为了体现小说主题，而是为了让人觉得阿廖沙是宽容仁慈、平易近人、值得尊敬的。

值得一提的是，《卡拉马佐夫兄弟》（由加涅特翻译的英文版本共有八百三十八页）是陀思妥耶夫斯基笔下唯一一部片段式长篇小说。陀思妥耶夫斯基原本计划在后面的几卷中好好写写阿廖沙，打算让他做出一些令人胆寒的恶事，而后历经坎坷终被救赎。不过，死神破坏了陀思妥耶夫斯基的计划。尽管这部小说是片段式的，不过这并不影响它成为流芳百世的作品，并在原本就不多的优秀小说中独占鳌头，地位超过了《呼啸山庄》与《白鲸》等杰作。这部作品可谓包罗万象，可惜我们于此只能浅尝辄止，确实有些不公平。为了创作这部小说，陀思妥耶夫斯基构思了很久，其间遭遇了很多苦痛；他从来没有在如此痛苦的情况下创作过小说，而这种痛苦对人的折磨远在贫穷所致的痛苦之上。他把所有的苦痛、烦闷、疑惑都写进了小说里；他迫切地想要知道上帝为什么弃人类于不顾；他专心致志地探寻着生活的本质。不过，不要把找到答案的希望寄托在读他的作品上，毕竟没有哪个作家有这个权利和义务。《卡拉马佐夫兄弟》不是现实主义小说，因为陀思妥耶夫斯基的洞察力并不出众，对人、事的刻画也不够生动。由此可见，我们不应用现实标准来衡量那些人物的作为。他们近乎疯狂的行为是常人所不能理解的，同时那些行为的动机也是有悖常理的。他们迥异于福楼拜、简·奥斯汀等作家所塑造的人物，既非来自于现实，也非基于现实的二次塑造，而是激情、欲望、放纵、邪恶的综合体，是作家痛苦、扭曲、病态的内心世界的自然写照。他们是失真的幻象，却敲打着生命的节拍，疯狂地生长着。

《卡拉马佐夫兄弟》这部作品的缺点是太长了。陀思妥耶夫斯基的作品大多如此，他显然很难做到简洁明了。译者在进行翻译的时候总是很难搞清楚这种没头没脑的文体。所以说，作为作家，陀思妥耶夫斯基很了不起，但作为文体家，他还不合格。此外，他还是个缺乏幽默感的作家，刻意在霍拉科夫夫人身上制造笑料，却最终把她写成一个讨厌鬼。丽丝、卡德琳娜·伊万诺娃、格鲁申卡利斯这三个年轻姑娘也都没有个性，都那么疯狂和恶毒。她们一面企图控制与打击心爱之人，一面委曲求全，遭受着男人的折磨。她们的言行皆令人难以理解。在讲述陀思妥耶夫斯基一生经历的时候，我省略了两段充满暧昧色彩的小插曲，他曾遇到两个于其人生而言不怎么重要的女人，不过在创作这部作品的时候，他想到了她们。陀思妥耶夫斯基贪恋美色、对女人欲罢不能，然而在我看来他未必真的了解女人。他简单粗暴地把女人分作两类：一类女人温和、顺从、勇于牺牲，却生活在威胁、凌虐与欺瞒中；一类女人高傲、蛮横、感性，却残酷无情、居心不良。波琳娜或许就是后者的代表。然而不管波琳娜如何藐视自己、折磨自己，陀思妥耶夫斯基都深深地爱着他，因为他或多或少具有受虐倾向，所以很享受这种刺激感。

陀思妥耶夫斯基在这部作品中着重刻画了男性人物。迟钝的老卡拉马佐夫是个小丑式的人物，但他的出场却很精彩；其私生子斯米尔加科夫是如同恶魔一般邪恶的人；还有前文所提到的阿廖沙。那个老恶棍膝下有两子。德米特里是那种，能够通过理性的文字把他的恶毒——丝毫不亚于他身边最恶毒的人——刻画出来的人。他完全就是个恶棍，粗鄙不堪、嗜酒成性、爱说大话、挥霍无度，从未想过手里的钱是如何来的，只知道大把大把地花钱。他常常暴饮暴食，看起来就像没钱的学生，实在无趣；他在与格鲁申卡偷欢时表现得幼稚无比，引人发笑；他对荣誉的看法简直是一派胡言，令人无法接受。从某种角度来看，他才是这部小说的主人公，然而我认为如果是这样的话，那小说的效果堪忧，原因在于读者是不会关注这样一个人物的。无异于其他大部分小说，陀思妥耶夫斯基也打算让他受到女人们的追捧，却没能讲清楚他到底魅力何在。在他的各种经历中，唯有一件令人印象深刻的事：他把偷来的钱给了心爱的格鲁申卡，以资助她与别的男人结婚。这让我们不禁联想到陀思妥耶夫斯基的亲身经历，他深爱的玛丽亚打算嫁给“拥有高尚思想与同情心”的牧师，而他则找了朋友借钱给她结婚。在德米特里身上，我们还能看到陀思妥耶夫斯基那无情的自私心理，以及色情的受虐狂倾向。我不清楚，他是否觉得受虐狂这一特殊癖好是坚持自我的最佳方式？

或许有人会觉得我过于苛刻，也会有人感到疑惑，因为我提了很多意见，却仍然认为《卡拉马佐夫兄弟》这部小说是冠绝之作。毋庸置疑，它的确首屈一指。首先要看到的是，它对读者具有很强的吸引力。陀思妥耶夫斯基既是一位出类拔萃的小说家，也是一位才华横溢的戏剧家。同时拥有这两重身份的人并不多见，而陀思妥耶夫斯基便是其中之一，他是一个懂得如何用戏剧手法来创作小说的天才。这是一种相当可贵的能力，可以帮助他触及读者心灵深处最柔软的地方。他让人物们同时出现，让他们聊些出人意料的话题，然后想办法让读者理解其中深意，最后采用加博利奥式的手法来掀开神秘的面纱。人物对白尽管繁冗，却令人心悸；他擅长各种可以制造恐怖气氛的技巧，例如让某个人物在说话的时候不由自主地颤抖（按理说，他不应该因为那些话而紧张得颤抖，可他却表现得异常激动，面无血色甚至发黑），从而吸引读者的目光，让读者看到之前可能没看到的细节。接下来，他或许会让那个人物因为某种出格的行为而发怒，并且表现得很神经质，这个时候，假如发生了一件他无法避免的事，那么他将不得不遭受某种打击。

当然，我们刚才谈的都是写作技巧。《卡拉马佐夫兄弟》的卓尔不凡更体现在其重大的主题上。在很多评论家看来，这部小说是以“寻找上帝”为主题的，不过我认为，与其说作者是在“寻找上帝”，不如说他是在探究人性中的原罪。说到这里，我们需要讲讲小说里的伊凡，也就是卡拉马佐夫的二儿子。在这部作品里，伊凡不是最值得同情的，却是最引人注意的，他甚至可以被视为是陀思妥耶夫斯基的化身，他对周围一切的看法正是陀思妥耶夫斯基想要传递的基本信念。陀思妥耶夫斯基在“赞成与反对的论点”“俄国修道士”等篇章中提到，无论是作品本身，还是作品的主题，都是无以复加的。尤其是在“赞成与反对的论点”这一章的两段话中，我们可以清楚地看到陀思妥耶夫斯基的观点，因为伊凡谈到了原罪。他指出，在上帝的仁慈与人类的宽容面前，原罪是不可接受的。孩子是无罪的，却依然要经受苦难。如果说那些受苦受难的成年人是罪有应得的话，那么于情于理，孩子都不该经受苦难，因为他们没有罪。伊凡不想知道到底是上帝创造了人类，还是人类创造了上帝，但他认为上帝是存在的，还认为那些苦难并不是上帝施予人类的惩罚。他坚称，清白者不应该因他人之过而受苦受难，倘若无罪之人也要受过，那么且不论上帝是否公平，应该先谈谈上帝是否存在。对于这个话题，我就不作赘述了，感兴趣的读者可以翻到“赞成与反对的论点”那一章读一读。需要指出的是，在此之前，陀思妥耶夫斯基从来没有如此强烈地表达过自身观点，因此在完成那一章之后，他竟然胆怯起来。人们很难驳斥他的观点，可是他却给出了一个自相矛盾的结论：为了迎合原罪论——上帝制造了一切苦难，他不得不把苦难与邪恶划分到善与美的范畴。“你若爱这世间的一切生灵，便可从这爱中领悟到，所有心怀虔诚的基督徒都应接受苦难，将其视为应尽的道德义务。”陀思妥耶夫斯基希望人们相信，这就是人生的真谛。在“赞成与反对的论点”一章完结之后，他撰写了一篇反驳自我观点的文章，不过他比任何人都清楚，那些反驳之词皆是徒劳。那是一篇又长又枯燥的文章，论点也站不住脚。总而言之，原罪这个话题是不可能说清楚的，所以伊凡·卡拉马佐夫的控诉未能得到回应。

莫泊桑：浮华世界的旁观者

一位极具洞察力、看过很多书、想法很卓越的评论家，同时也是业内最为世故的一位评论家曾经指出，我的小说里能看到莫泊桑的影子。这没什么好奇怪的。我年少时候对莫泊桑的书爱不释手，而他是当时公认的法国最杰出的短篇小说家。从十五岁开始，只要是去巴黎，我就会安排半日时间前往奥泰昂廊，一头扎进书堆中。我沉迷于那样的时光。店员们身着黑色长袍，毫不理睬那些转来转去找书的人，随便他们找多久。店里有一个专门用来摆放莫泊桑作品的书架，而那些书的单价至少是三法郎五十生丁。我负担不起，所以只能站在书架前，想办法从那些尚未剪裁开的书页中间瞄上几眼。在身边没有店员的时候，我会迅速地裁开一页看个痛快。值得庆幸的是，那家店偶尔会摆出几本普惠版的莫泊桑作品，标价为七十五生丁，只要遇到了，我就会买上一两本。如此这般，我在满十八岁之前就读完了莫泊桑最成功的一批作品。与此同时，我也尝试着写了起来，而莫泊桑的短篇小说自然就是范本。我当时觉得莫泊桑是最好的老师。

如今，莫泊桑的声望已不如从前。不得不承认，他的小说里夹杂着很多现代人不喜欢的因素。作为一个法国人，他所处的时代对浪漫主义十分排斥，或者说浪漫主义（马修·阿诺德推崇至极）已经走上末路，奥克塔夫·富叶的感性与愁绪、乔治·桑的偏执与狂热都已经过时了。莫泊桑崇尚自然主义，视真实为目标，但是他想要的真实在如今看来一点也不深刻。他不愿意对人物性格进行分析，不愿意对人物言行进行解释。他只是让人物去说、去做，却不探究背后的动机。他曾经说过："在我看来，无论篇幅长度，小说里的心理学无非就是用外部活动来反映人物的内心活动。"这么说自然没什么问题，很多小说家都在做这方面的尝试，但要知道，外部活动有时候是无法反映人物内心活动的。所以，莫泊桑笔下的人物都很单薄。如果读者手中只有一部短篇小说，那么问题并不严重，但如果多看一些，他们就会提出质疑了：人应该是复杂的。

除此之外，和彼时的很多法国人一样，莫泊桑也有这样的想法：如果一个男人遇到了一个不满四十岁的女人，他就应该与她发生关系。他们似乎认为男人需要承担这方面的义务，着实令人厌恶。正因如此，莫泊桑笔下的人物不但纵情声色，还常常把这种事拿出来炫耀。他们是那种吃饱了还要再吃两口鱼子酱的人，因为他们觉得鱼子酱够贵。在莫泊桑所塑造的人物身上，贪婪是最强烈的情感，也是唯一的情感。他对人性中的贪婪有着深刻的理解；他在感到厌恶的同时，又不由自主地生出了同情之心。他是个俗气的人。当然，只有傻瓜才会因为这些抹杀他的辉煌成就。任何作家都有权提出这样的要求：他人理应基于自己最优秀的作品，公正客观地对自己做出评价。世上没有完美的作家。除了接受他们的缺点，读者别无选择，而那些缺点通常都与优点如影随形。好在后世的作家们一点也不苛刻，对前人的缺点并不在意，而是更看重优点，甚至还会将某些显而易见的谬误视为意义深刻的手法，从而令一部分不偏不倚的读者感到疑惑。例如，某些评论家针对莎士比亚剧本里的一些细节侃侃而谈、连连称是，然而实际上，所有冷静的剧作家都能一眼看出那些细节其实是谬误，莎士比亚可能是忽然大意了，也可能是没有想清楚，总之对此完全不用追根溯源。

莫泊桑的作品都不错。且不说叙述故事的技巧，单论故事本身，便极具吸引力，很适合在茶余饭后谈论一番，在我看来，这是他最成功的地方。无论是做作地提问，还是淡淡地讲述，只要讲的是《羊脂球》，就一定不乏听众。莫泊桑的作品从来不会给人虎头蛇尾的感觉，而是线索明晰，发展有序，不会令人迷惑；随着故事一点点地展开，读者被安全地带到一条蜿蜒曲折、生动逼真的道路上，向着高潮渐行渐近。你可能会觉得他的作品不够深刻，但这恰是莫泊桑的本意。他认为自己无非就是个凡夫俗子罢了。实际上，在那么多卓越的作家里，只有他坦然接受了买书挣钱的生活。他很聪明，从来不会把自己放在哲学家的位置上，毕竟他总把议论文写得不明不白。

虽然缺点不少，但这并不影响莫泊桑优秀小说家的身份。他能够把人物刻画得惟妙惟肖；无论字数多寡，哪怕只是短短数页，他也可以为你呈现六七个逼真的人物。但凡是你想看到的，他都会一一呈现在你眼前。那些人物的形象与性格都各具特色，而且充满生命力，唯一的不足是太过单薄，缺少现实中人们身上所带有的各种神奇的不确定性。当然，因为是短篇小说，所以人物的方方面面都被简化了。莫泊桑或许也不想这样，他拥有很强的洞察力，能够看得很细致，但不一定会看得很深入，好在他看到了小说所需的所有细节。类似的，他笔下的环境描写也很间接、精准、令人难忘。不管是诺曼底的风景，还是十九世纪八十年代时堆满家具、拥挤不堪的客厅，而最终我们看到的文字都很简约，毕竟那是短篇小说。在我看来，他是在这方面做得最好的小说家。

契诃夫：一个不会编故事的伟大小说家

迄今为止，所有知名评论家都认为契诃夫是最了不起的短篇小说家。毫无疑问，没有哪个作家在创作短篇小说方面能与契诃夫比肩。喜欢他的人都对他赞赏不已，而瞧不起他的人都会被视为俗人或门外汉。在短篇小说领域内，年轻作家们都视他为榜样。这不难理解，因为相较于莫泊桑式的短篇小说，契诃夫式的短篇小说更容易创写。暂且不论叙事的技巧，单说构思一个极具趣味性的故事就非常难，只靠想象是无法做到的，这要求作家天赋异禀。契诃夫自然是才华横溢之人，不过编故事的天赋却不怎么高。当你打算给大家讲一讲他的某部短篇小说时，你会发现自己竟然无话可说。他的短篇小说故事性不强，非常平淡，甚至空洞。一个想创作小说却不会编故事的人，最后在无事可讲的基础上完成了小说，这确实是令人惊叹的。先想好几个人物，再把人物关联起来，说说他们的关系，然后搁笔，有什么难的呢？只要你笃定，这便是小说的艺术，如果是这样，小说就是最容易做到的艺术。

当然，我认为对一个作家的创作吹毛求疵并非明智之举。我敢肯定，契诃夫如果会编故事，那么就会把故事写得曲折离奇、感天动地。然而，这又违背了他的个性。无异于其他伟大的作家，他也将劣势化为优势。歌德曾经说过，对于艺术家来说，唯有清楚自己的劣势，才能到达成功的彼岸。假如我们将短篇小说定义为以塑造虚构人物为要义的散文，那么契诃夫的短篇作品无疑是巅峰之作。不过，也有观点认为，短篇小说也应该具有完整的行动线，虽然其篇幅有限。但是契诃夫对于这种声音向来充耳不闻。他之前就说过："一个男人准备去北极探险，当他走进潜水艇时，他的情人发疯一般尖叫着跳下了钟楼。为什么一定要这么写？这毫无真实可言，生活中哪有这种事。作家应该力求真实，例如写彼得·塞米诺维奇如何娶到印玛诃亚·伊凡诺夫娜，这样就够了。"当然，这不是说作家不能在小说里写特殊的事件，每日见闻也未必就是最值得写的。着笔于常见的事，能够给读者带来熟悉感，以及源自生活的乐趣，然而从美学角度来看，这样的乐趣一点也不高级。

莫泊桑的作品也反映了大众生活，不过他总能赋予作品各种戏剧性。他通常会选取焦点事件，继而提取当中具有戏剧性的元素。包括这个方法在内，其实有很多方法都能增强小说的可读性。而所谓可能性，是针对小说的一种评判标准，不过这个标准是不断变化的。曾几何时，人们笃定失散多年的亲人能够通过一脉相承的亲和力相认；女人可以穿上男装来伪装自己。由此可见，可能性这一标准其实就是：某个时代的读者是否会相信。哪怕是契诃夫，也只会在必要时遵循个人准则。例如，他在《主教》——他笔下最令人感动的短篇小说——

中有力地展现了死亡来临时的种种情形，但并未直接讲述主教的死因。若是换做那些看重可能性的作家，那么死亡原因是一定会被写出来的，因为在他们看来那是小说的必要组成部分。契诃夫曾经对苏金进行指导，他说："要舍弃一切与小说无关的东西。如果第一章里提到了'墙上有一支枪'，那么在第二、三章里，就得让那支枪射出子弹！"这让我联想到了《主教》中的那位吃了变质的鱼，而后被冻死的主教，如果按照上述逻辑，那么我会认为主教是因为吃了变质的鱼才死掉的，换句话说，他不是被冻死的，而是中毒身亡。可是，契诃夫所做的描述又绝非食物中毒的样子。我想，大概他自己都很难做到那条准则吧！他为和善的主教安排了赴死的结局——以他心目中最合理的方式。

有人将契诃夫的短篇小说称为生活的节选，对此，我不太明白。他们指的是不是：那些小说真实地再现了日常生活的场景？若真如此，那么我想说的是，他并未真的做到，哪怕是在那个时代。我承认他拥有与众不同的才华与能力，但并不认为他的短篇小说是真实的；我承认他写得栩栩如生，但也觉得他不积极、不乐观、不努力，似乎有病态的偏执倾向。我没有丝毫责怪他的意思。所有作家都是在以个人视角观察世界，他们描绘的是他们眼中的世界。对于作家而言，受制于生活显然不利于追求艺术目标，但是作家不可能不遵循生活规范，要不然笔下的文字就会变得不合理或不准确。在契诃夫眼中，生活如同一局台球，你不能让红球落袋，又没办法把其他球打进袋；你艰难而幸运地击中了某个球，却发现台布破了个洞。他发出了悲哀的叹息：没用的人终究没用；懒惰的人始终懒惰；骗子张嘴就是假话；酒鬼整天浑浑噩噩；无知的人哪知道什么是修养。在我看来，他的态度影响了他的创作，他塑造的人物无不郁郁寡欢。他只用三言两语便能刻画出一个人物的形象，虽说是三言两语，却无比自然、无比生动，毫不刻意。他小说里的男性几乎都是剪影式的人物，心怀美好但不切实际的梦想，意志薄弱、胆小怕事、言行相悖，只吹牛不行动。至于那些已经结婚的女人，无不是整日长吁短叹、游手好闲、心猿意马；一边想着通奸有罪，一边肆意与人偷欢。唯有那些少女，让我们看到了契诃夫的同情心。“哎，那些可怜的小家伙啊，天生就是要受苦的人，现在却玩得不亦乐乎！”他为她们感到惋惜，纵然她们此刻天生丽质、笑容动人、天真烂漫、活泼开朗，可这一切终究会烟消云散；对于她们来说，幸福遥不可及，她们命运多舛、人生坎坷，只能活在别人的股掌之中。

当然，我希望大家能明白，虽然我阐述了一些个人观点，但这并不意味着我不尊敬契诃夫。我得再次强调一下，这世上没有能写出完美作品的作家。看到并赞美某个作家的优点自然是好的，不过若是忽视其缺点，或者把缺点当成优点来颂扬，则会导致其名誉受损。依我之见，契诃夫的小说极具可读性。这一点很重要，而很多作家却不够重视。就这方面而言，契诃夫与莫泊桑都做得很好。作为职业作家，他们靠作品来生活，基本上每隔一段时间就会有新作品问世。创作就是他们的工作，这就好比医生的工作是治病、律师的工作是替人打官司。他们需要投读者所好。另外，他们的灵感不可能源源不断，因此并不是所有作品都能成功，然而无论如何，他们的小说是读者愿意看的。他们还会为报刊杂志撰文写稿，虽然一部分评论家会用“报刊小说”这个词来鄙视和贬低那些作品。那些评论家显然不够明智。无论哪种艺术形式都是在迎合人们的需求，如果报刊杂志不发表短篇小说，那恐怕就不会有人去创作短篇小说了。我们甚至可以认为，短篇小说是从报刊小说演变而来的。所有作家都得适应创作环境（不可能一成不变）。据我所知，没有哪位杰出作家会因为受到出版方式的限制而无法创作出优秀的作品。那只是泛泛之辈们给自己找的借口罢了，他们原本就写不出优秀的作品来。在我看来，契诃夫的文风之所以如此凝练，主要原因就是报刊式小说的篇幅限制。

契诃夫曾经提出，短篇小说的创作应该去头掐尾，不过我们不能单纯按照表面意思去理解他的话。这就好比，我们不能真的认为世上有没头没尾的鱼；如果既没有头又没有尾巴，我们就不能说那是鱼。事实上，契诃夫的短篇小说开篇都相当精彩。他总是言简意赅地交代情况，而且重点突出、文字质朴、表达准确，而读者则能轻松地洞察出接下来想要面对的环境与人物会是什么样的。莫泊桑在开篇的时候喜欢采用开场白，以期将读者带入某种情绪中，但是这种手法风险颇大，很容易出现问题，若是把握得不好，读者就会觉得烦闷，从而失去兴趣。因为读者的目光已经集中在某个人物身上，然而往下看时却发现内容与那个人物无关，讲的是其他环境中的其他人物，所以他们或许会看不懂。契诃夫向来追求简单明了的表达，然而在几部相对较长的小说里，他也没有做到位。有人说他对社会问题与道德问题漠不关心，这让他很是心烦。为了改正自己的“错误”，在篇幅允许的情况下，他会想方设法地证明自己很重视那些问题，就像那些正义的思想家一样。于是，我们看到那些人物开始侃侃而谈，不知疲倦地阐述着一己之见：无论当下是何情形，俄国人终将（或许是 1934 年）迎来自由，专制统治终将灭亡，到了那时，不会再有人食不果腹，俄国将成为一方和平、幸福、充满爱的乐土，等等。这些话大多与主题无关，而契诃夫之所以要写出来，根本原因在于当时的舆论给他施加了压力（无论哪个国家都存在舆论压力）：小说家不能仅仅是小说当然，契诃夫的短篇小说大多明快简练，一部分作品在这方面甚至堪称登峰造极。他似乎有一种独一无二的能力，可以将他要写的地点、风景、对白（与情景相结合）、人物等最终都跃然纸上。这或许便是所谓的气氛吧！他无需长篇大论地描述全部细节，只需寥寥数笔便能做到生动准确，究其原因，大概与他擅长朴实地观察世界有关。俄罗斯民族尚处于半开化阶段，他们的生活方式还很原始，这也让他们能够继续站在自然的角度观察世界。西方人在审视世界的时候难免会带有各种联想，因为西方文明不仅源远流长，而且体系复杂。然而，他们仿佛可以看到“物自体”。大部分西方作家，特别是旅居海外的那些，近些年来常常遇见出国避难的俄国人。那些俄国人常常会带着小说手稿找到他们，表示希望能得到发表的机会，外加挣上几英镑稿费。那些小说几乎都是当代题材的作品，文风类似于契诃夫，不过并不怎么好。当然，那些小说无一不是真诚的，而且字里行间还透露着作者的某种直觉力。由此可见，这是俄罗斯人血液里自带的一种能力，不过在契诃夫身上表现得更为耀眼。

说了那么多，我竟然还没谈到契诃夫最与众不同的一个特点。我毕竟不是评论家，所以对那些专业词汇不甚熟悉，只能尽量把个人感受讲清楚。契诃夫笔下的人物与现实中的人是有差距的，他们的生活也是不寻常的，没有丝毫烟火气；与此同时，相较于莫泊桑笔下的人物，他们没有那么粗鄙，也没有那么狂野。另外，契诃夫总能奇迹般地营造出某种氛围，并把人物置于其中。他们生活在神秘的暗夜里，而非灿烂的阳光下。他们在黑暗中前行，而我们只能看到一群游魂。他们靠意识而活，不说话也能彼此相通。这些人物离奇却无用，那些外表描写无非是一纸说明，好似博物馆藏品旁边的文字说明。他们的言行举止令人捉摸不透，似乎充满玄机。他们仿佛是但丁在地狱里所见到的一众备受折磨的孤魂野鬼。他们给人留下的印象是：冥冥之中，有一群黑影在浑浑噩噩地四处游走；令人心悸。契诃夫笔下的人物大同小异，如上所述，那些人物只是换了个名字、换了个环境，一次次游魂般地出现在读者面前；只要掀开他们的面纱，我们就能发现他们是同一个人。契诃夫写人物总是不拘一格，他总是临时起意，把各种元素随机组合后放到人物身上，所以那些人物才会让人觉得似曾相识。

对于作家而言，地位高低取决于他能不能将自身独一无二的能力保持下去。我认为，在表现人类的精神交流方面，契诃夫的有力与深刻是无人能及的。相比之下，莫泊桑略显庸俗和浅薄。然而，出人意料的是，虽然这两位伟大作家在观察世界的时候选择了两种截然不同的角度，但他们所得出的结论却惊人的一致。莫泊桑将观察焦点放在了人类的生理层面，而契诃夫则把观察焦点放在了人类的精神层面，而后他们做出了相同的总结：人类既卑鄙又愚蠢，还很可悲，而生活终究是既无趣又无意义的。